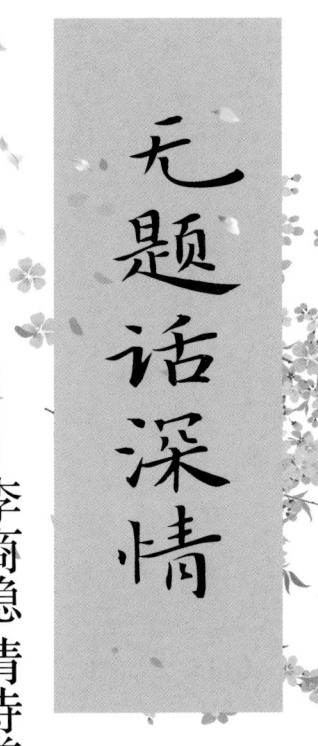

无题话深情

——李商隐 情诗赏析

陈 伉／著

内蒙古人民出版社

图书在版编目(CIP)数据

无题话深情：李商隐情诗赏析／陈伉著. -- 呼和浩特：内蒙古人民出版社，2020.10

ISBN 978-7-204-16441-7

Ⅰ.①无… Ⅱ.①陈… Ⅲ.①李商隐(812-约858)-唐诗-诗歌欣赏 Ⅳ.①I207.227.42

中国版本图书馆CIP数据核字(2020)第187648号

无题话深情——李商隐情诗赏析

作　　者	陈　伉
责任编辑	蔺小英　石　煜
封面设计	宋双成
出版发行	内蒙古人民出版社
地　　址	呼和浩特市新城区中山东路8号波士名人国际B座5层
网　　址	http://www.impph.cn
印　　刷	内蒙古爱信达教育印务有限责任公司
开　　本	710mm×1000mm　1/16
印　　张	22.25
字　　数	240千
版　　次	2021年3月第1版
印　　次	2021年3月第1次印刷
印　　数	1—2000册
书　　号	ISBN 978-7-204-16441-7
定　　价	42.00元

如发现印装质量问题，请与我社联系。联系电话：(0471)3946120

目 录

前言
—— 如何解读李商隐 / 1

朦胧缠绵
——此情可待成追忆

锦瑟 / 3
无题二首（昨夜星辰昨夜风）/ 8
　　　　（闻道阊门萼绿华）/ 8
病中早访招国李十将军遇挈家游曲江 / 12
春雨 / 15
无题（相见时难别亦难）/ 18
无题四首（来是空言去绝踪）/ 21
　　　　（飒飒东风细雨来）/ 21
　　　　（含情春晼晚）/ 22
　　　　（何处哀筝随急管）/ 22
无题二首（凤尾香罗薄几重）/ 29
　　　　（重帏深下莫愁堂）/ 29
无题（八岁偷照镜）/ 33
无题（照梁初有情）/ 35

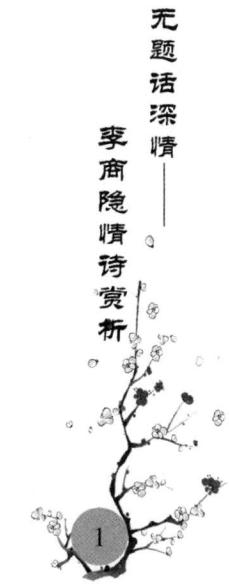

无题(万里风波一叶舟) / 37

无题(紫府仙人号宝灯) / 40

无题(白道萦回入暮霞) / 42

当句有对 / 44

月夜重寄宋华阳姊妹 / 47

寄永道士 / 50

碧城三首 / 51

柳枝五首 / 57

燕台诗四首(选一) / 63

有感(非关宋玉有微辞) / 67

伉俪情深
——相思迢递隔重城

夜雨寄北 / 71

夜意 / 73

端居 / 74

到秋 / 76

凤 / 78

对雪二首 / 80

房中曲 / 84

相思 / 87

辛未七夕 / 88

七月二十九日崇让宅宴作 / 91

王十二兄与畏之员外相访见招小饮时予以悼亡日
　近不去因寄 / 94

西亭 / 97

宿晋昌亭闻惊禽 / 99

青陵台 / 101

暮秋独游曲江 / 104

悼伤后赴东蜀辟至散关遇雪 / 106

七夕 / 108

过招国李家南园二首 / 110

忆梅 / 112

正月崇让宅 / 114

风流雅韵
——我是梦中传彩笔

天平公座中呈令狐相公 / 119

寄恼韩同年二首 / 122

韩同年新居饯韩西迎家室戏赠 / 125

花下醉 / 128

赠柳 / 130

柳（曾逐东风拂舞筵）/ 133

柳（江南江北雪初消）/ 135

汴上送李郢之苏州 / 137

板桥晓别 / 140

杜工部蜀中离席 / 142

为有 / 145

重过圣女祠 / 147

牡丹（锦帏初卷卫夫人）/ 151

离亭赋得折杨柳二首 / 154

银河吹笙 / 156

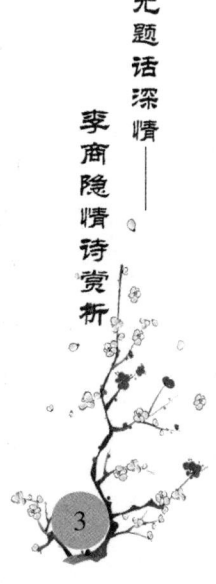

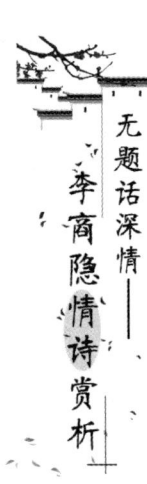

嫦娥 / 159

月夕 / 161

石城 / 162

莫愁 / 164

明日 / 166

赠歌妓二首 / 168

偶题二首 / 170

代赠二首 / 172

日射 / 175

春日 / 177

闺情 / 179

饮席戏赠同舍 / 180

水天闲话旧事 / 182

鸳鸯 / 184

独居有怀 / 185

编 外
——巧啭岂能无本意

流莺 / 191

蝉 / 193

初食笋呈座中 / 195

宿骆氏亭寄怀崔雍崔衮 / 197

夕阳楼 / 199

重有感 / 201

曲江 / 204

安定城楼 / 206

回中牡丹为雨所败二首 / 209

华清宫 / 213

马嵬二首 / 215

春宵自遣 / 219

春日寄怀 / 221

寄令狐郎中 / 223

钧天 / 225

汉宫词 / 227

北齐二首 / 229

华山题王母祠 / 232

瑶池 / 234

梦泽 / 236

送崔珏往西川 / 238

晚晴 / 241

过楚宫 / 243

杜司勋 / 245

九日 / 248

韩冬郎即席为诗相送,一座尽惊。他日余方追吟"连宵侍坐徘徊久"之句,有老成之风,因成二绝寄酬,兼呈畏之员外 / 251

留赠畏之 / 253

天涯 / 257

咏史(北湖南埭水漫漫) / 259

南朝(地险悠悠天险长) / 261

隋宫二首 / 262

贾生 / 265

王昭君 / 267

霜月 / 269

月 / 271

宫辞 / 272

访隐者不遇成二绝 / 274

北青萝 / 276

忆匡一师 / 278

别智玄法师 / 280

乐游原(向晚意不适) / 282

谒山 / 284

有感(中路因循我所长) / 286

李商隐传略

一、怜我总角称才华
——少年时期
【唐宪宗元和七年(812年)—文宗大和五年(831年),商隐1~19岁】/ 293

二、十年长梦采华芝
——科举之路
【文宗大和五年(831年)—文宗开成三年(838年),商隐19~26岁】/ 298

三、我为伤春心自醉
——婚前婚后
【文宗开成三年(838年)—宣宗大中元年(847年),商隐26~35岁】/ 302

四、度陌临流不自持
　　——幕府生涯
　　【宣宗大中元年(847年)—大中十一年(857年)，商隐35～45岁】／316

五、一弦一柱思华年
　　——垂暮之年
　　【宣宗大中十年(856年)—大中十二年(858年)，商隐44～46岁】／323

【附录】相关史料／326

前　言
——如何解读李商隐

李商隐是一个谜,他的诗更是谜。他的诗虽然晦涩,但是却很美,美得让人心醉,美得让人心碎。

是谜语就有谜底。只要思路正确,再难的谜也能破解。对李商隐也一样。

孟子说:"颂其诗,读其书,不知其人,可乎?是以论其世也。"(《孟子·万章下》)也就是说,欣赏一位诗人的诗作,首先对其生平事迹应当有所了解;鉴赏一首诗,则应搞清楚诗的创作背景。此即所谓"缀文者情动而辞发,观文者披文以入情,沿波讨源,虽幽必显"(《文心雕龙·知音》)。所以,要想正确解读李商隐和他的诗歌,必须先弄懂这样两个问题:其一,李商隐是个什么样的人?其二,他的诗歌为什么那么美?否则,不是隔靴搔痒,就是盲人摸象。

一、李商隐其人其事

性格决定命运。李商隐的个性突出地表现在他对党派斗争的漠视和对理想爱情的追求。这与他青少年时代的政治抱负产生了无法调和的矛盾,因而注定了他的悲剧命运。

　　李商隐是个家族观念很强的人。他在悼念朋友萧浣的诗中说:"公先真帝子,我系本王孙。"与大唐王朝的皇族同根本宗这一历史事实让李商隐引以为荣,可到李渊登基的时候,商隐这一支脉已经式微。因此,报效国家,建功立业,从而光宗耀祖成了他青少年时期的目标。

　　商隐幼年丧父,家境贫寒,在"四海无可归之地,九族无可依之亲"的困境下,他仍然发奋苦学,16岁就知名于时。然而在唐代,无论哪个阶层的士子,如欲出人头地,只有科举这一条路。为此,商隐拼搏了将近十年,在26岁那年,终于进士及第。偏偏就在这关键时刻,他毅然前往泾原,想尽快与自己的意中人、节度使王茂元的女儿完婚。结果他的政治生涯从此发生了根本性的转折(关于诗人的生平经历,详见正文《李商隐传略》)。

　　在商隐中进士前,从16岁开始,令狐楚一直是他的恩师,也是他生活上的靠山。令狐楚是牛党,而李商隐的岳父王茂元是李党。由于李商隐娶了王茂元的女儿,形成了"去牛(僧孺)就李(德裕)"的客观事实,因此遭到牛党的唾弃,说他"忘家恩",是"千古无行"之人。商隐不幸落入牛李党争的漩涡中,一头是恩师,一头是岳丈,首鼠两端,进退维谷,致使一生不能翻身。这给他带来了深刻的创伤和无法解脱的痛苦。

　　终其一生的党派斗争是造成商隐悲剧命运的客观原因;

主观原因是商隐对党争不感兴趣,对牛党和李党中人从来不厚此薄彼,更主要的是他根本不愿意为了迁就党争而放弃自己的爱情。

可是,在晚唐,党同伐异持续了近半个世纪,如果想在仕途上有所成就,有所建树,就必须是党派中人。这,商隐不是不知道,但不问是非才德,唯党派利益是从的官僚作风与他的人生观格格不入。他在写给李执方的信中说:

> 某始在弱龄,志惟绝俗……然窃观古昔之事,遐听上下之交,有合自一言,奖因片善,不以齿序,不以位骄,想见其人,可与为友。近古以降,斯风顿微,处贵有隔品之严,于道绝忘形之契……愚虽甚微,颇向斯义。自顷升名贡籍,侧足人流,未尝辄慕权豪,切求绍介,用胁肩谄笑,以竞媚取容。

正是基于这样的信念,商隐对牛李两党的人向来采取唯德是从、宽厚公允的态度。他既在属于李党的王茂元、卢弘正、郑亚的幕府担任过秘书;与属于牛党的萧浣、杨嗣复、杜牧关系也很好,尤其与柳仲郢的关系较为密切。他为李德裕的《会昌一品集》写过长序,对李的为人和文章推崇备至;也对牛僧孺拜相表示庆贺,希望他"早辅大朝,显有休绩",在牛下葬时,还写诔文表示哀悼。

可以说,在商隐的一生中,他根据自己为人处事的原则,与当时各阶层的人士交往,从来不问是牛党抑或李党。他在各个时期所写的诗文,全然对事不对人,也从不考虑是牛党执政还是李党当道。综观他的诗作,既有酬赠牛党人士的作品,又有酬赠李党人士的作品。

同时,商隐是个重情重义、感恩图报的性情中人。这一性格特点在他与令狐父子的关系上表现得非常明显。对于令狐楚的提携、栽培之恩,他说:"碎首糜躯,莫知其报效。"(《上令狐相公状五》)。商隐16岁受知于令狐楚,令狐楚让他与其"诸子游"。商隐与令狐楚之子令狐绹,"幼同学,长同游"。与令狐家的恩恩怨怨纠缠了商隐一生。令狐绹比商隐大17岁,比他早8年登进士第,虽然德才平庸,但由于其父之余威,再加上其是牛党的忠实干将,所以在仕途上步步高升,青云直上,后来位至宰相。而商隐自从与王茂元的女儿成婚,背负"忘恩负义、放利偷合"的骂名,中举后一直颠沛流离,宦游于南北幕府,寄人篱下,有家难回。凡此种种,都与令狐绹有关。可以说,这位令狐相公仿佛幽灵一样纠缠了商隐一生,像阴影一样终生笼罩着他,使他纠结、痛苦了一生。这真是一场欲说还休的灾难。

尽管如此,虽然不无怨恨,但商隐从未恶言相向。一生中的不同时期,李商隐都有诗寄赠令狐绹,因形势不同,内容也各别,或陈情诉苦,或恭贺高升,或希求援引……如《梦令狐学士》赞其"凤诏裁成当直归";《令狐八拾遗见招送裴十四归华州》坦陈自己求援之意;"伶伦吹裂孤生竹,却为知音不得听"(《均天》),遗憾之情溢于言表……唯独没有暴戾恣睢之词。

综上所述,不难发现,商隐的这种品德虽然值得赞扬,但在政治斗争中,必然只能成为党同伐异的牺牲品。

从商隐对感情生活的追求来看,他是一个唯美的理想主义者。"微生尽恋人间乐,只有襄王忆梦中"——芸芸众生迷恋的只是儿女情长,可他渴望的是楚襄王与巫山神女那样的梦幻般的情爱。对于爱情,他更注重灵魂相与,追求心心相印的灵犀相通。他与柳枝虽然只是擦肩而过,只因为柳枝听懂并赏识他的《燕台诗四首》,他便将她看作红颜知己,终生念念不忘。原因尽在于此。

在唐朝那种比较宽松开放的社会环境下,在社交场合歌舞乐伎不可或缺的世风下,作为才华横溢、风流倜傥的诗人,商隐的感情生活是什么样的呢?他成婚之前,有案可查的是和宋华阳、柳枝有过短暂的恋情。对此,商隐不仅从不隐瞒,而且直接题名写诗,追述这些感情经历,诸如《柳枝五首》《月夜重寄宋华阳姊妹》等。但自从与王茂元的小女晏媄成婚后,他对妻子一往情深,伉俪相得,琴瑟唱和,再无窃玉偷香之事。王氏死后,商隐在梓州幕府期间,幕主柳仲郢念他鳏居孤独,要把乐伎张懿仙赏赐他,商隐写信拒绝:

某悼伤以来,光阴未几。梧桐半死,方有述哀;灵光独存,且兼多病。……兼之早岁,志在玄门……至于南国妖姬,丛台妙妓,虽有涉于篇什,实不接于风流。

自妻子亡故以后,商隐直到病卒,始终独身,没有再娶。"万古贞魂倚暮霞"——这就是他向妻子的灵魂所发的誓言。

梁简文帝萧纲说:"立身之道,与文章异:立身先须谨重,文章且须放荡。"李商隐在《祭小侄女寄寄文》里也说:"明知过礼之文,何忍深情所属。"这就说明,他虽写了不少艳情诗("有涉于篇什"),只因为他是一个深情之人。"文章且须放荡",他不能控制自己,因为他天生就是一个诗人。

如果说商隐与王氏女完婚是他政治生涯的一大转折,那么晏媄英年早逝是他命运的又一转折。从此以后,他的身体迅速衰弱,对未来已不再抱有幻想。他创作了许多咏史伤时的政治诗,表达了对国家命运的热切关注,以及"前朝旧事过如梦,不抵清秋一夜长"(宋·黄超然)的悲痛伤感之情。同时,他也创作了许多无题诗和悼亡诗,表达了对理想情感的追求向往,以及"悠扬归梦惟灯见,濩落生涯独酒知"的孤独凄凉之感。

李商隐的一生是不幸的一生,悲剧的一生。"国家不幸诗家幸,赋到沧桑句便工。"站在唯物史观的立场看,时代抛弃了诗人,也恰好成就了诗人。不妨设想,假如商隐仕途得意,官运亨通,终生混迹于官场,可能顶多成为高层决策者之一,其结果只能像历史上那些风云人物一样,在史册上留名而已,未必能在晚唐诗坛开宗立派,创作出那些脍炙人口、世代传颂的绝美华章。这一点诗人后来似乎也意识到了。他的《王昭君》一诗,其实是在以昭君自喻。诗中说:"马上琵琶行万里,汉宫长有隔生春。"诗人觉得,自古以来,人们出于习惯性的思维,为昭君没有受宠于汉元帝而惋惜,但倘若昭君真的受宠,充其量只不过是帝王的后妃,汉宫佳丽比比皆是,哪个不是默默无闻?昭君如若不是和亲出塞,焉能"隔生春"而流芳百世?自己一生历经磨难,怀才不遇,正如汉宫抛弃了明妃,焉知身后不会获得"隔生春"的美誉?

二、李商隐诗歌之美

元明清以降,研究李商隐及其诗歌的学者越来越多。后人一方面被其诗作之美征服,另一方面又觉得有些诗隐晦朦胧,难以索解。品赏他的诗固然是一种艺术享受,同时又因许多诗句弄不明白而感到遗憾。诚如元好问《论诗三十首·十二》所言:

> 望帝春心托杜鹃,佳人锦瑟怨华年。
> 诗家总爱西昆好,独恨无人作郑笺。

本书为突出主题,选赏的是诗人以《无题》为代表的全部情诗,以及部分托物抒情的公认的名篇。在吸收前人研究成果的基础上,结合笔者本人的探索和理解,对商隐诗歌之美有以下几点体会,不揣鄙陋,就教方家。

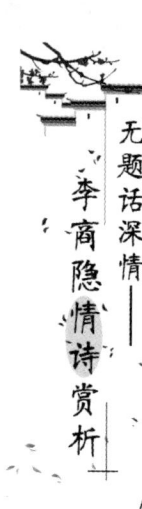

1. 首创无题

李商隐诗歌创作的重大贡献体现在首创无题诗这一新诗格上。在他之前,还没有哪个诗人写过这种类型的诗;在他之后,时有诗人尝试,因无法企及商隐,也只能偶一为之。他的无题诗意蕴深邃,形式优美,让人百读不厌。这是为历代文评家所公认的。

商隐一生共创作了近百首无题诗,约占他现存诗歌总数的六分之一。依据诗题,他的无题之作大体有以下几种情况:

(1)直接以《无题》为题的共20首,如"昨夜星辰昨夜风""八岁偷照镜"等;

(2)以起首二字为题者共45首,如《日射》《为有》《相思》等;

(3)取某诗句中之二三字为题者共26首,如《西溪》"近郭西溪好"、《小桃园》"竟日小桃园"等;

(4)此外,原诗虽然有题,如《当句有对》《和友人戏赠二首》等等,纪昀等注家均认为:"都是无题之类,于集中为数见不鲜也。"这样一来,无题诗的内涵就更宽泛了。

或许是因为李商隐开创了以无题为代表的这一特殊类型的抒情体裁,所以他的诗被推崇为"经典中的经典,绝唱中的绝唱"。

2. 朦胧之美

如果推举我国朦胧诗的开山鼻祖,非李商隐莫属。

商隐工于律诗,尤长七律。他承袭杜甫、李贺对格律的重视,用自己高超的技巧"戴着镣铐跳舞",迂回婉转地抒写他那幽微的内心世界,形成朦胧迷离的独特诗风和雾中花、水中月似的朦胧诗境。这种美往往只能意会,难以言传。

以往的诗人总是煞费苦心地想用明快清晰的语言把思想感情表达出来,商隐为什么要开创朦胧闪烁的诗风呢?我想原因有二。

其一,众所周知,思想感情一旦深刻到特别微妙细腻的层面,就无法用日常的词语表达了。"采菊东篱下,悠然见南山。……此中有真意,欲辨已忘言。"这里并不是说陶渊明不会说话了,而是形容他无法用普通的语言描述他领悟到的至情至境,此即佛祖之所以要"拈花微笑"的奥义。然而,李商隐锐意创新,希图突破这一瓶颈,于是他采用多重含义的意象,或活用典故来描述、形容自己对人生、情感的领悟。譬如《锦瑟》的庄生梦蝶、杜鹃啼血、沧海珠泪、美玉生烟,这些意象构成的并非是画面完整的诗境,而是错综于其间的怅惘、伤感、寂寞、向往、失望等用抽象概念无法描述的情思。这样的诗境已经打破了时空桎梏,真与幻、古与今、心与物浑然一体,呈现出来的是一种盐入水般的多层次、多神韵的意象。这在审美客体即读者看来,自然是朦胧迷离而又美不胜收。

其二,商隐的许多诗,抒情对象大多是与他关系密切的同时代人,不是权倾朝野的达官显贵,就是道友艺伎。利害攸关之考量也罢,尊重他人之清誉也罢,诗人只能闪烁其词,隐讳其事。比如《碧城三首》对道观中密约偷情的描写,便极尽朦胧迷幻之能事。诗人用"紫凤放娇衔楚佩,赤鳞狂舞拨湘弦"借喻云雨时的情态;用"玉轮顾兔初生魄"隐喻女冠怀孕;用"检与神方教驻景"暗示堕胎……这类情节,如果不用朦胧迷离的笔法,而是直写其事,岂不有诲盗诲淫之嫌!

再比如《重过圣女祠》。"一春梦雨常飘瓦,尽日灵风不满旗"——梦一般的细雨给人以高唐神女朝云暮雨的联想,令人隐隐感觉到这位幽居独处、沦谪未归的圣女仿佛在爱情上有某种期待和惆怅,而这种情绪又像梦一样缥缈渺茫。萼绿华和杜兰香两位仙女的出场,一"来"一"去",若即若离,来去无踪,平添神秘迷离之况。这两个美丽的人名的运用也无意间增添了诗的意象美。

意象是构成意境的基本元素,是诗歌创作中最鲜活灵动的音符。商隐的大量抒情诗意趣凄美缠绵,含蓄委婉。荷柳桃李、蝶凤蝉燕、夕阳黄昏、微风细雨、灯烛月梦、琴瑟箫管等,一切仿佛信手拈来,他却能以生花妙笔赋予朦胧幽深、蕴藉有味的艺术魅力。

朦胧之美还体现在他的大量用典上。无题的刘郎蓬山、贾氏窥帘、宓妃留枕……使他的诗充满朦胧旖旎的色彩。他的七律《泪》更是一句一典,让人仿佛走进了历史的迷宫。典故的运用以渊博的学识为基础,这虽然给读者欣赏他的诗带来困难,但在他的诗中,典故本身的色彩感和形式美能在很大程度上缓解这一问题,给人带来审美上的愉悦。比如"沧海月明珠有泪,蓝田日暖玉生烟",即便我们不去稽考典故的具体内容,仍然会觉得美不胜收。

能体现朦胧之美的诗在商隐的诗集中俯拾皆是,如与女冠或歌伎有关的那些诗,无不体现出作者这种独特的风格。

3.幽怨之美

李商隐天生是个诗人,他非常敏感,而且极具审美情趣。人们熟视无睹的景象也会给他带来强烈的冲击。他的情感的微妙细腻令人惊叹。他仿佛是一只受伤的小鸟,静静地躲在暗处,对着遍体鳞伤,暗自神伤。此时此刻,他感觉到只有那些纤细柔弱的物象才能传达他心灵深处的细微情愫。于是,婀娜的柳枝、仇怨的丁香、雨中的落花,以及轻帷垂幕、画堂阑干、冰簟凉枕……在在都能与他产生共鸣。诸如蝴蝶、蜡烛这些习以为常的物象,在商隐的诗歌中,都被赋予极其真挚丰富、幽深绵邈的情感。他时而说"春心莫共花争发,一寸相思一寸灰",时而又说"直道相思了无益,未妨惆怅是清狂",但表达的都是爱的艰深、爱的执着、爱的壮烈,给人以永恒的感染力。在商隐钟情的这些意象中,我们都能体味到诗人因身世经历和爱情追求所生的那种深沉的幽怨。其中,最有代表性的抒情意象是"蝉"。

在诗人的创作中,涉及"蝉"的诗共有16首。在被誉为"咏物最上乘"的五律《蝉》中,诗人自己就是那"本以高难饱,徒劳恨费声"的蝉。蝉在树上,以露为食,日夜嘶鸣,这本来是再自然不过的现象,诗人却把它人格化,说它因处高枝,终日饥寒，由"难饱"而"费声"，且鸣叫声中还带有"恨"。如此一来，诗人对蝉就有了一种同病相怜的同体之悲。自来咏蝉之作都是赞扬蝉之高洁，商隐笔下的"蝉"却别有意蕴，诗人突出的是一个"怨"字。树的"碧无情"，蝉的"恨费声"，一腔幽怨宣泄得令人动容。

还有那只"流莺"，简直就是诗人的化身，向我们展示了一个漂流不定、悲歌不止的流浪诗人的形象。它渡陌临流，不停地"巧啭"，仿佛被某种无形的力量主宰着，无法把握自己的命运。然而，世无知音、佳期无缘的"流莺"无论是在"风朝露夜阴晴里"，还是在"万户千门开闭时"，从未停止过歌唱。然后诗人将自己和流莺合为一体，直抒胸臆：自己曾为伤春所苦，有如"流莺"似的凄婉哀鸣，可是京城之大，哪里有他的容身之地！诗人借"不忍听"流莺之哀鸣，以啼血般的痛惜抒发自己的幽怨之情。这首诗塑造的这只满怀幽恨的流莺，作为一个凄苦的艺术形象，将永远活在人们的心中。

4.凄婉之美

李商隐是个理想主义者，更是一个唯美主义者。他有着极高的审美能力，而且往往带有悲观主义的色彩。他在意的不是具体的、可描可绘的形美，而是空灵飘逸的神美。他年轻时写的《燕台四首》将这种审美观反映得格外清楚。诗人说，他历尽艰辛，寻找的是一个"娇魂"。那是一颗心，她甜美温馨、风情万种，仿佛是桃云，又像是彩霞。因为找不到这个"娇魂"，诗人神魂颠倒，形销骨立，竟然绝望得想把自己动荡不安的梦锁进"天牢"。这个"娇魂"绝对是一个凄美的幻象，在《花下醉》一诗中，我们可以约略窥测个中的奥妙。

诗人说，为领略花之美，他希望带着醉意流连于花下。目眩神迷，身心俱醉，诗人不觉倚树而眠。醉眠之际，日已西斜。可是夜深人静、酒意散去之后，诗人发现趁醉赏花的所有美感如梦如幻，了无痕迹。诗人渴望重新找回饮流霞、眠花树的感觉，于是秉烛寻芳，然而鲜花已经凋零，在摇曳的烛光中变成了影影绰绰的光斑。这时候他突然明白，纵情享受之后的空虚才是唯一的真实。

诗人用惊世骇俗的笔墨营造如此凄婉的意境，点燃了生命的激情后，又无情地拨动怅然若失的心弦，就是想让芸芸众生明白，美不在转瞬即逝的客观物象上，而在相由心生的意识中。如此一来，为了传达这样的意境，诗人不得不采用凄婉的笔韵。

诗人对即将消逝的美总是抱着凄楚悲伤的惋惜之情。他在《天涯》一诗中说："莺啼如有泪，为湿最高花。"为什么希望黄莺将最后的眼泪洒在"最高花"上呢？因为树梢的花是开到最后的花，这意味着春天将尽，美色将逝，以花为依托的黄莺到时也将无枝可依，孤苦伶仃。泪洒"最高花"也罢，秉烛"赏残花"也罢，自始至终诗人都在苦苦寻觅那个"娇魂"。而这种意境的形象化，不言而喻，自然会给人以凄婉的审美享受。婉约的文字间潜藏着诗人炽热的情怀，婉约是无奈，更是期待，因此很容易引起读者的共鸣。这在他的那些无题诗和诸如《锦瑟》《重过圣女祠》《回中牡丹为雨所败二首》《银河吹笙》等抒情诗中,体现得格外鲜明生动。

　　总之,李商隐的诗以独特的艺术魅力为诗歌创作开辟了崭新的领域,他的朦胧、幽怨、凄婉的诗风,使晚唐诗坛生气流注,芳华烂漫。李商隐的存在使唐诗有了一个非常光彩夺目的结局。"凤城何处有花枝?"李商隐这个"流莺"诗人,在晚唐"夕阳无限好,只是近黄昏"的时代里,虽然没有找到属于他的"花枝",却像一颗璀璨的明星,永远闪烁在诗歌的星空,光芒四射,受人景仰!世世代代,无数善解风情的读者会倾心聆听他的绝唱!原因无他,只因为他的诗太美了!

　　本书从李商隐的近600首诗中选赏140首。其中,情诗90首,他的情诗差不多都选了。另外,精选咏史伤时和托物寄怀诗50首,这些诗皆为已成定论的脍炙人口的名篇。这些诗作如果不选,未免美中不足,切望读者理解体谅。

朦胧缠绵

——此情可待成追忆

锦 瑟

锦瑟无端五十弦[1]，
一弦一柱思华年。
庄生晓梦迷蝴蝶[2]，
望帝春心托杜鹃[3]。
沧海月明珠有泪[4]，
蓝田日暖玉生烟[5]。
此情可待成追忆，
只是当时已惘然。

---

[1]"锦瑟"句：典出《汉书·郊祀志上》："秦帝使素女鼓五十弦瑟，悲，帝禁不止，故破其瑟为二十五弦。"

[2]"庄生"句：典出《庄子·齐物论》："庄周梦为蝴蝶，栩栩然蝴蝶也；自喻适志与！不知周也。俄然觉，则蘧蘧然周也。不知周之梦为蝴蝶与，蝴蝶之梦为周与？"

[3]"望帝"句：《华阳国志·蜀志》云，古时有蜀王名杜宇，号望帝，后禅位。死后魂化为杜鹃，昼夜啼鸣，其声哀苦，啼至出血方止，声似"不如归去"。据《成都记》记载："望帝死，其魂化为鸟，名曰杜鹃，亦曰子规。"

[4]"沧海"句：西晋张华《博物志》云："南海水有鲛人，水居如鱼，

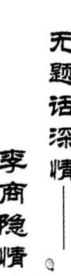

不废绩织,其眼泣则能出珠。"又东汉郭宪《别国洞冥记》记载:"味勒国在日南,其人乘象入海底取宝,宿于鲛人之宫,得泪珠,则鲛人所泣之珠也,亦曰泣珠。"

[5]"蓝田"句:据《元和郡县志》记载:"关内道京兆府蓝田县:蓝田山,一名玉山,在县东二十八里。"蓝田玉亦喻诗文之美。

【背景】

大中十二年(858年),商隐46岁。两年前,幕主柳仲郢罢东川节度使还朝,商隐随行,还故里郑州,未几病卒。临终前,他用这首凄美的绝唱对自己的一生做了总结。

【赏析】

商隐谢世那年写下的这篇压卷之作,是他为后人留下的绝笔。后人只要吟咏这首诗,就会永远缅怀他。宋刊义山诗集,把这首七律置于卷首,不是没有道理的。

也许是回光返照吧,诗人临终前,一生的经历"一弦一柱",格外清晰,一幕幕从脑海中掠过,于是他把如梦似幻的往事凝练成这篇朦胧凄美的华章。尽管研究李商隐的学者都认为这是诗人总结自己一生的绝命之作,但具体到诗的主旨和对每一诗句的解读时,却众说纷纭,莫衷一是。或曰其主旨是"悼亡",或曰其为艳情之作……梁启超则干脆主张"不求甚解",认为只管欣赏就行了,没必要去解读。

到底应当如何鉴赏这首千古绝唱呢?

我们先来看《锦瑟》这一标题,它和商隐的很多诗一样,都是以起头两个字为题,但"锦瑟"在这里具有意象性的借喻意义。诗人说他的一生既像是形神皆美的锦瑟,又像是锦瑟演奏的一曲歌。他开篇直抒其慨:锦瑟为什么偏偏只有五十弦呢?因为五十弦的瑟,弹奏起来太过悲伤,连素女都不能自已。我的生命也仿佛是一张五十弦的锦瑟,弹奏起来,悲痛难言。如今我的生命虽然还没有走到尽头,可是我情不自禁地要追忆往事了。"一弦一柱思华年"——诗人用这一句顺理成章地总领下文,用寓意凄婉、意象绮美的四个典故来形容他的生命历程。四句两两相对,是诗人对他一生思想感情的回溯式的总结。最后,诗人用"成追忆"与首联之"思华年"相呼应,以"此情"综述前文。他感叹道:所有这些思想感情,等到("可待")逐渐明白的时候,却都已成为只能追忆的往事。然后,诗人用转折词"只是"——只不过——无比遗憾地说:只是当时身在其中,一切都那么朦胧恍惚,令人感到迷茫怅惘。

　　诗论家对首联和尾联的解读差别不大,分歧发生在对中间两联的理解上。商隐诗歌的一大特点是善于将死典化为情语,把典故不着痕迹地融化在诗句中。对颔联"庄生梦蝶"和"杜鹃泣血"二典,即便不去深究,读者也会产生诸多美好而凄迷的联想。曰"晓梦"而"迷"者,谓其变幻莫测,令人迷惘,极言其幻灭之迅速;"春心"本意是对爱情的追求向往,也可以比喻为对理想的追求,即诗人所谓"天荒地变心虽折,若比伤春意未多"(《曲江》)。"春心"用"托"字擎起,极言伤时忧国之壮心无处安放,所以只能托付给泣血的杜鹃。这是多么凄美感人而又悲痛欲绝的倾诉啊!试想商隐一生之经历,当他回首往事的时候,在脑海中自然而然会浮现出那个谁都会有的困惑:"我是谁?我的存在有什么意义?"他渴望回归本我,当然会想到杜鹃的泣血悲啼:"不如归去"。因此,如果说诗人用比喻物化的"庄生梦蝶"来表达他对生命本质的困惑的话,那么可以托付"春心"的杜鹃则是他的乡愁和诗魂。

　　不言而喻,颔联二典不仅仅是诗人对自己一生的形象化的思索,同时也蕴含着无限低回婉转的情感倾诉。这在颈联的两个典故中体现得格外鲜明。"沧海月明珠有泪"让人联想到诗人的感情经历。商隐在婚前曾经与宋华阳、柳枝等人有过恋情,但结局都是悲剧性的;婚后,他与妻子伉俪情深,不幸佳偶先他而去,为此他抱恨终身,写下了许多催人泪下的悼亡诗。所以,这句诗的表层呈现出的是一幅孤独凄凉的海上夜景图，底蕴却暗含着诗人非常丰富的感情经历，而在读者的想象中，诗人仿佛成了一颗孤独地闪烁在月下的盈盈的"珠泪"。这是多么美丽而凄楚的景象啊！

"蓝田日暖玉生烟"的蓝田在这里代指长安。诗人青春时代大部分时间是在长安度过的，在长安有使他春风得意的金榜题名、洞房花烛的往事。蓝田同时又比喻诗文之美。商隐生前，诗人戴叔伦曾说："诗家美景，如蓝田日暖，良玉生烟，可望而不可置于眉睫之前也。"诗人顺手拈来用其形容自己的才华，同时又比喻自己向往追求的至美诗境，望之似有，近之却无。"美玉生烟"是诗人对自己艺术风格最贴切、最形象的比喻。对此联之朦胧凄婉之美，钱钟书先生说：

今不曰"珠是泪"，而曰"珠有泪"，以见虽化珠圆，仍含泪热，已成珍玩，尚带酸辛，具宝质而不失人气；"暖玉生烟"，此物此志，言不同常玉之坚冷。盖喻己诗虽琢炼精莹，而真情流露，生气蓬勃，异于雕绘夺情、工巧伤气之作。（《管锥编》）

其实，中间这四句，对于这些诗人精心选择的意象，即使不了解其确切含义，仍能很好地感受诗人所传达的那种回忆往事时所特有的"事如春梦了无痕"的朦胧和感伤。抒情诗中的这种朦胧的效果或印象主义的色彩，之所以有一种特殊的价值，乃是因为生活和情感本身并不总是清晰明朗的。在这方面，商隐可以说是深有感悟，因此他的诗歌才有如许不可抗拒的艺术魅力。

总而言之，诗人这首让无数读者心醉的代表作是一复喻式的完美整体，中联四句则是分喻。"华年"中那些无法逐一表达，只能用化典托意的方法予以表述的际遇和情思，把四个典故用纯美和痴情融为一体。其中，有四种时景：晓、春、夜、昼。有四种心情：迷、愁、哀、惘。有四个不同地域：中原、蜀、桂、京。通过这些，诗人将典、景、情熔为一炉，使全诗成为一首结构完美、意蕴丰富、情境幽深、文采飞扬而又朦胧迷离的绝唱。我们即便不去考证诗人描述的究竟是什么,光看文字,也能浮想联翩,痴迷陶醉。诗人所表达的迷惘、凄婉、孤寂、美好,会让我们与之共鸣,我们自己也会发现"此情可待成追忆,只是当时已惘然"。

【名家点评】

　　义山诗独有千古,以其力之厚,思之深,气之雄,神之远,情之挚;若其句之练,色之艳,乃余事也。

——[清]钱良择《唐音审体》

　　望帝春心托杜鹃,佳人锦瑟怨华年。
　　诗家总爱西昆好,独恨无人作郑笺。

——[金]元好问《论诗三十首·十二》

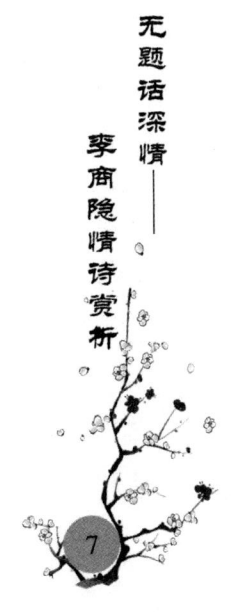

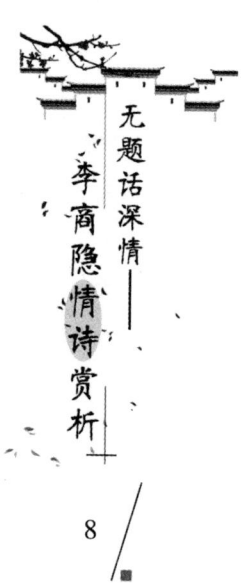

无题二首

一

昨夜星辰昨夜风，
画楼西畔桂堂东[1]。
身无彩凤双飞翼，
心有灵犀一点通[2]。
隔座送钩春酒暖[3]，
分曹射覆蜡灯红[4]。
嗟余听鼓应官去[5]，
走马兰台类转蓬[6]。

二

闻道阊门萼绿华[7]，
昔年相望抵天涯。
岂知一夜秦楼客[8]，
偷看吴王苑内花[9]。

---

[1]画楼、桂堂：指富贵人家的宅院。
[2]灵犀：旧说犀牛神异，角中有白线贯通。

[3]送钩:亦曰藏钩。古代腊日的一种游戏,分两组以较胜负。钩互相传送后,藏于一人手中,猜不中者罚酒。

[4]分曹:分组。射覆:在器皿下放东西让人猜。与送钩同,以猜中与否决定胜负。

[5]鼓:指更鼓。应官:指在官衙当值。

[6]兰台:即秘书省,掌管图书秘籍。

[7]阊门:阊阖,传说中之天门。萼绿华:传说中之女仙名。《真诰·运象》:"萼绿华者,自云是南山人,不知是何山也。"又《零陵县志》:"秦萼绿华,女仙也,以晋穆帝升平三年,降于羊权家。自谓行道已九百年,授权道术及尸解药,亦隐影化形而去。"

[8]秦楼客:作者以萧史妻、秦穆公女弄玉自喻。

[9]吴王苑内花:这里是比喻西施一样的美女。

【背景】

唐文宗开成三年(838年),商隐26岁。经过十年拼搏,他终于得中进士。金榜题名,他马上赶到泾原(今甘肃泾川)节度使王茂元的幕府求婚。王"爱其才,以女妻之"。此诗作于李商隐任幕府书记之时。

【赏析】

对这两首无题,也是公说婆说,颇多观点。商隐为什么及第后第一件事是赶赴泾原,登门求婚,甚至不惜冒着背叛恩师令狐楚的风险?明白了其中的缘由,诗的旨趣也就豁然明了了。

如果读过商隐在及第前,也就是他在25岁时写的《燕台四首》,就不难发现诗人是一个对感情生活要求非常高的人。他绝对不会贸然去向一个陌生的女子求婚。实际上也确实如此。在赴泾原之前,他已经与王茂元最小的女儿有过接触。据说此女子芳名晏媄。在商隐为科举奔波于长安和洛阳的那几年,王茂元家在洛阳,需要进京述职,因此经常携带家眷往来于东西二京。而商隐又与王的两个女婿李十和

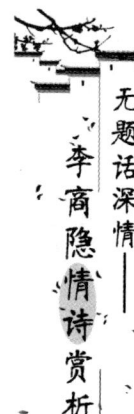

韩瞻交好,这样一来,认识晏媄,并在他们喜欢游览的长安风景胜地曲池相与,自是情理中事。对此,我们在诗人日后所写的那些忆旧之作中可以找到证据。正是因为有事先的相互了解,而且商隐对晏媄十分中意,这才有了泾原之行。正好王茂元聘请他为幕府书记,正中下怀。

一

此诗写的是诗人的私事,所以用的是第一人称叙事的手法,这在商隐的诗作中甚为罕见。故事情节与人物的心理活动也交代得很清楚。时间是"昨夜"。良辰好风,令人难忘。"昨夜"一词重叠出现,意在强调事情之非同寻常。地点是画楼西、桂堂东的酒席宴上。"送钩酒暖""射覆灯红",极力渲染宴会之热闹,同时也说明彼此互通心声有了借口。所有这些铺张渲染,画龙点睛处只在"身无彩凤双飞翼,心有灵犀一点通"这两句上。诗人说,他与对方虽然早已相识,可惜一直没有亲密接触的机会。今天坐在了一起,也只能在觥筹交错之际眉目传情。好在彼此相知日深,好在二人心有灵犀,此已足矣!

在这里,诗人描写的是他到泾原之后、正式成婚之前,参与王家酒宴的情景。虽然他和王家小女已是熟人,其父母也知道他来的目的,但出于礼教大防,王家人肯定不会让他们单独相处,只会给他们安排一些机会,以便全家人了解他,也好让他们二人进一步熟悉,并做出决断。诗人在《重祭外舅司徒公文》中说:

往在泾州,始受殊遇。绸缪之迹,岂无他人?樽空花朝,灯尽夜室。忘名器于贵贱,去形迹于尊卑……

这不就是对当时实际情况的最好说明吗?

结尾的遗憾惆怅与昨夜欢宴的眉目传情虽然已成令人心醉的回忆,但对"昔年相望抵天涯"的相思来说,毕竟是难得的补偿,彼此毕竟有了"心有灵犀一点通"的默契。

"嗟余"二句表现出诗人的坦诚,他说自己是一个"转蓬"般的"兰台"小吏,一旦听见更鼓,就得赶紧去上班。这是在坦陈自己将来会遇到的情况,让女方对"无端嫁得金龟婿,辜负香衾事早朝"事先有个思想准备,不要等成婚后心生懊悔。

二

第二首是用倒叙笔法对第一首主旨进行补充说明,是对事情缘起的追述。首句说,从前听说王家有女年轻美貌,名闻京城。见面之后,果不其然,从那时候起,我就把她当成了我的天造地设的佳偶。次句说,虽然情有独钟,无奈无缘亲近,只能天涯相望,空劳梦想。最后两句,商隐毫不掩饰自己的欣喜之情:谁能想到,自己突然会成为王家的"秦楼客",终于有机会与她亲近、接触了。这让他喜出望外,心花怒放。"吴王苑内"在这里比喻富贵人家的深宅大院,并非实指苏州。

以往诸学者说这二首无题中的女子是某权贵的姬妾,诗人与之偷情不遂,因此惆怅惋惜。这纯属无聊之至的胡乱猜测。民国初年,有女作家苏雪林写了一本《玉溪诗谜》,书中充斥着诸如此类的观点。连她自己都说,她是在"大胆假设","全篇种种假设都是错误的,也说不定"。诠释古典文学,能这样不负责任吗?

下面要解读的一首诗可以有力地证实商隐与王氏女以前就认识。

【名家点评】

谓义山得窥王茂元家姬,大谬。首二语言其时地,星辰喻其高,风喻其清……结二语,则谓己不得长在此间,而有转蓬远扬之恨。比类达情,意深而婉,反复咏之,味弥永矣。

——汪辟疆《玉溪诗笺举例》

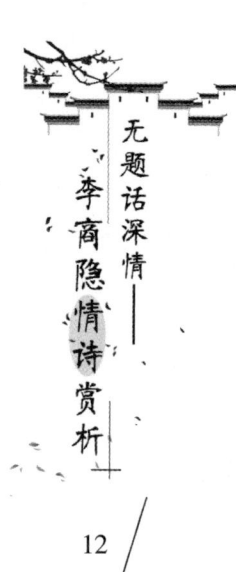

病中早访招国李十将军遇挈家游曲江[1]

一

十顷平波溢岸清,
病来惟梦此中行。
相如未是真消渴[2],
犹放沱江过锦城[3]。

二

家近红蕖曲水滨[4],
全家罗袜起秋尘。
莫将越客千丝网,
网得西施别赠人。

---

[1]招国:应名昭国,李家所在长安街坊名。李十将军:或云即王茂元继室李氏弟李执方;或云是王茂元女婿,官千牛,名将李晟之子。曲江:亦名曲池,长安城南旅游胜地。这一地名在商隐诗中频繁出现。

[2]"相如"句:典出《史记·司马相如列传》。传说相如患有消渴病(即糖尿病),这里活用此典,以喻求偶心切。

[3]沱江:长江上游支流,今称绵远河。

[4]红蕖:即荷花,亦名芙蕖。

【背景】

此诗当作于商隐中进士前之开成元年(836年),作者24岁时。

【赏析】

无论"李十将军"是谁,都可以肯定,他是商隐寄希望为之做媒的人。事实上,商隐之所以能娶到王氏女晏媄,此人与商隐的好友韩瞻(王茂元的另一个女婿)确实帮忙不少。这在商隐写给韩的其他几首诗中,可以找到证据。

一

首章前两句以曲江清波兴起,从而生发出与消渴病相联系之诗意。因此说,渴病一来,诗人梦中都在曲江漫游。"醉翁之意不在酒",这是以相如之渴暗喻求偶心切。三四句妙不可言!诗人进一步强调己之"渴"远胜相如——他要是真渴,为何不饮沱江之水,而要让它流过锦城呢?

诗人的意思,李将军自然心知肚明。

二

次章的意旨表达得更清楚。诗人说,你家离红荷满江的曲水不远,全家罗袜生尘,来游曲江,其中有美一人,她是你的近亲。她们姐妹数人,现在都在你的"千丝网"中,你可别将网中的"西施"——我的意中人——赠送别人哟!语近戏谑调笑,渴求之情却呼之欲出。

想必他钟情的佳人走起路来有如宓妃之凌波微步,异常好看。他用五绝《袜》描述曰:

尝闻宓妃袜,渡水欲生尘。

好借嫦娥着,清秋踏月轮。

由这首描写意中人脚步轻盈飘逸的小诗,我们也不难想象他对晏媄之一往情深。

据考证,商隐比王家小女大十岁,而且这是商隐再婚(详见《李商隐传略·婚前婚后》),所以他在恳请李、韩玉成好事时,表现得急切而又战战兢兢、诚惶诚恐。

【名家点评】

从糖尿病古称消渴双关到消除口渴,要喝水,夸大到把沱江水喝干,再从沱江的流到锦城,说明沱江水没有被喝干,反证相如还不是真消渴。这里是双关、曲喻、夸张几种修辞格的合用。

——周振甫《诗词例话》

春雨

怅卧新春白袷衣[1],

白门寥落意多违[2]。

红楼隔雨相望冷,

珠箔飘灯独自归[3]。

远路应悲春晼晚[4],

残宵犹得梦依稀。

玉珰缄札何由达[5]?

万里云罗一雁飞[6]。

---

[1]白袷衣:白布夹衫。唐人以白衫为闲居便服。

[2]白门:男女欢会之所。语本南朝民歌《杨叛儿》:"暂出白门前,杨柳可藏乌。欢作沉水香,侬作博山炉。"

[3]珠箔:珠帘。此处比喻春雨细密如帘。

[4]春晼(wǎn)晚:春天日晚时分。晼:太阳偏西,日将晚。

[5]玉珰缄札:以玉耳环为凭证的书信。

[6]万里云罗:比喻天云犹如罗网。

【背景】

或云此诗为商隐38岁,于大中四年(850年)初到徐州宁武军节度使卢弘正幕府,雨夜思家所作;也有人说这是诗人客居长安,忆家而作。笔者则认为这是商隐与王氏女成婚前的作品,写于开成三年(838年)前某年春天。

【赏析】

　　这是一篇怀人之作。此诗写的是新春里的一天,诗人身着白衫,和衣而卧,怅然若失地回忆着他寻访恋人的经过:那是一个春雨绵绵的夜晚,他去他们曾经聚会的地方,然而现在那里门庭冷落,已经看不到她的倩影了。诗人伫立雨中,眺望对方住过的红楼。昔日那里是那么温馨可意,今日却是如此冷落寂寥。

　　诗人在楼前呆望了多久,自己也不知道。直到他发现四周暗了下来,细雨从亮着灯光的窗口落下,恍若一挂珠帘,才恍恍惚惚独自走了回来。

　　颈联是说,路远日暮,即使千里迢迢去相会,只怕也来不及了,只好在梦中相见了。"梦依稀"与首句"怅卧"相呼应,气韵连贯,婉转有味。

　　强烈的思念,深深的失落,他忍不住写了一封信,而且附有信物"玉珰"。可是路遥阻重,纵有信使,又如何送达呢?他幻想着能有"一雁",能懂得他心中的苦痛,顷刻之间飞抵她的身边,把他的情书送到她的手里。

　　读者不禁要问:诗人冒雨寻访的这个女子到底是谁呢?

　　我们说过,商隐在成婚前就已经和王茂元的女儿晏媄认识。当王因公携带家眷在长安或洛阳临时居住的时候,诗人陪同王家的至亲李十将军或韩瞻与王家往来,自是有可能的。王家离去时没有告知他。此时,他已对晏媄产生深深的爱怜之情,所以才会冒着绵绵春雨前去造访,出现了诗中描述的情景。信已写好却无由可达,这说明,他们当时还没有名正言顺的理由鸿雁传书,公开来往。

　　诗人的这首情诗,用优美奇幻的语言,通过自然景象,如春雨、红楼、灯光等,与万里云天融汇成一个迷茫的艺术有机体,同时贯注着真挚的情感,读之令人久久难忘。

【名家点评】

　　诗令人解得寓意见其佳,即不解所寓意亦见其佳,乃为好诗。盖必如是乃蕴藉浑厚耳。

　　　　　　　　　　——纪晓岚《玉溪生诗说》

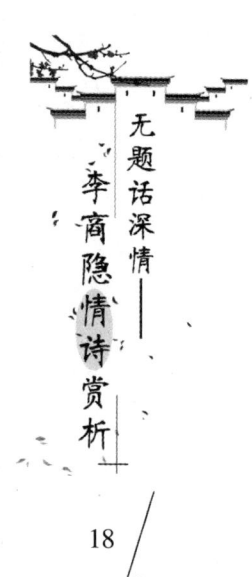

无题

相见时难别亦难，

东风无力百花残。

春蚕到死丝方尽，

蜡炬成灰泪始干。

晓镜但愁云鬓改，

夜吟应觉月光寒。

蓬山此去无多路[1]，

青鸟殷勤为探看[2]。

---

　　[1]蓬山：蓬莱山，传说中的海中仙山名。《山海经》云：其上有仙人，宫室皆以金玉为之。鸟兽尽白，望之如云。

　　[2]青鸟：传说中西王母的信使。典出《山海经·大荒西经》。

【背景】

　　大中五年(851年)，商隐39岁，年前入徐州宁武军节度使卢弘正幕府。卢卒，商隐罢幕入朝，以文章干令狐绹，补太学博士。妻卒，会河南尹柳仲郢镇东蜀，辟为节度判官、检校工部郎中。诗作于是时。

【赏析】

　　这首诗脍炙人口,广为传诵,盖因写情曲折深致,回环缠绵,而又自然流畅,如肺腑中流出;又因其纯粹抒情,不杂叙事,且形象鲜明,比兴贴切,初读即可心领神会,产生共鸣。

　　尽管如此,诗论家仍旧要凭空猜测,附会穿凿。有人认为此诗是写给一个不愿透露真实姓名的情人的;有人认为此诗是怀念柳枝的;而张采田等人则认为这是寄意令狐绹之作,希望他能感念旧情,伸以援手。张说:

　　　　此徐府初罢,寓意子直之作。"春蚕"二句,即谚所谓不到黄河心不死之意。结言此去京师,誓探其意旨之所向也。确系是时作,观起结自悟。(《玉溪生年谱会笺》)

　　这类中了索隐毒的比附殊为可笑。此诗所抒发的是对所思者刻骨铭心、生死不渝之深情,是彼此缠绵悱恻之挚爱,用在令狐绹身上,岂不荒唐可笑!再者说,爱妻不幸病逝,商隐伤痛难禁,还有心思为仕途干进而呼天抢地吗?诚然,在京城时,他拿着文章拜会过令狐绹,子直也帮他"补太学博士",可再没完没了地乞求人家提携,不是太过分了吗?排除了这类主观臆想,合情合理地解释,这只能是一首写给忍心离他而去的爱妻的悼亡诗。这样理解,全诗就豁然贯通了。

　　请看首联。"相见时难"说的正是他与爱妻晏媄喜结连理之不易。若非天缘作合,焉能今生相见?然而成婚仅13年,你就撒手抛下我们父子,怎不让人痛不欲生。"别亦难"说的正是这一事实。两个"难"字把佳偶难得、中年丧妻这一人生的大喜大悲,一正一反,形容得淋漓尽致。曹植有句云:"别易会难,各尽杯觞。"商隐更进一层,说相见固然不易,离别同样艰难。这正是他由自己的切身体会感悟到的至情之言。

　　次句用东风衰弱无力,眼见百花凋残而无可奈何来比喻好事难谐,苟且偷生者欲哭无泪之伤惨。真是神来之笔!"春蚕到死丝方尽"有双重含义。直观地看,诗人说:我如春蚕,一日未死,一日之丝(思)不能断;我如蜡烛,一刻不灭,一刻之泪不能止。然而仔细一想,"春蚕"难道不也是比喻妻子为家庭的辛劳付出吗?"春蚕到死丝方尽",这种深切的感伤、刻骨的相思,会一直伴随着自己,直到生命灰飞烟灭。有诗家读到这两句,惊呼道:"呜呼!言情至此,真可以惊天地而泣鬼神。"(赵臣瑗《山满楼笺注唐诗七言律》)这两句诗之所以被无数热恋中的痴男怨女引用,良有以也。

第五句"晓镜但愁云鬓改"的"云鬓"一般指女子鬓发茂密如云,所以这句是作者想象妻子与自己天各一方,在蓬莱仙境对镜梳理云鬓,叹息相思难解,时光易逝,鬓发为之斑白。而作者每每在深夜徘徊,想念娇妻,独自吟诵,觉得月色比平时更加苍白凄寒。

结尾一联表达的情感更为深沉。诗人说:你远离凡尘,仙逝而去,已经是蓬莱仙子。想去探望你,虽说相距不远("无多路"),然而仙凡永隔,只能寄希望于青鸟"殷勤"往返了。

品赏全诗,不难看出,首联是概述伉俪情深,中间两联分述妻子和自己,末联表达自己近乎绝望的想见妻子的心情。商隐写给娇妻的许多诗,用的基本都是这种艺术手法。

至于是否有所寄托,毋庸讳言,他的不少诗在创作过程中自然会融合、渗透作者人生中经历的人和事,如本诗之"春蚕到死丝方尽,蜡炬成灰泪始干"便反映了作者对政治理想的幻灭心有不甘,"东风"句也隐隐传达出作者对时世颓败之伤感。然而读者在为本诗意境之瑰丽美妙所震撼时,谁还会有闲情去探索隐藏在后面的"本事"?

【名家点评】

镂心刻骨之词,千秋情语,无出其右。

——[清]梅成栋《精选七律耐吟集》

无题四首

一

来是空言去绝踪，
月斜楼上五更钟。
梦为远别啼难唤，
书被催成墨未浓[1]。
蜡照半笼金翡翠，
麝熏微度绣芙蓉[2]。
刘郎已恨蓬山远[3]，
更隔蓬山一万重。

二

飒飒东风细雨来，
芙蓉塘外有轻雷。
金蟾啮锁烧香入[4]，
玉虎牵丝汲井回[5]。
贾氏窥帘韩掾少[6]，
宓妃留枕魏王才[7]。

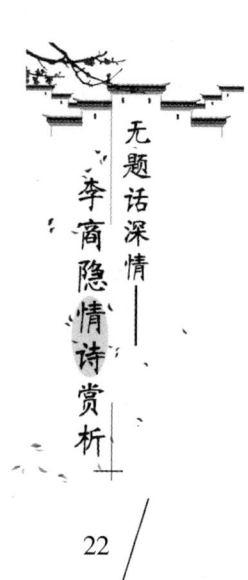

春心莫共花争发,

一寸相思一寸灰。

三

含情春晼晚[8],

暂见夜阑干。

楼响将登怯,

帘烘欲过难[9]。

多羞钗上燕[10],

真愧镜中鸾[11]。

归去横塘晓,

华星送宝鞍。

四

何处哀筝随急管[12],

樱花永巷垂杨岸[13]。

东家老女嫁不售[14],

白日当天三月半。

溧阳公主年十四[15],

清明暖后同墙看。

归来展转到五更,

梁间燕子闻长叹。

[1]"书被"句:意谓梦醒之后,急着写信,墨还没有磨浓就写好了。

[2]"蜡照"二句:意思是说,好梦醒来,残烛的光焰照着半幅用金丝绣着翡翠鸟的罗帐,绣着芙蓉的被褥似乎还有麝香的味道。翡翠、芙蓉均为男女欢爱之象征。

[3]刘郎:情郎之谓。典出《幽明录》,云汉明帝永平年间,剡县刘晨、阮肇入天台山采药,迷不得返。后遇二女,姿容绝妙。至暮,令各就一帐宿,女往就之,声音清婉,令人忘忧。刘、阮滞留半年,求归至家,子孙已七世矣。唐宋诗词中多用此典,比喻男女遇合。

[4]"金蟾"句:意谓金蟾形的香炉中升起袅袅香烟。金蟾是一种蛤蟆形的香炉,有一鼻钮可开合。将香料放入点燃,香烟即从四周镂空的孔中飘散出来。

[5]"玉虎"句:意谓屋外传来转动辘轳汲水的声音。玉虎指有玉石装饰的虎形辘轳。

[6]韩掾:即韩寿,典出《世说新语·惑溺》,云西晋司空贾充有僚属韩寿,充每在家宴会,其女窥见韩寿貌美而爱之,与之私通。充有御赠异香,闻韩寿身有奇香,考问女儿、奴婢,知情后以女妻之。后世常用此典喻男女偷情。掾:僚属。

[7]宓(mì)妃留枕:传说曹丕的甄妃因慕曹植之才,死后以金镂枕相赠。曹植携枕至洛水,梦甄后,遂作《洛神赋》。甄后因真情不泯,化为洛水女神。宓妃本为传说中的伏羲氏之女,《洛神赋》借以喻甄妃。

[8]春晼(wǎn)晚:见《春雨》注[4]。

[9]烘:灯光明亮,透出窗帘状。

[10]钗上燕:《洞冥记》谓汉武帝元鼎年间有神女留玉钗与帝。至昭帝时,此钗化作白燕升天,因名玉燕钗。此言己不能如钗上燕接近其人,故曰"羞"。

[11]镜中鸾:指镜子后面的鸾鸟图案。

[12]哀筝:高亢清亮的筝声。急管:急促的管乐声。

[13]永巷:深长的街巷。

[14]东家老女:宋玉《登徒子好色赋》:"臣里之美者,莫若臣东家之子。"此处暗示这位老女原本容华美艳。嫁不售:嫁不出去。

[15]溧阳公主:梁简文帝的女儿。这里泛指贵家女子。

【背景】

四首中七律二,五律一,七古一,体裁杂,内容亦无内在联系,恐非一时之作,但前二首却作于同时。张采田认为这几首诗写于大中五年(851年)令狐绹居相位兼礼部侍郎,商隐屡以文章干之时;程梦星则谓四首皆入王茂元幕府时之感叹苦吟。今皆不从,前二首仍以情诗目之。

【赏析】

一

明清以来,解读李商隐诗歌的人日多,尽管解读者人人使出浑身解数,可惜终归还是见仁见智,越说越糊涂。譬如对这首诗,至今连诗中主人公是男是女都没有统一的意见。我们知道,商隐笃信佛教,通晓佛法。他用佛理统摄诗的意境,这就使他的诗充盈着一种亦空亦有、非空非有的灵性。因此,不懂佛法,就不可能成为商隐的知音。在这首七律中,我们便可以体会到诗人是在以佛理观照梦幻和相思。诗人的自白可以证明我们这样解读绝非牵强附会。他在自编自选的《樊南乙集·序》中说:

三年以来,丧失家道,平居忽忽不乐。始克意事佛,方愿打钟扫地,为清凉山行者。

自从大中元年(847年)生子之后,商隐妻子身体一直欠佳。而商隐常年辗转于幕府,有家无归,所以说"丧失家道"。对作者的这些情况稍作了解后,我们再来看诗。

诗的主人公应当是男子。诗中说他因思念远隔天涯的爱人,做了一个春梦。诗从梦醒后重温梦境写起,将因何做梦、梦境、惊梦和梦醒后的一系列行为及复杂的心理活动熔铸为情感的整体,所有细节都被融合在情感的有机意象中,让读者沉溺其中,无法自拔。

首句七字写尽期约虽在,良会难成之种种情事。主人公说,昔日恋人与他分手时,曾相约不久再见,然而承诺竟然成了一句空话,谁知经此一别,竟难相会!你看,诗人落墨就把我们领进一个"空"的意境中来——承诺是空,相会亦空。随后的景象便在这"空"境中展开。晓钟声声,惊破了好梦。这时,唯见斜月悬挂西天,梦中的情人已无影无踪。楼空灯暗,他神情迷惘,依稀还在梦中。慢慢地,他才恍恍惚惚想起似乎有过一个美梦。在梦中,他和她都曾因"远别"而哭泣,醒来后他发现自己还在哭喊,可这一切都已于事无补了。他还记得,梦中欢会时,她曾叮咛他一定要给她写信。于是,他立刻磨墨铺笺,墨犹未浓,草草而就。然后他情不自禁地环顾四下,希望重温绮梦。蜡照半笼,麝熏微度,依稀还是梦中的情景。这一切真的有过吗?现实的"有"不但让他对伊人是否真的来过产生了疑问,而且加深了这种"空"的感觉,这眼前的"有"是全然无法把握的相思之"空"。

然而他并不认为相思真的空幻不实,反而把相思提升到了永恒的、不灭的至境。当年刘晨重入天台山,寻仙不遇,恨仙境渺茫;此刻的我,距离那仙境更是无边的遥远。看来我苦苦相思的伊人是在色界天召唤我,如若想与她会面,在欲界天是绝然无望了。结尾两句与首联的"空"境回环圆合,中间两联绮丽凄美的"空"化为"有"的幻觉,在艺术构思中巧妙地显现为令人心醉的审美意象。因此可以说,不但这首诗所具有的艺术魅力会被世代赞赏,诗所传达的"真空妙有"的境界

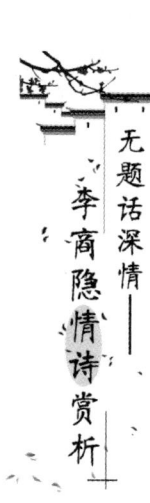

同样是永恒的。

请注意"蓬山"二字的再次使用。上一首《无题》的结尾是"蓬山此去无多路",现在却说"更隔蓬山一万重",因此我们不能不联想:莫非诗人梦见了妻子来和他幽会?要知道,在他的意识中,妻子是天人,现在虽死犹生,已经回到了天国。

二

这首无题的主旨是少女怀春,与第四首中的"何处哀筝随急管"形成对照,与前一首"来是空言去绝踪"恰成姐妹篇。两首同样以"来"起兴,前者是慨叹梦中欢情之空幻,这首则是希望意中人能像春雨那样,悄悄出现在面前。

诗人说,那是一个春雨绵绵的夜晚,"好雨知时节",春雨伴随着飒飒东风,唤醒了闺中少女的春梦。荷塘上方的隐隐雷声让少女心如鹿撞,不得安宁。古诗有云:"雷隐隐,感妾心。倾耳清听非车音。"正好是对此句最贴切的诠释。她在惊喜之余,睁眼睇视,只见金蟾炉中的香烟在悠悠地飘散。她被"锁"许久的春心,不也如同那放在香炉底部的心字香,此刻正难以禁锢地飘散出来了吗?屋外辘轳汲水的咿呀声不时传来,她感觉自己的哀怨怅惘就像井底的清泉,此刻正被"牵丝(思)",回转不已地从内心深处汲引上来。

隐藏在她心底的梦中情郎是个什么样的人呢?人选在她的心目中早已定格了:相貌要像贾氏窥帘爱上的韩寿那样风流俊俏,才华可比感念甄后留枕而有《洛神赋》传世的曹植。少女的春心越是荡漾,想象越是真切;梦境越是香艳,惆怅之情越令人柔肠寸断。"春心莫共花争发,一寸相思一寸灰"——这是渴望爱且对爱而无望的痛苦呐喊,是美的毁灭,是绝望的迸发,因此具有强烈的感人力量。

和其他无题诗一样,诗人艺术手法之高超令人惊叹。作者从一开始就运用了他所擅长的修辞手法,有比喻,有暗示,有双关。东风细雨、远方轻雷,都是与情爱有关的联想;"芙蓉塘"是男女欢会的代称;

金炉之"香"与汲井之"丝"是"相思"的谐音,且与后面的韩寿偷香和成灰之香遥相呼应。此外,颔联还有一重象征性的含义:闭锁的炉香既可逸出,深井的清水亦可汲来,深闭于内心的春情能禁锢得住吗?这种精巧的艺术构思将首联之细雨轻雷和颈联两个典故所传达的幽会偷情与至情难遏的意蕴,凝铸成一个有机的审美整体。真是妙不可言!

三

这首五律意蕴比较单纯,写的是情人的一次深夜幽会,语言朴素无华,与七律无题华美而富于象征色彩的语言有所区别。

诗的大意是说,那是在暮春日落时分,春情萌动的双方相约幽会,可是男子到了对方的住所,仅于夜色朦胧中偶尔瞥见伊人。楼上人声喧哗,灯光掩映,因此他踌躇不前,怯于登楼入室;烛光透过重帘照射出来,伊人身影依稀可辨,却可望而不可即。颈联哀叹自己都不如她金钗上的玉燕,能够时时与之亲近;不如她梳妆台铜镜后面的鸾凤,能天天目睹她的芳容。他伫立中宵,悻悻而归,唯有明星空照归鞍,怅惘之情难以遏止。

四

第四首以"东家老女"婚嫁失时,自伤迟暮,暗喻生不逢时。

头两句用急管繁弦渲染场面之热闹欢快,然后再写鼓乐声从樱花盛开的深巷、垂杨飘拂的河边传来,以"何处"振起的意境立刻呈现在我们面前,读者的好奇心也马上被唤起。

颔联笔锋陡转,说东家的老女犹如春光将暮,目睹热闹非凡的嫁娶景象,只能自伤自叹。她之所以嫁不出去,并非貌不美、品不佳,只因为家境贫寒。这又是一个倒装句。

颈联笔锋再转,写这场闹剧的主角——新娘子。同样是阳春三月,丽日当空,一个是年长难嫁的贫家女,另一个是簇拥墙垣争相观赏的贵家女。鲜明的对照强烈地刺激了"东家老女"。漫漫长夜,她辗转难眠,其悲酸痛苦无人理解同情,只有梁间栖燕在听她的"长叹"。这样的情景,将半老佳人难以言喻的悲凉反衬得无以复加。

以贫女难嫁、自伤迟暮与豪门千金春风得意、郊游行乐相对比,说明寒士之落魄与权贵子弟的平步青云,这是诗文创作的传统手法。《无题》诸篇,本篇是托寓痕迹最明显的。

【名家点评】

窥帘留枕,春心之摇荡极矣。迨乎香消梦断,丝尽泪干,情焰炽然,终归灰灭。不至此,不知有情之皆幻也。乐天《和微之梦游诗序》谓:"曲尽其妄,周知其非,然后返乎真,归乎实。"义山诗即此义。

——[清]朱鹤龄《李义山诗集笺注》

综观前三章,主角或男或女,时时变换,情事又各不相关,谓其有意借艳情作连章之寄托,实属穿凿附会。……蓬山重隔之恨,相思无望之叹,可望不可即之感,或亦略有所寓焉。惟此种寓托,只可与形象之总体自然联想,不可斤斤于字句间比附索隐。

——余恕诚、刘学锴《李商隐诗歌集解》

无题二首

一

凤尾香罗薄几重[1],
碧文圆顶夜深缝[2]。
扇裁月魄羞难掩,
车走雷声语未通。
曾是寂寥金烬暗[3],
断无消息石榴红。
斑骓只系垂杨岸,
何处西南待好风[4]。

二

重帏深下莫愁堂,
卧后清宵细细长[5]。
神女生涯原是梦,
小姑居处本无郎[6]。
风波不信菱枝弱,
月露谁教桂叶香?

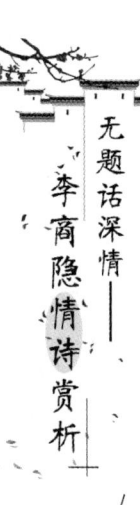

　　直道相思了无益[7]，

　　未妨惆怅是清狂[8]。

---

　　[1]凤尾香罗：织有凤凰花纹的轻薄绮罗。

　　[2]碧文圆顶：绣着青碧花纹的圆顶罗帐。

　　[3]金烬(jìn)暗：灯光暗淡。烬是蜡烛燃烧后的残存物。

　　[4]"斑骓(zhuī)"二句：意谓所思之人此时正将马系在垂杨岸边，希望能有好风，吹他到我身边来。用乐府《神弦歌·明下童曲》"陆郎乘斑骓……望门不欲归"句意。"好风"语本曹植《七哀诗》"愿为西南风,长逝入君怀。"

　　[5]"重帏"二句：意谓独处深闺的女子在静寂清冷的深夜里,思情悠悠,倍感黑夜之漫长。

　　[6]"神女"二句：大意是说,巫山神女的追求只不过是一场春梦,自己只能像青溪小姑那样,命里注定终身无伴,独处无郎。语本南朝乐府《神弦歌·清溪小姑曲》："小姑所居,独处无郎。"

　　[7]直道：即便、纵然的意思。

　　[8]"未妨"句：各家释义均不同,或曰举世莫容,相思何益,不须惆怅,惟任清狂耳。此即庄子"猖狂妄行,乃蹈乎大方"之意。

【背景】

　　诗作于大中五年(851年),商隐39岁。卢弘正卒,义山府罢入朝。妻卒,河南尹柳仲郢镇东蜀,辟为节度判官。

【赏析】

　　商隐的无题,艺术境界奇妙,独具风格,在晚唐诗坛独领风骚,无人能及。这两首无题写青年女子因爱情失意而幽怨,因相思无望而苦闷,也是女主人公深夜追思往事。诗的女主人公表面上是抒情主体,实则是作者的化身,她的内心独白实际上是诗人深层意识的倾诉。

一

第一首写女子长夜无眠,孤苦难耐,可是还要精心缝制罗帐。她的全部动作,表明她在一边缝纫,一边回忆往事,同时期待着什么。她想起曾与意中人邂逅,他乘马驰过,自己在车里用团扇遮住羞红的面庞(一说男子乘车,女子骑马),两人居然没有来得及说一句话。为何要羞涩?因为他们曾经有过一次难忘的相会。可是作者在这里省略了许多情节,譬如他们是如何结识,如何相爱的,等等。

自从那次见面后,对方便"断无消息"了。"石榴红"语出武则天诗:"不信比来长下泪,开箱验取石榴裙。"这里暗示流光易逝,一别经年。黯淡的烛光曾伴她度过无数寂寥之夜,时下又到石榴红的季节,留给她的依然是期待、期待!他也许和自己相隔并不遥远,也许此刻正在东边的什么地方系马垂杨岸吧。多么希望能有一阵好风啊!可是哪里会有把他吹送到自己身边的"好风"呢?

此篇貌似言情,通篇抒写寂寞无聊中的相思与期待,与作者悲剧性的身世与情怀不无相通之处。

二

第二首章法同前,起手即写女主人公日常起居之环境:罗帷自锁,独卧深闺,清宵漫长。她辗转不眠,思情悠悠,孤苦自尝。最后她对自己追求真爱的结论是:在情感生活方面,自己尽管也像巫山神女那样,有过向往,但到头来不过是春梦一场;青溪小姑,独处无郎,这才是自己命运的归宿。这里没有正面描写女主人公的心理活动,但透过这静寂孤清的气氛,读者可以身临其境地深入她的内心世界,感觉到那帷幕深垂的居室中弥漫着的幽怨有多么浓郁。

颈联从对爱情的悲叹转到对身世的感伤:自己像是一株柔弱的菱枝,却偏遭风波的摧残;又像芬芳美丽的桂叶,却无夜露滋润,不能使之飘香。"不信"二字道尽了世风之残酷无情;"谁教"则言虽然世无慧眼,然而自信美质良才,无时不芳。这样的表白既沉痛,且感人,让人不禁一洒同情之泪。

结联正话反说。孤苦、伤痛、迷惘、渴望,种种复杂的情感一齐涌上心头。无法承受的心理压力终于迫使她喊出了几近绝望的心声:"直道相思了无益,未妨惆怅是清狂。"——纵然相思无益,那我不妨把惆怅失意当作清狂,独抱痴情吧!

这真是一次华丽的转身!不久前还说"春心莫共花争发,一寸相思一寸灰",现在却说纵然相思无益,我也要当作是狂放的痴情,要自怜自赏。

这样一首芬芳馥郁的好诗,索隐派的诗评家们非要说作者有所寄托,寄托的对象似乎是幕主东川节度使柳仲郢,又似乎是令狐绹。诗中本来没有丝毫与"柳"有关的信息,可他们说,古诗常将杨柳连用,"垂杨岸"三字中就有"寓柳姓"的意思,从而把这两首诗说成是诗人"将赴东川,往别令狐(绹),留宿,而有悲歌之作"。不要忘记,商隐的妻子刚刚去世,正在痛不欲生之际,此时把商隐说成是一个汲汲于功名利禄的钻营之徒,这不是太不近情理了吗!再说,经考证确定的20首无题诗中,有9首写于妻子去世这一年,其中的6首公认是冠绝今古的爱情绝唱。这难道是偶然的吗?

【名家点评】

义山成进士,举拔萃科,名动一时,每为诸侯所辟,而不能一举朝班,如女子之求之者多,而终无伉俪之好者也。……然无足怪也,神女原只有梦,小姑本未有郎,予安得以好逑作合期之斯乎?……"直道"二字妙甚,盖前此犹未忍直言,至此则竟可说出矣。凄绝!

——[清]冯浩《玉溪生诗集笺注》

无题

八岁偷照镜,长眉已能画[1]。

十岁去踏青,芙蓉作裙衩[2]。

十二学弹筝,银甲不曾卸[3]。

十四藏六亲,悬知犹未嫁[4]。

十五泣春风,背面秋千下。

---

[1]长眉:古以长眉为美,由"青黛点眉眉细长"(白居易《上阳白发人》)可知当时梳妆时尚。

[2]"芙蓉"句:谓衣裙下摆开衩处绣着芙蓉花。

[3]银甲:弹筝时指甲上戴的金属套。

[4]"十四"二句:藏六亲意谓藏于深闺,回避关系最近的男性亲属。悬知犹未嫁:这里是说,小女子听到人们议论,说她还没有嫁出去。

【背景】

诗写于商隐十六七岁时。他渡过独撑门户的难关,劳作之余,刻苦读书,留心古文,所写《才论》和《圣论》受到当时诗文名家的赏识。当时他立志高远,决心光大门楣,报效家国,同时又忧心忡忡,对前途满怀忧虑。

【赏析】

　　这首诗写于商隐的早年,这从诗的内容和手法上可以得到佐证。诗格用的是五言古风,五联十句,不像他后来的诗,都是绝律或歌行体;内容上直陈其事,没有用典。诗中说,有一个女孩子,从八岁开始就懂得爱美了,偷偷照镜子,学着画眉毛。"偷"字把女孩子爱美心理的萌动刻画得惟妙惟肖。又说她十岁去踏青,故意在裙子的下摆绣上漂亮的芙蓉花,希望能遇上赏识她的人。再大一点,她开始了对自己才艺的培养;快到出阁之年,已经知道礼教之大妨,懂得主动回避异性了。这时候外人议论纷纷,说她待字闺中,还没有谈婚论嫁,是不是有什么难言之隐啊。听到这些流言蜚语,她伤心极了,在女伴们打秋千的时候,她却背对秋千,暗自饮泣。

　　显而易见,作者是在以少女之美暗喻自己少富才华,因芳龄易逝而深感忧虑。商隐曾自叹曰:"内无强近,外乏因依。"他在早年写的《初食笋呈座中》也说:"嫩箨香苞初出林,於陵论价重如金。皇都陆海应无数,忍剪凌云一寸心。"这都可以作为此诗意趣之佐证。

　　有人认为这是诗人在写他的初恋。设身处地想想当时商隐的处境,似乎不大可能。我们知道,商隐十岁时父丧于任所,他扶榇回乡,用稚嫩的双肩承担起养活全家的重担,为人抄书舂米,昼夜埋头苦学,能有心情去追女孩子吗?

　　我们知道,自从屈原开始,借美人香草、男女情爱来比喻忠君爱国成了传统文人赋诗填词常用的章法。结合商隐年轻时期的经历来解读这首无题,比较切合实际。

【名家点评】

　　义山一生,善作情语。此首乃追忆之词。逦迤写来,意注末两句。背面春风,何等情思,即"思公子兮未敢言"之意,而词特妍冶。

　　　　　　　　　——[清]姚培谦《李义山诗集笺注》

无题

照梁初有情,出水旧知名[1]。

裙衩芙蓉小,钗茸翡翠轻[2]。

锦长书郑重[3],眉细恨分明。

莫近弹棋局,中心最不平[4]。

---

[1]首联二句:"照梁"语出宋玉《神女赋》:"其始来也,耀乎如白日初出照屋梁。""出水"语本曹植《洛神赋》:"灼若芙蕖出绿波。"何逊《看伏郎新婚诗》亦云:"雾夕莲出水,霞朝日照梁。"

[2]颔联二句:"裙衩"参见《无题(八岁偷照镜)》颔联注。钗茸:"茸"的本义是形容草或毛发短密柔软。这里是形容钗上的花饰。翡翠:指钗上的翡翠玉饰。

[3]"锦长"句:典出晋窦滔妻苏若兰织锦为回文诗令窦感动而回心转意事。见《晋书·列女传·窦滔妻苏氏》。郑重:反复叮咛的意思。

[4]尾联二句:弹棋为古代的一种游戏,以方二尺棋盘为局,两人各执黑白子六枚对弹。棋盘中心高如覆盂,其巅为小壶。详见《梦溪笔谈》。

【背景】

诗作于开成三年(838年),商隐27岁,由泾原赴京,应吏部宏词科试落选。

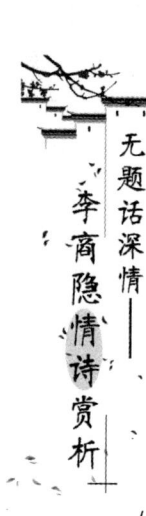

【赏析】

　　统观商隐早年的无题诗，有一个显著的特点，即多以五律出之。自从妻子去世后，无题之作基本都是七律。

　　很明显，商隐新婚宴尔，喜悦无已，于是写此诗来赞美他的新娘子，并对晏媄写信安慰他表示感激。诗写得明白晓畅，虽然全是用典——这是他的风格——但意旨用不着胡乱猜测。诗人起首便赞美新娘情窦初开，光华耀眼，其容颜宛若照耀屋梁的阳光，其丽质恰似出水的芙蓉。接着是细节描写，说她的衣裙、头饰、诗才、编织乃至眉黛，无不令人惊叹欣喜。这两联是对爱妻的外貌描写，后两联则是对其内在的贤惠之赞叹与感激。

　　按照唐代吏治法规，进士登第后，还须经过吏部宏词考试，这叫"释褐"；过关后由吏部确定官衔，上报中书省审核，方可授予官职。商隐这次落选，其从政之路中断，这对他打击很大。消息传到泾原，妻子写了一封长信，"锦长书郑重"——反复叮咛安慰他；"眉细恨分明"——同时为他打抱不平。"莫近弹棋局，中心最不平"是妻子在信中宽慰他的话，意思是说：落选也好，这样你就不会陷入钩心斗角的官场倾轧了。你要知道，一旦进入那个圈子，必将让你终日愤愤不平。"最是难得解语花"——新婚娇妻晏媄是当之无愧的解语花。

　　经历此事后，商隐理所当然终生要将妻子视为知己了。

【名家点评】

　　玉溪艳体诗独得骊珠，而此尤疏秀有致。

　　　　　　　　　　——[清]范大士《历代诗发》

无题

万里风波一叶舟,

忆归初罢更夷犹[1]。

碧江地没元相引[2],

黄鹤沙边亦少留。

益德冤魂终报主[3],

阿童高义镇横秋[4]。

人生岂得长无谓,

怀古思乡共白头。

---

[1] 夷犹:犹豫、迟疑不定貌。语本《楚辞·九歌·湘君》:"君不行兮夷犹,蹇谁留兮中洲?"

[2] "碧江"句:"地没"是地之尽处的意思。《说文解字》段注:"没者,全入于水,故引申之义训'尽'。"或曰当作"地脉"。

[3] 益德:张飞字益德。刘备伐吴,飞率兵马万人自阆中出发,其帐下将张达、范疆乘其醉杀之,持其首献孙权。详见《三国志·蜀书·张飞传》。

[4] 阿童:晋益州(成都)刺史王濬小字。公元280年,王濬率水军直取吴都建业(南京),吴亡。参见刘禹锡《西塞山怀古》。

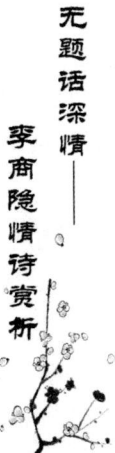

【背景】

大中二年（848年），商隐36岁。是年，牛僧孺卒，李德裕被贬崖州（海南三亚），两年后卒于贬所。令狐绹拜知制诰（负责起草皇帝诏令），充翰林学士。李党郑亚被贬循州（广东龙川），商隐二月罢幕，滞留荆门，往还峡、阆。秋归洛，次年还京，选为盩厔（即周至）尉。诗作于留郑亚东川幕府时。

【赏析】

商隐26岁受知于王茂元且入其幕府，娶其娇女，由此"去牛就李"，如果说这是他人生中的一大转折，那么十年后的这次罢幕归乡，是他人生中的又一个转折。是时，李德裕被贬崖州，幕主郑亚被贬循州，李党日暮途穷，而牛党风生水起，春风得意。被牛党视为"千古无行"的商隐，背着忘恩负义的骂名，漂泊于湖广，其孤苦凄凉可想而知。

诗人借景抒怀，坦陈他当时彷徨无依、黯然神伤的心情。当初互相援引的知友，如今大多烟消云散；黄鹤已去，不再逗留，"此地空余黄鹤楼"矣。张飞纵然为宵小残害，他的忠魂总算报答了刘备的知遇之恩；王濬一举灭吴，义薄云天，名垂青史。可我呢？如今犹如"万里风波一叶舟"，回归田园的念头方起，却又犹豫不决。这与杜甫所说的"飘飘何所似？天地一沙鸥"何其相似。心虽逐江流而思归，但滞留蜀中，徒怀壮志，于是情不自禁地缅怀蜀中之英豪。张飞和王濬一死一生，一忠一义，均名垂青史，这不由令他神往。

人生真的无所谓吗？然而仔细想来，还不是在缅怀古贤、渴望建功立业与眷恋家乡、退隐田园二者之间徘徊踟蹰，不知不觉白了少年头吗？"岂得"二字，写出了不甘沉沦而又无法摆脱困境之愤懑。

这首无题即便抽掉中间两联，也是一首荡气回肠的好诗，但不能因此就说颔联和颈联是多余的。一则这四句与作者当时的境况密切相关，怀古即是讽今；二则益州、阆中正是作者淹留、盘桓之地，以古人之高义壮举影射今人之薄凉无情，可谓相得益彰。

陈寅恪先生认为,这是大中六年(852年)夏商隐奉柳仲郢命至江陵祭李德裕归柩之作。颔联是写李子李烨扶柩路经江陵的情形。李德裕生前有军功,故以益德为比;以王濬比柳仲郢……此解视之为一家之言可也。

【名家点评】

万里风波,岂能傅翼飞去,忆归之心愈欲撇开,愈加萦系。观碧江之东下,既若有相引之情;羡黄鹤之自由,亦若有留待之意,所谓"夷犹"也。……今我于思乡之际,发此怀古之情,似属无谓,不知人生驹隙,白首如期,岂能长在世间,而乃受人牵制如此耶?

——[清]姚培谦《李义山诗集笺注》

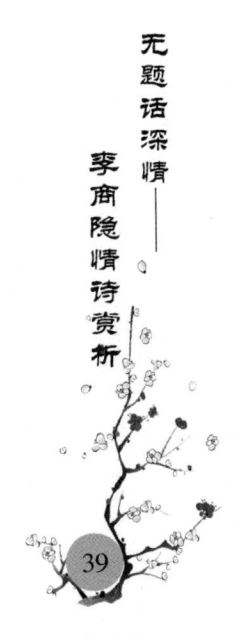

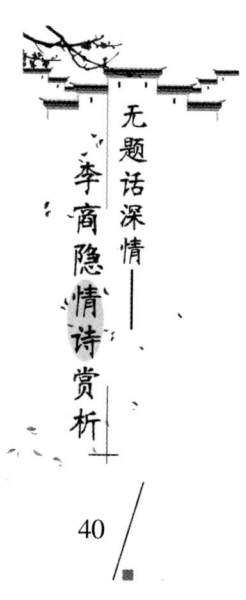

无题

紫府仙人号宝灯[1],
云浆未饮结成冰[2]。
如何雪月交光夜,
更在瑶台十二层[3]。

---

[1]紫府:道教谓天上神仙所居之处,代指道观。

[2]云浆:亦作云液,或云美酒。《汉武故事》:"太上之药有玉津金浆……次药有五云之浆。"

[3]"更在"句:《拾遗记》谓昆仑山旁有瑶台十二,各广千步,五色玉为基。此言"十二层",极言其高。

【赏析】

诗作于大中三年(849年),寓意不详,与同年其他诗作比对,彼此没有任何关联。就内容而言,这是写给一个道名为"宝灯"的出家人的。诗说,他(她)为什么不饮长生不老之药呢?药已结冰,仍无动于衷,是在留恋红尘吗?那为什么要在白雪与皓月交相辉映的如此美丽的夜晚,高居于金楼玉阙,不到人间与众生共享良辰美景呢?

众所周知,唐代盛行出家修道,连皇室公主也热衷于此。究其因,固然与李姓皇朝崇尚道教有关,但主要原因是多数女子希望挣脱礼教的束缚,追求更自由的爱情生活。晚唐的著名诗人,如杜牧、温庭筠等

都写有大量歌咏女道士的诗词。比如商隐的连襟韩瞻的儿子,即被商隐称誉为"雏凤清于老凤声"的韩偓,就曾写道:

人许风流自负才,偷桃三度到瑶台。
至今衣领胭脂在,曾被谪仙痛咬来。

【名家点评】

　　捕捉瞬息间即逝之感受乃至幻觉入诗,构成色彩绚丽、富于象征性之艺术形象,为义山此类诗之重要特色。
　　　　　　　　——余恕诚、刘学锴《李商隐诗歌集解》

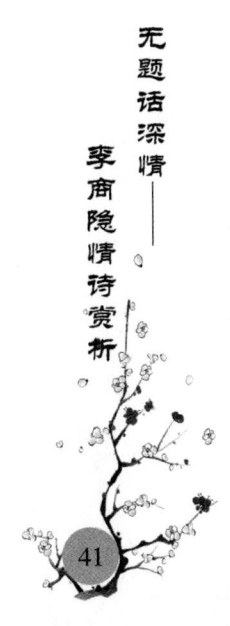

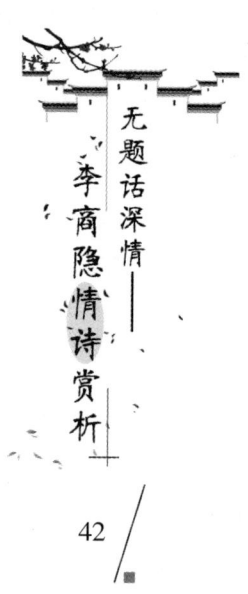

无题

白道萦回入暮霞[1],

斑骓嘶断七香车[2]。

春风自共何人笑?

枉破阳城十万家[3]。

[1]白道:北魏时,曾于大青山南麓建军事要塞,名白道。此处泛指白色的道路。

[2]斑骓:见《无题二首(凤尾香罗薄几重)》注。七香车:用七种香木制作的车。

[3]阳城:春秋时楚国贵族的封邑。宋玉《登徒子好色赋》:"嫣然一笑,惑阳城,迷下蔡。"

【赏析】

显而易见,诗人赞美的是一个绝代佳人,说她的美可以让有十万居民的城池沦陷。中外历史上都有过这样的事例,如为争夺海伦发动的特洛伊之战,因杨贵妃引发的"安史之乱"……

诗人首先将一幅有声有色的美丽画面展现在我们面前:逶迤曲折的白色道路消失在绚丽的晚霞中,突然斑马嘶鸣,驾着七香车急驰而至,晚风吹开车帘,车中的美人笑靥如花。紧接着诗人感叹道:貌美若此,春风笑语,她会和谁共享此良辰美景呢?天生丽质,徒然惑阳城,迷下蔡,枉博凡夫俗子艳美而已,岂不令人惋惜!

读到这里,自然要问,商隐歌颂的这个美人会是谁呢?

诚然,我们可以理解成是作者自伤生不逢时,枉负绝世之才。但会不会是诗人暮游偶有所遇,或偶有所思,比如说想起了貌若天仙的宋华阳呢?有人说这是商隐写给华阳的情诗。"春风自共何人笑?枉破阳城十万家"表达的就是一种不可救药的徒劳。那么我们在后面就来看看他指名道姓写给宋华阳的几首诗,与这首诗是否有内在的关联。

【名家点评】

此亦感怀之作,比之美女空驾七香之车,人纵冶游,皆入暮霞而去。春风倚笑,却共何人?迷惑阳城,枉生颜色。盖温飞卿"枉抛心力作词人"之义也。

——[清]程梦星《李义山诗集笺注》

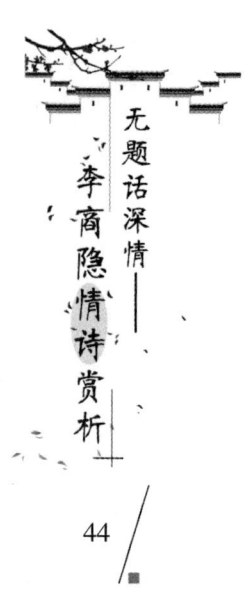

当句有对

密迩平阳接上兰[1],
秦楼鸳瓦汉宫盘[2]。
池光不定花光乱,
日气初涵露气干。
但觉游蜂饶舞蝶,
岂知孤凤忆离鸾。
三星自转三山远[3],
紫府程遥碧落宽[4]。

---

[1] 密迩:犹言紧靠。平阳:系汉武帝的姐姐平阳公主所居之宫。这里借指唐代公主居住的灵都观。上兰:语本《三辅黄图》:"上林苑中有上兰观。"这里借指诗人学道所在的道观。

[2] 鸳瓦:互相成对的瓦,比喻男女结合。汉宫盘:汉武帝好神仙,以为服饮甘露可以延年,特制承露盘,以承甘露。这里指学道求仙。

[3] 三星:语本《诗·唐风·绸缪》:"绸缪束薪,三星在天。"孔传:"三星,参(宿)也。在天,谓始见东方也……三星在天,可以嫁娶矣。"这里隐喻幽欢。三山:神话传说中海上有蓬莱、方丈、瀛洲三神山。

[4] 紫府:道家称仙人居住的地方。这里喻指灵都观。碧落:天空。

【背景】

大约在大和九年(835年)到开成二年(837年)间,即商隐第二次应举失败到第三次应试之间,曾在王屋山的支脉玉阳山(在今河南省济源市西)隐居学道。在那里,商隐与女道士宋华阳相识相恋。

【赏析】

实际上这是一首无题诗。所谓"当句有对"与主题思想没有任何关系,仅表明不但每联对仗,而且每联都各自为对,如"池光"对"日气","花光"对"露气","乱"对"干"等。这种诗格的创始人是杜甫,比如"即从巴峡穿巫峡,便下襄阳向洛阳"即是。这种诗格在商隐的诗中屡见不鲜,但像这一首八句皆对,仅此而已。

那么诗的主旨是什么呢?这明明是一首描写道观中男女道士寻欢作乐的艳情之作,注家们有的说是讽刺朝廷中谄媚邀宠的现象;有的说是诗人自叹失意,希望能接近君王;有的说是形容党争不止,妒忌诗人入补太学博士……真是莫名其妙!

诗人入手即写道观之非同寻常:与宫殿毗邻,位处上林宫苑,说明入观学道者的身份都很高贵。次句描写道观之壮丽,暗示里面的道士明为求仙——以汉武帝筑承露盘求长生药比附,实为求欢——"鸳鸯瓦合"向来是比喻合欢的。

颔联写道院景观:池光闪烁,花影缭乱,晓烟氤氲,露气初干,处处春色明丽,撩人情怀。颈联进一步描绘蜂蝶也被春光诱惑,纷飞狂舞,意乱情迷。"岂知孤凤忆离鸾"是诗人凭空设问:你们这些蜂蝶,哪里知道"孤凤"(陷入情网中的女冠)正在苦苦思念"离鸾"(幽会后离去的男道士)呢?

尾联由"忆"生发,感叹时光流转,伊人遥隔,后会难期。三山、紫府指对方所居之处虽然遥遥可望,却无法时时相见,何异天高地远乎?

细品诗味,不难看出作者不仅是道观内幕的知情人,而且是个中生活的参与者。众所周知,隐居学道在唐代十分流行。科举仕途坎坷的文人可以通过隐居学道而平步青云,此即所谓"终南捷径"。皇室的公主或向往自由的女士们在道观中则可以摆脱种种束缚,与异性随心所欲地交往。如唐玄宗的妹妹玉真公主就曾在玉阳山建造宫殿式的"阳台观",后来其他入道的公主也大都住在那里。道观中还有许多侍奉公主的宫女。商隐在玉阳山学道时的居处行止,在《送从翁从东川弘农尚书幕》五言组诗中有过详尽的描述。他与宋华阳的恋情就是在那里发生的。他常常把对方居住的灵都观比作道家的胜境,同时又用许多典故来隐喻其细节性的隐私。在其后所写七律《药转》中,他用十分晦涩的词语写偷情的女道士们是如何服药堕胎的。就是在这首诗中,有些名词和动词也是隐喻,譬如"鸳瓦""宫盘""花光"等,假如翻译成白话,就未免太"色"了。

然而,只要不涉及故事情节,诗人倒十分坦率,对他与宋华阳和柳枝的恋情并不回避,这可以用他指名写给这两个女子的诗证明。

【名家点评】

义山无题诗极著名,岂知其有题者亦皆无题也。如《当句有对》之类,则无题之尤者矣。

——[清]王鸣盛《王溪生笺注》

月夜重寄宋华阳姊妹[1]

偷桃窃药事难兼[2],

十二城中锁彩蟾[3]。

应共三英同夜赏[4],

玉楼仍是水精帘[5]。

---

[1]重寄:可见以前尚有寄宋华阳姊妹的诗,惜现已不存。

[2]偷桃:道教传说,瑶池王母种桃,三千年一结子,东方朔曾三次偷食,被谪降人间。窃药:《淮南子·览冥训》载,后羿在西王母处求得不死药,嫦娥偷服后便飞奔月宫而去。

[3]十二城:亦作十二楼,道教传为仙人所居之处,此借指道观。彩蟾:神话传说月中有蟾蜍,因借以指月。这里指宋华阳姊妹。

[4]三英:唐人多用"三英"指三人,系假借《郑风》"三英粲兮"。这里指华阳姊妹和另一位女冠。

[5]水精帘:质地精细、色泽晶莹的挂帘。

【背景】

大历年间,唐代宗李豫在长安朱雀门东为华阳公主祈福修观,后来各地出家修道的皇室中人返京后多居此观。这里是赏月胜地,白居易亦曾来此观光赏月,并赋诗留念。当年在玉阳山修道的玉真公主后来带宋华阳姊妹回京,华阳观是其必然的落脚之处。商隐此诗不知写

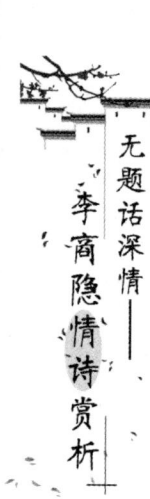

于何年,大概也是在华阳观赏月时,因观名与宋氏名同,故追忆往事而作。

【赏析】

苏雪林在《玉溪诗谜》中尽情发挥小说家的丰富想象力,把商隐和华阳描写成苟且偷合之辈,甚至说宋怀孕,李被逐下山——这全然是小说家言,不足为据。

怀念初恋的这首诗起首连用两典,以第一人称的口吻,把自己比作因"偷桃"而贬谪凡尘的东方朔,把宋华阳比作因"窃药"成仙的嫦娥,因此注定了今生不能比翼双飞。诗人说,从前在玉阳山道观,我们虽然朝夕相处,但有情人未成眷属,令人终生遗憾。今晚月光如水,银辉满地,值此良宵,我和你们三人本该像以往那样赏美景,诉衷肠,然而从前阻隔我们的那层水晶帘般的障碍,现在把我们隔离得更远了。我现在痴痴地仰望,只见华阳观的层楼上帘幕闪烁摇曳,却不见你们的身影。岂不让人感慨万端,徒增悲伤!

结尾只一"仍"字,关照第二句之"锁"字,并与首句之"事难兼"呼应,使全诗环环相扣,情景交融,耐人玩味。

除了这首七绝,《赠华阳宋真人兼寄清都刘先生》也是指名写给华阳的。其诗云:

> 沦谪千年别帝宸,至今犹谢蕊珠人。
> 但惊茅许同仙籍,不道刘卢是世亲。
> 玉检赐书迷凤篆,金华归驾冷龙鳞。
> 不因杖屦逢周史,徐甲何曾有此身。

此诗起首即言宋华阳本是天上蕊珠宫的仙女,沦谪凡尘千年,至今未返帝居。诗中所引用的茅盈、许迈、徐甲等皆为道教中人,凤篆、玉检、金华皆为道藏用语。这里就不再赘述了。

"但惊""不道"二词透露出作者原先并不知道"刘先生"也是昔日之道友,直到赠诗之日方知。总之,此诗是由宋华阳发端,回忆当年一同学仙之道友的。

【名家点评】

我们读到他(李商隐)的诗篇,他给我们留下的是一颗明珠。也许这颗明珠是由他的眼泪变成的,我们要体会这个珠泪的美丽和悲哀。……你不要随便用世俗的、无聊的、下流的那些猜测,去随便猜测他。

——叶嘉莹《美玉生烟》

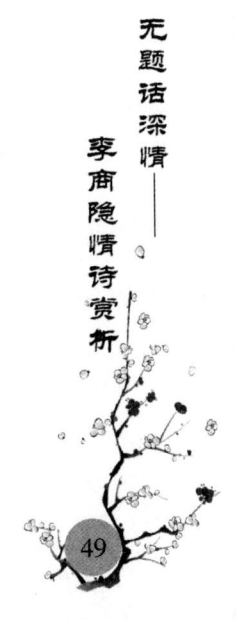

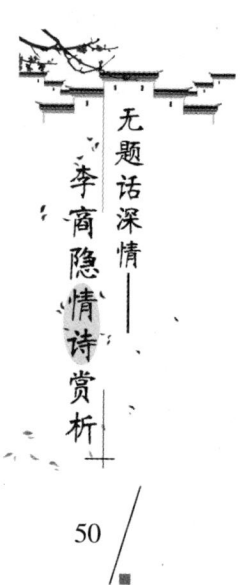

寄永道士

共上云山独下迟，
阳台白道细如丝[1]。
君今并倚三珠树[2]，
不记人间落叶时。

---

[1]阳台：王屋山道观名，唐玄宗曾为其题额。此观为学仙者所尚，屡见于唐碑文。

[2]三珠树：见前诗"三英"注。

【赏析】

　　由诗可知，永道士当年是商隐在玉阳山学仙之道友。这一情况他后来才知道，因此赋诗纪念。

　　首句说昔日共在"云山"学道，唯独君离开最晚。于是自然要想象永道士留下后的情景：云山深处，阳台深藏，白道如线，你一人与三仙姝亲密依傍，怎么会想到"人间落叶"之凄凉呢？！——这是诗人在拿自己的沉沦不遇、孤寂寥落与昔年道友的浓情快意做比较。

　　将此诗与上面的七律比较赏析，不难从中窥测到些许隐情。

碧城三首

一

碧城十二曲阑干[1],
犀辟尘埃玉辟寒[2]。
阆苑有书多附鹤[3],
女床无树不栖鸾[4]。
星沉海底当窗见,
雨过河源隔座看。
若是晓珠明又定,
一生长对水晶盘[5]。

二

对影闻声已可怜,
玉池荷叶正田田。
不逢萧史休回首[6],
莫见洪崖又拍肩[7]。
紫凤放娇衔楚佩[8],
赤鳞狂舞拨湘弦[9]。

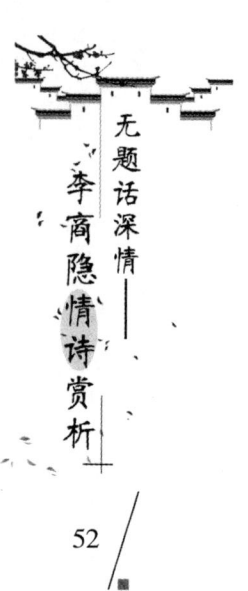

鄂君怅望舟中夜[10],
绣被焚香独自眠。

三

七夕来时先有期,
洞房帘箔至今垂。
玉轮顾兔初生魄,
铁网珊瑚未有枝[11]。
检与神方教驻景[12],
收将凤纸写相思。
武皇内传分明在[13],
莫道人间总不知。

---

[1]碧城:道教传为元始天尊居所,后引申为仙人、隐士、女冠之居所。

[2]犀辟尘埃:形容女冠华贵高雅,头上插着犀角簪,一尘不染。犀即犀角。辟:辟除。玉辟寒:此言玉性温润,可以辟寒。

[3]阆苑:神仙居所。此借指道观。附鹤:道教说仙人以鹤传书,称鹤信。

[4]女床:山名。《山海经·西山经》:"西南三百里,曰女床之山……有鸟焉,其状如翟而五彩文,名曰鸾鸟。"

[5]水晶盘:水晶制成之圆盘,此喻指圆月。"水晶"或作"水精",通用。

[6]萧史:典出多种史籍,略谓萧史善吹箫,作凤鸣。秦穆公以女弄玉妻之,作凤楼,教弄玉吹箫,感凤来集,弄玉乘凤、萧史乘龙,夫妇

同时仙去。

[7]洪崖：仙人，此喻指道侣。郭璞《游仙诗》："左挹浮丘袖，右拍洪崖肩。"

[8]紫凤：传说中之神鸟。此喻指所恋之女冠。放娇：撒娇。楚佩：借指定情之物。《列仙传》："郑交甫见江妃二女而悦之。郑致辞，请其佩，女遂解以赠之。"

[9]湘弦：即湘瑟，湘灵所鼓，喻指女冠。

[10]"鄂君"二句：《说苑》云："鄂君子晢之泛舟于新波之中也……越人拥楫而歌曰：'……山有木兮木有枝，心悦君兮君不知。'"此喻男道士。

[11]铁网珊瑚：语出《本草》："珊瑚似玉，红润，生海底盘石上。海人先作铁网沉水底，贯中而生，绞网出之。"

[12]神方：致神之方。驻景：留驻美景，亦即驻颜。

[13]武皇内传：即《汉武内传》，借仙写艳之作。大略是说，西王母命仙子王子登预报汉武帝，说将于七夕之夜降临，届时果至云云。

【背景】

据史料载，当时唐玄宗的两个妹妹金仙、玉真曾出家，与商隐同时的十几个王室公主也都是道观中人。跟随玉真公主在玉阳山学仙的正是宋氏姊妹。玉真回宫后，宋氏姊妹想必仍是公主随身道友。

【赏析】

这组诗既没有具体地点，也没有具体的人和事，所以有人怀疑是在影射明皇、贵妃，有说是表达对令狐绹的怨恨之情，有说是讽刺某女道士的……诸家说法，不一而足。如果按照这种思路，结果只能是"你不说我还清楚，你越说我越糊涂"了。难怪有人说这是李商隐最难解读的一组诗。实际上，这是诗人根据自己学道的经历及与宋华阳的情缘，对当时道观现象的概括性描述。这组七律集中反映了唐代道教盛

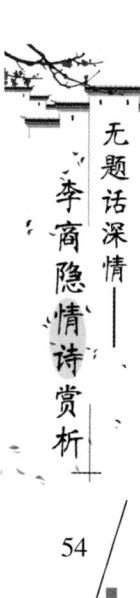

行的真实情景。唐王朝尊崇道教，道观遍布朝野，道教圣地成为宫廷内苑中人和权贵眷属寻求自由的理想天地。兼之有唐一代性生活比较开放，很多道观便成为男欢女爱的隐秘场所。高罗佩在《中国古代房内考》一书中说：

> 当时许多尼庵和女道院都名声不好。它们不仅是虔诚少女的避难所，也是寡妇和无家可归的离婚女子的收容所，同时不愿入籍为妓而向往自由生活的放荡女子也投奔于此。

有了这样的大背景，我们先来看第一首。

一

首联描写道观之华美、洁净、温馨。"碧城"形容修行居所之高邈，"玉砌寒"暗示这里是寻欢作乐的理想场所。颔联谓仙宫阆苑，幽期密约，每以仙鹤传书；"女床"山上，男欢女爱，无不成双成对。"女床"是双关之语，"鸾"指男性。曰"多"，曰"无不"，可见此类现象在"碧城"中比比皆是。颈联是说，云雨既毕，天将破晓，分手时彼此当窗隔座相对，一同眺望"星沉海底"，仍旧柔情脉脉；雨过银河，隔座相视，仿佛余兴未尽。"星"取男精之意，"雨"取"云雨"之意。销魂之后，相对嘿然，晨曦渐露，离别在即，不免怅然。

因夜合晓离，不能朝夕相伴，男方于是产生期望：仙姝若能化为"明"而"又定"之宝珠，他就会将其贮在水晶盘中，"一生长对"，永不分离。

此章通篇都用隐喻，写得幽晦深曲，把场景安排在天上的仙宫里，将道教传说和古代神话引入诗中，瑰玮奇丽，不可方物。尤其是第三联，设想之新奇，景象之壮美，用典之巧妙，词意之幽深，都达到了炉火纯青的境地。

二

　　此章前三联是主人公对昔日幽会之回忆。首联说,睹仙妹之身影,闻情侣之娇音,就已经觉得可爱之至了,何况与之颠鸾倒凤呢。"玉池荷叶正田田"隐喻"鱼戏莲叶间",说的是男女做爱之姿态,兼寓情人体态之舒展柔美。颔联叮咛情人:今后你只可与我(萧史)相好,对我回首留情,见了其他道侣(洪崖)不能勾肩搭背。颈联对寻欢作乐时之恣情癫狂的描绘真是妙到毫巅!"紫凤放娇衔楚佩,赤鳞狂舞拨湘弦",凤喻女,鳞即龙,喻男。彼此配合,丝丝入扣;紫凤尽情,衔佩撒娇;赤龙狂舞,撩拨湘弦。正当高潮迭起之际,诗人突然笔锋陡转,回到眼前:他独卧舟中,怅望夜空,回想当日之纵情狂欢,面对眼下之孤独寂寞,情何以堪! 只好抱被独眠矣!

　　诗以前六句的热烈奔放、浓情蜜意与最后二句的清凉寂寥形成鲜明对照,从而加强了整个意境的戏剧性效果。

三

　　末章首联承接前章,说双方如牛女相会,本有期约,可是她的洞房帘幕至今低垂,音讯全无,这是为什么呢? 颔联以两个典故巧妙地透露了个中隐情:原来她已暗结珠胎。月盈则亏,暗藏玉兔,古人常用以比喻女子怀孕;绞起铁网,不见珊瑚,比喻胎儿未产。因此之故,才会"洞房帘箔至今垂"。颈联写"神方"驻颜,表面上是为青春常在,实则是暗示她在以打胎的药方同时设法留住少女的姿容。此外,道观生育,为教规所不允,所以要寻找("检与")打胎驻颜的"神方"。事情败露,无法继续往来,只好把以前的情书都收起来,今后也只得暂停书写倾吐相思之情的书信了。尾联以碧城内幕已流言四起,艳情难再隐瞒收束。诗人说,汉武帝的秘闻尚且被后人知晓,给写进《汉武内传》,道观中的隐私岂能逃过天下人之耳目。

　　统鉴三章,不难看出组诗首尾呼应,浑然一体。首章讲述居观修道的青年男女是如何传递信息,密约幽会的;中章描写欢会时的色授魂与,恣情癫狂;末章以怀孕堕胎作结。这组艳情之作是一个完美的艺术整体。

【名家点评】

　　三首确是寓言,亦无题之类,摘首二字为题耳。然所寓之意则不甚可知。……寄托深远,耐人咀味矣。此真所谓不必知名而自美也。

　　　　　　　　　　——[清]纪晓岚《玉溪生诗说》

柳枝五首

柳枝，洛中里娘也。父饶好贾，风波死湖上。其母不念他儿子，独念柳枝。生十七年，涂妆绾髻，未尝竟，已复起去，吹叶嚼蕊，调丝擫管，作天海风涛之曲，幽忆怨断之音。居其旁，与其家接故往来者，闻十年尚相与，疑其醉眠梦物断不娉。余从昆让山，比柳枝居为近。他日春曾阴，让山下马柳枝南柳下，咏余《燕台诗》，柳枝惊问："谁人有此？谁人为是？"让山谓曰："此吾里中少年叔耳。"柳枝手断长带，结让山为赠叔乞诗。明日，余比马出其巷，柳枝丫鬟毕妆，抱立扇下，风鄣一袖，指曰："若叔是？后三日，邻当去溅裙水上，以博山香待，与郎俱过。"余诺之。会所友有偕当诣京师者，戏盗余卧装以先，不果留。雪中让山至，且曰："为东诸侯娶去矣。"明年，让山复东，相背于戏上，因寓诗以墨其故处云。

一

花房与蜜脾[1]，蜂雄蛱蝶雌。
同时不同类，那复更相思。

二

本是丁香树，春条结始生。

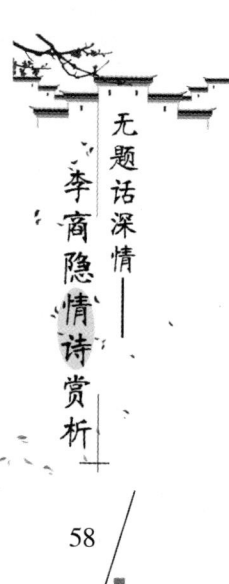

玉作弹棋局,中心亦不平[2]。

三

嘉瓜引蔓长,碧玉冰寒浆。

东陵虽五色,不忍值牙香[3]。

四

柳枝井上蟠,莲叶浦中干。

锦鳞与绣羽[4],水陆有伤残。

五

画屏绣步障[5],物物自成双。

如何湖上望,只是见鸳鸯?

---

[1]"花房"句:意思是说,蜂蜜虽然采自花蕊,但与"花房"已不是同一类东西。次句与此义同。蜜脾:蜜蜂酿蜜的蜂巢,其形如脾,故称。

[2]"玉作"二句:见前《无题(照梁初有情)》尾联注。

[3]"东陵"二句:典出《史记·萧相国世家》:"召平者,故秦东陵侯。秦破,为布衣,贫,种瓜于长安城东,瓜美,故世俗谓之'东陵瓜'。"

[4]锦鳞:指鱼。绣羽:指飞鸟。

[5]步障:遮蔽风尘或视线的屏幕,与屏风效用同。韦应物《金谷园歌》:"当时豪右争骄侈,锦为步障四十里。"

【背景】

　　这组题咏柳枝的诗作于开成元年(836年)商隐24岁未及第时。张采田认为写于会昌五年(845年),其时商隐已33岁,与诗序所说"少年"显然不合。

【赏析】

　　柳枝是商隐钟情的第二个女子。尽管他的那些朦胧隐晦的情诗回避了过于冶艳的情节,但他对婚前恋人指名道姓赠诗怀念,甚至在诗序中详述他们相识相恋的经过,这说明商隐是个坦荡磊落的诗人。

　　诗序虽然是纪实性的,可并不通俗易懂,我先翻译成白话文,然后再解读组诗。

序

　　柳枝是洛阳里弄中的一个姑娘。她父亲很有钱,是做生意的,一次外出经商,遇到风波,死在湖上。她母亲不关心别的孩子,只宠爱柳枝。她年已十七,可是在化妆梳头的时候,不等做完,就起身离开,不是吹叶奏曲、吟咏歌唱,就是抚弄乐器。她吹奏弹唱出来的乐章,时而作天海风涛之曲,时而作幽忆怨恨之音。住在他们家旁边,与之常来常往的人,说他们与柳枝家来往都十年了,从未听人说起她的婚嫁事宜。于是他们怀疑,像这样癫狂的女孩子,一定是嫁不出去的了。我有个本家兄弟名叫让山,与柳枝是近邻。那是春日里的一天,阴云密布,让山在柳枝家南边的柳树下,下马朗诵我的《燕台诗》。柳枝听到后,非常惊讶,问他:"什么人如此情深?他是谁?"让山说:"他是我本家的一个少年郎。"柳枝当即把她系裙子的腰带撕下一段,交给让山,作为结交之信物,托让山转交我,并请我写诗赠送她作为纪念。第二天,我跟让山一同骑马到了柳枝住的那个巷子,柳枝打扮得整洁端庄,头上梳着两个丫形发环,站在凤尾扇下等我。这时一阵风吹来,柳枝的衣袖飘起来,她袖遮半面,指着我对让山说:"你说的那个少年郎就

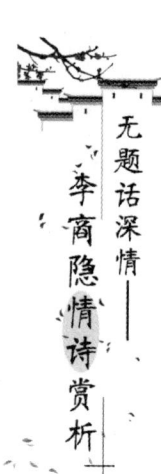

是他吗？三天后，我要和邻居家的姑娘们去河水中沐浴戏水，我会用博山炉焚香以待，等候你们，希望你们一起来。"我当即答应了她。不巧我有个朋友，约好一起上京赶考，知道我与柳枝有约，故意戏弄我，把我的行装偷去，提前走了，害得我不能留下来践约，只好与朋友一同去长安。那年冬天，让山冒雪找我，说："柳枝已经被山东的某诸侯娶走了。"第二年，让山离开长安，回到洛阳，与我相别，我叫让山把写好的诗题写在柳枝故居的家门上。

按：商隐留赠柳枝的诗已不可知。下面这五首诗是诗人事后的追忆之作。

一

按说，有了诗序，解读组诗应当很容易。其实不然。诸家所言，个个不同。笔者不揣鄙陋，谈谈一得之见。

以花鸟鱼虫指代具体的人事，这是古诗屡见不鲜的艺术手法。李商隐对这一手法的运用，是其诗歌的突出特色，这在《柳枝五首》中表现得尤为明显。其中的每一首，或在一句中用两种物象隐喻两人，或前两句隐喻一人，后两句隐喻另一人。明白了这一点，全诗的意旨就容易理解了。

先看第一首。

前两句的四种物象分别比喻两个人，花房、雌蝶是指柳枝，蜜巢、雄蜂是指诗人自己。诗人说，蜂蜜虽然采自百花，但一经成蜜，"花房"与"蜜脾"就性质不同了。花与蜜虽然同时现身，终归不是一路人。那么，"蜂"还会再去思念"花"吗？

这是正话反说，犹如情人唤"冤家"，恰恰证明商隐对柳枝念兹在兹的眷恋之情。同时，当诗人听说柳枝已被"东诸侯取去"，隐隐流露出些许醋意。

二

第二首诗人把柳枝比喻为一株在春天里抽枝发叶、含苞引蕊的丁香。不幸如今花开有主,只怪自己一时疏忽,酿成千古之恨。自己向来自负美质如玉,想不到制成的却是弹棋之局,这让人心中怎能平静?此处"亦"字用得真妙!意思是说,现在的结局有如用美玉精心制作了一副弹棋,自己和柳枝的内心就像棋局之"中心",永远不可能平静了。

三

第三首诗人将柳枝比作碧玉嘉瓜,隐含破瓜之年的意思。古乐府有云:"碧玉破瓜时,郎为情颠倒。"可诗人在说出"东陵虽五色,不忍值牙香"的真实思想时,中间省略了一些内心想法:我不是没有机会"破瓜",只不过因怜香惜玉而不忍心付诸行动。

四

第四首句句彼此对照,以井柳、锦鳞和枯莲、飞鸟分咏柳枝与自己。他说柳枝现在有如盘绕在井上的柳条,所处非地;而我却像干涸的池塘中的莲叶,日渐枯萎。两人已成鱼和鸟的关系,殊途永隔,难以相会矣。

五

在思绪万千的联想中,诗人回望,看见画屏上绣的蝴蝶翩跹,游鱼嬉戏,大自然里的鱼鸟蜂蝶无不成双成对,恩爱缠绵;举目远眺,群山隐隐,湖水涟涟,湖面上有两只鸳鸯依偎着前行。再看自己,羁旅漂泊,形单影只,何等凄凉!失落怅惘之情涌上心头,诗人情不自禁问道:为什么只有鸳鸯能成双成对,而我却如此孤苦伶仃呢?为什么不能再回到那一天,在巷口,她梳着双鬟,微启朱唇,声若呢喃:"后三日,邻当去溅裙水上,以博山香待,与郎俱过。"

说实话,在义山的一生中,柳枝只不过是擦肩而过的红颜知己,但他写下多篇以"柳"命名的佳作,虽然不全是写柳枝的,但足以看出"柳"之意象是他一生难以解开的情结。何以如此?究其实,是因为柳枝姑娘不但是一个有个性的女子,她不像别的女孩子那样喜欢勤傍妆台,浓施粉黛,而好"吹叶嚼蕊,调丝擫管,作天海风涛之曲,幽忆怨断之音",可见她追求的是诗情画意般的精神生活。柳枝还是一个率性坦诚的性情中人。她与商隐初次见面,就约他相会,而且准备焚香以待。她透明纯情,有如一汪清泉。主要的是,商隐认为柳枝这样的知己可遇不可求。她听其诗即知其人,对他的才华仰慕不已;而商隐一生寻寻觅觅,要找的正是灵魂相与的知己。柳枝听人朗诵他的燕台组诗,当即便"心有灵犀一点通",这让他感动莫名。因此,柳枝与他虽只是擦肩而过,却让商隐一生刻骨铭心。

【名家点评】

　　李义山《柳枝》词云:"花房与蜜脾,蜂雄蛱蝶雌。同时不同类,那复更相思。"按斯意义山凡两用,《闺情》亦云:"红露花房白蜜脾,黄蜂紫蝶两参差。"窃谓盖汉人旧说。《左传·僖公四年》:"风马牛不相及。"……义山一点换而精彩十倍。

——钱钟书《谈艺录》

燕台诗四首(选一)

春

风光冉冉东西陌,

几日娇魂寻不得。

蜜房羽客类芳心[1],

冶叶倡条遍相识[2]。

暖蔼辉迟桃树西[3],

高鬟立共桃鬟齐[4]。

雄龙雌凤杳何许?

絮乱丝繁天亦迷[5]。

醉起微阳若初曙,

映帘梦断闻残语[6]。

愁将铁网罥珊瑚[7],

海阔天翻迷处所。

衣带无情有宽窄,

春烟自碧秋霜白。

研丹擘石天不知[8],

愿得天牢锁冤魄[9]。

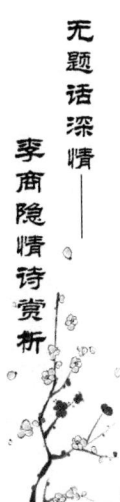

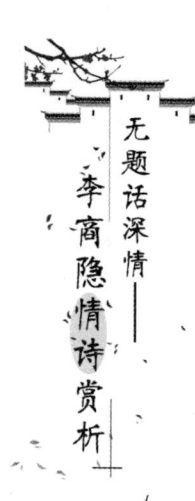

夹罗委箧单绡起[10]，

香肌冷衬琤琤珮。

今日东风自不胜，

化作幽光入西海。

---

[1]蜜房：蜂房。羽客：蜜蜂。此句谓痴情寻觅，有类蜜蜂。

[2]冶叶倡条：指杨柳柔美繁盛的枝条。遍相识：指寻找遍了。

[3]暖霭：和煦的烟霭。辉迟：语本《诗经·国风·豳风·七月》："春日迟迟。"

[4]桃鬟：比喻繁盛如云鬟的桃花。

[5]絮乱丝繁：形容思绪纷乱。

[6]映帘：指残阳。梦断：即梦醒。闻残语：恍惚听到梦中断断续续的话语。

[7]罥(juàn)：此处指缠绕悬挂。

[8]研：磨碎。擘：分开。《吕氏春秋》："石可破也，而不可夺坚；丹可磨也，而不可夺赤。"

[9]天牢：星名。《晋书·天文志》："天牢六星在北斗魁下。"此仅用其字面义。

[10]夹罗委箧：把夹衣放在竹箱里。

【背景】

我们由《柳枝》诗序知道，柳枝听到商隐的《燕台诗四首》，是在开成元年（836年），说明这四首诗在商隐24岁前就写好了，其创作时间应在商隐20到24岁期间。既然柳枝听其诗而倾情，我们理当予以鉴赏。

【赏析】

《燕台诗四首》分咏春、夏、秋、冬四季，寄托的都是诗人对女性的赞美。组诗并不是针对具体的人而作，诗人歌咏的是女性共有的容颜之美和灵魂之美。这由咏春诗就可以看出来。在唐代，文人与歌妓舞女接触的机会很多，花街柳巷、宴饮聚会，轻歌曼舞是不可或缺的内容。不要说风流倜傥的文人雅士，就连古板老成的韩愈在这类场合也得带艺伎才显得不失身份。商隐用自己所擅长的艳体诗来描述他对所见到的红颜粉黛的整体印象，再正常不过了。

《春》诗首先从春日里天光云影在田间野陌缓缓漂流写起。春景如此撩人，诗人情不自禁产生了要寻找一个与流动的春光交相辉映的美好灵魂之欲望。他已经找了好久，至今仍然没有找到。

次联具体说明诗人要找的那个"娇魂"是什么样子的。他说那是一颗心，一个芬芳甜蜜的花心，宛若"蜜房"；而我仿佛是一只蜜蜂（"羽客"），在美丽的绿叶、茂密的枝条中飞来飞去，到处寻找她，可就是找不到。

诗人接着说，他依稀看见过那个"娇魂"。那是在温暖的余晖照耀西边桃树的时候，她梳着高高的发髻，站在一株桃树下，人面桃花，相映如霞。然而她仿佛是一个幻影，可望而不可即。我寻觅的"娇魂"还是没找到。于是诗人说，"雄龙"和"雌凤"本来是天造地设的佳偶，可为什么总是不能成双配对呢？满天柳絮飞舞，到处游丝飘荡，恐怕连天也迷乱了吧——我怎能不满心惆怅迷茫？

接下来诗人极力渲染苦苦追寻而不遇以及知己难求引发的悲伤，这甚至使他到了神魂颠倒、意乱情迷的地步。夕阳西下，日照西窗。酒醒之后，他误以为是东升的朝阳；帘幕晃动，光影零乱，依稀还能听到她在梦中说的那些话。他想，用从大海中采珊瑚的方法或许能找到她，但是该把铁网撒到哪里呢？纵然海阔天空，也找不到一个合适的处所啊！

在这种不舍不弃而又了无所得的煎熬中，主人公憔悴了，身体日渐消瘦，衣带越来越宽。春去秋来，碧绿的春烟换成了凄冷的白霜，可他的追寻依然没有中断。他的意志就像岩石，虽然被敲碎了，石块依然坚硬;他的心像朱砂般鲜亮,虽然被磨碎了,颜色照样殷红。可是,此心如是,天尚不知,还能奢望他人理解吗?看来这个上下求索、凄苦莫白的魂魄只有一个安放之所——天牢,那才是灵魂的归宿。把它安置到那里,就不会再搅得人六神无主了。

他的心灵总算有了安顿,可那个"娇魂"呢?每当春末夏初,她的春装被锁进衣箱,她身着轻纱,玉佩紧贴香肌,她不觉得冷清寂寞?

看来春风已经挽留不住春容了,曾经暖意融融、流光冉冉的春容,变成了一缕惨淡的幽光,滑入西海,永远消失了。那么多的追求、忧愁、怨恨和相思,随着一去不复返的春光,全都流入大海了。

诗论家们都看出来了,《燕台诗四首》的艺术特色与李贺的诗相同。唐人学长吉诗法的不乏其人,而能得长吉精髓的只有商隐一人。但李贺与商隐的长歌又各有特色。长吉艳而冷,商隐艳而暖。商隐善于将诡奇绮幻的想象以迷离朦胧之意境出之,用华丽之辞藻表达炽热缠绵之情感,读后情不自禁要被诗中洋溢着的悲剧美而震撼,同时又为其痴情凄婉而心碎。

另外,《燕台诗四首》的内容、情调、风格、语言和意境都比较接近词。宋词中多次提到和化用其中的句子,说明这组诗对宋词的创作颇有影响。

【名家点评】

有人说,李商隐所写的《燕台》,就是他在各节度使的使府之中,跟使府之中的一些女子谈恋爱,所以才写的。……关于李商隐诗歌研究的一些有名的著作,都是有名的作家、有名的学者所说的,都这样讲。可是,我个人并不同意这些大家的说法。

——叶嘉莹《美玉生烟》

有感

非关宋玉有微辞[1],
却是襄王梦觉迟。
一自高唐赋成后[2],
楚天云雨尽堪疑[3]。

---

[1]"非关"句:典出宋玉《登徒子好色赋》:"大夫登徒子侍于楚王,短宋玉曰:'玉为人体貌闲丽,口多微辞,又性好色,愿王勿与出入后宫。'……玉曰:'体貌闲丽,所受于天也;口多微辞,所学于师也;至于好色,臣无有也。'"

[2]高唐赋:宋玉作,写楚襄王与巫山神女欢会的故事。

[3]楚天云雨:描写男女之情的诗歌。尽堪疑:意谓自宋玉写了以微辞托讽之《高唐赋》后,凡写男女情爱的诗歌均被怀疑别有用心。

【背景】

此诗冯浩《玉溪生年谱》编于大中六年(852年),张采田认为"不能定指何年"。此诗既然是商隐为其所作《无题》辩解,自应是这一自创诗格产生广泛影响之后的事。

【赏析】

商隐的这首七绝,通篇借宋玉的故事为自己的诗歌创作因被人误解而婉言辩解。义山每以宋玉自况,在他写下数篇《无题》后,人们也常常把他比作宋玉。他曾有句云:"众中赏我赋高唐。"可见无题诗在当时诗坛的影响。

诗人开宗明义,说宋玉受到登徒子的非议,根源不在于宋玉微辞托讽,只因为襄王耽于艳梦,几近色荒,沉迷不醒,所以不得不作《高唐赋》警觉之。诗人由此引出主旨:谁能想到,自从《高唐赋》问世,举凡描写男欢女爱的辞章都被怀疑是别有用心之作,觉得不是有所影射,就是寄寓私情。人海茫茫,知音难觅啊!

不过,"尽堪疑"一语说得颇为含糊,是指"楚天云雨"之类的描写确有"堪疑"之处呢?还是本不该疑而疑,殊不知世人都被《高唐赋》的表面文章所迷呢?回头再看开篇二句,似乎后一层含义更多一些。纪昀以为:"义山深于讽刺,必有以诗贾怨者,故有此辨。"(《玉溪生诗说》)这首作者亲自出面辩解他写《无题》之苦衷的七绝,不妨当作我们解读他的大量言情之作的一把钥匙。

【名家点评】

玉溪《无题》诸作,即微词也。当时必有议者,故此诗寄慨。

——[清]屈复《玉溪生诗意》

伉俪情深
——相思迢递隔重城

夜雨寄北

君问归期未有期,
巴山夜雨涨秋池。
何当共剪西窗烛,
却话巴山夜雨时。

【背景】

　　此诗的写作时间,虽然都同意是商隐宦游巴蜀期间所作,但具体时间则或曰大中二年(848年),或曰大中七年(853年)。然大中五年(851年)王氏已故,怎么可能是写给一个亡人呢?细味诗意,显然是作者在接到妻子询问"归期"的信后,于秋雨之夜写给妻子的答复。所以,定于大中二年(848年)比较可信。

【赏析】

　　开成三年(838),商隐与王氏结婚,两年后便移家关中。大中元年(847年),商隐在桂管都防御经略使郑亚幕府任职。此后数年间,义山流转漂泊,几易幕府。这首诗就是在大中二年(848年)宦游巴蜀时写给妻子晏媄的。巴山指四川省南江县以北的山脉。全诗虽然只有四句,构思却颇具特色:作者先写自己客居巴蜀,接到妻子的来信,问他:"你什么时候归来?"作者回答说:"没有准确的日期。"妻之殷殷期盼让他思归心切,在客居异乡、秋池涨满的夜晚,归心倍加强烈。三四句作一跳跃，从今日异地思念跳到对将来见面时的痴情想象：共剪窗烛，却话今时。——在西窗烛下，向妻子忆谈今夜雨中思乡之情。这种构思把现在和未来紧紧连在一起，把强烈的归思和对妻子的深情思念写得极为感人。家庭温馨的细语和二人同对昔日的回忆，虽纯属虚拟，却显得十分真切。

诗由实拟虚，又由虚化实，虚实结合，妙合无端，跳跃腾挪，情思委婉，令人回味无穷。历来诗评家对这首诗都赞赏不已，或曰"即景见情，清空微妙，玉溪集中第一流也"；或曰"婉转缠绵，荡漾生姿"。就连对李商隐的诗多有微词的纪晓岚，也不得不说："此诗含蓄不露，却只似一气说完，故为高唱。"

说句题外话。有诗评家认为这是一首悼亡诗。大谬！如果诗写于王氏死后，那"君问归期"之"君"难道是王氏的亡灵？商隐期盼日后和他"共剪西窗烛"的那个人难道是一个死人？那些认定这是一首悼亡诗的人，也许正是由于无法自圆其说，所以用"寄北"来偷换概念，说诗是寄给北方某友人的。本来，有的版本诗题原作《夜雨寄内》，也许由于此题与悼亡之说格格不入，于是改为"寄北"，结果又引出了"寄给北方某友人"的"友人"是谁的无端猜测。

【名家点评】

诗人因不耐今夜的寂寞而向往异日的快慰，而这向往中的莫大快慰就是回味今夕的寂寞。这一曲折入微的向往，感悟是复杂微妙的，它虽然浸润着追求的兴奋与满足，却也融汇着对现实空虚落寞的感受。

——郝世峰《李商隐〈夜雨寄北〉赏析》

夜意

帘垂幕半卷,枕冷被仍香。
如何为相忆,魂梦过潇湘?

【背景】

诗作于大中元年(847年)居郑亚幕府时。

【赏析】

首二句写的是梦醒之后的景象:帘幕半卷,鸳枕已冷,被子上依然留有余香。初读以为是作者写自己,读了最后二句,才知道诗人原来是在写妻子。

"如何为相忆,魂梦过潇湘?"诗人问,你因相思殷切,何以不远千里,远涉潇湘,梦魂也要来与我相会呢? 这真是"痴人说梦"了。

通常的抒情手法是"移情于景"——凭借对景物的描写寄托作者的情感。商隐的许多诗则更进一层,他常常通过假想自己忆念的人所处的环境、心理活动来折射自己的思想感情。这在下面将要讲到的《到秋》一诗中,表现得格外明显。

【名家点评】

一气呵成,耐人咀嚼,正深于味者,不但情致宛转可诵也。

——张采田《李义山诗辨正》

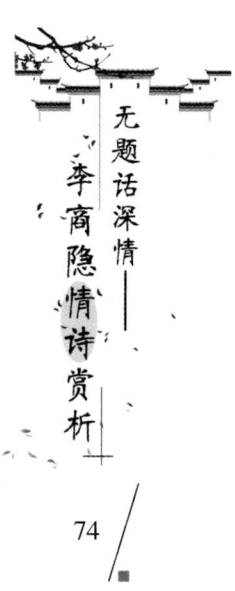

端居[1]

远书归梦两悠悠,

只有空床敌素秋。

阶下青苔与红树,

雨中寥落月中愁。

---

[1]端居:闲居的意思。王维诗云:"端居不出户,满目望云山。"

【背景】

此诗写作时间当在《夜雨寄北》前后,亦即大中二年(848年)宦游桂管期间。

【赏析】

首句是诗眼。期待已久的家书不至,还乡之梦难圆,故而益感客居秋夜之凄凉难耐。诗人多么渴望能够感受到亲人的温暖啊,因此他打起精神,不但要与风霜雨露的寒秋抗衡,还得战胜思乡归梦的精神折磨。"空床"并非无人,而是强调主人公的形单影只。"敌"字用得貌似"险硬",然非此字不足以形容诗人身心之重负。

结尾二句是以诗人当时的心情看秋景,"雨中""月中"当非一夕之景,"青苔""红树"亦非偶尔所见。这一切只能给漂泊异乡的游子带来"寥落"之"愁"。所有的描写都是那么清晰,那么平常,但在这些意象背后却蕴含着对远方亲人的无限深情。

【名家点评】

　　"敌"字含"对"义,然"对"只表现"空床"与"素秋"默默相对之寂寥清冷之状,偏于客观描绘;"敌"字则兼写出"空床"独寝者不堪忍受清冷凄寒环境之重压,偏于主观感受,虽似较硬较险,然抒情自更深刻。

——余恕诚、刘学锴《李商隐诗歌集解》

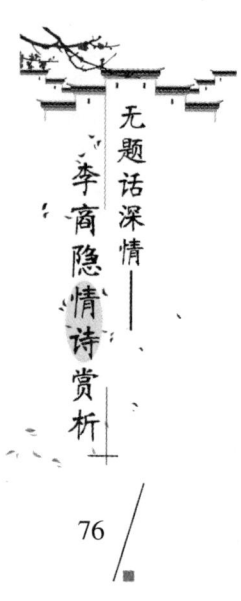

到秋

扇风淅沥簟流离[1],
万里南云滞所思。
守到清秋还寂寞,
叶丹苔碧闭门时。

---

[1]流离:形容竹席光洁。

【背景】

诗作于大中二年(848年)滞留巴楚时。

【赏析】

  赏析这首诗,必须首先弄清楚抒情主人公是谁?换言之,思念者是谁?所思者又是谁?

  从"扇风淅沥簟流离"来分析,这一句不但点明了时令节气,而且暗示主人公是女性。"扇子"和"竹席"这两样物事,给人的感觉与女性的关系更密切一些。"万里南云"说明她思念的人在南方。"滞所思"说得更明白:她的"所思"被滞留在那里不能回来。综合语意,起首的这两句可以这样翻译:我轻摇团扇,习习凉风驱散了炎热;光斑点点的竹席色泽可人。这里的盛夏尚且如此酷热难当,我日夜思念的人如今滞留南方,相隔万里,恐怕度日如年吧?为什么还不赶快回来呢?

这样理解就明白了,这是诗人代妻子发声,是站在妻子的角度抒情。

纪晓岚在评议此诗时说:"'到'字好。"我觉得"守"字更妙。只此一字,便可以想象妻子的相思之情是多么诚挚坚贞。诗人在想象,她就这样日复一日地摇着扇子,耐心地等候着我。不幸的是,熬过酷暑,等到"清秋",等来的还是"寂寞"。诗人知道,"守到清秋"是妻子的意愿,因为在她的内心深处,秋天是她苦尽甘来的时候,是团圆的象征,是相聚的代名词。诗人甚至想象,每到夜晚,她独自一人躺在光滑的竹席上,扇着凉风,百无聊赖,是否正在做着"秋梦"呢?然而他不得不在心里默默回答:"守到清秋还寂寞"——我怕是要你失望了!"还"字岂止是替妻子悲哀,更是诗人自己欲哭无泪的痛楚。这一切,他都明明知道,却不能说出来,只能在自己的心里咀嚼、玩味。这才是真正的悲哀!

将这首七绝与上面的《端居》参照欣赏,珠联璧合,相得益彰。《端居》全然是站在作者自己的角度写对妻子的怀念;这首《到秋》则是站在妻子的角度,设想妻子对他的思念。写自己"只有空床敌素秋",写妻子则是"守到清秋还寂寞",彼此的结果都是"叶丹苔碧闭门时"。两首诗从艺术构思到锻字炼句,都到了出神入化的境界。可以说,他被誉为"晚唐诗苑第一人",当之无愧。

【名家点评】

当长夏相思,意到秋时必能相见;今叶丹苔碧,而闭门寂寞,何以为情乎?

——[清]屈复《玉溪生诗意》

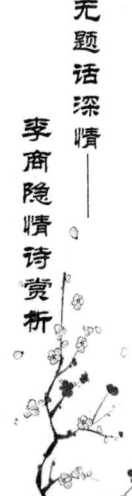

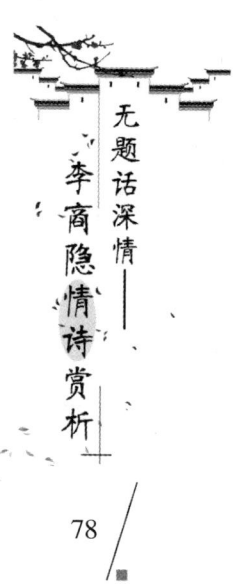

凤

万里峰峦归路迷,

未判容彩借山鸡[1]。

新春定有将雏乐[2],

阿阁华池两处栖[3]。

---

[1] 未判:不加判断的意思。

[2] 将雏:语出乐府《陇西行》:"凤凰鸣啾啾,一母将九雏。"

[3] 阿阁、华池:皆为传说中凤凰的栖息地。

【背景】

诗作于大中二年(848年)春商隐自江陵返桂林后。诗是寄给妻子的。

【赏析】

首句开门见山,说明自己现在身居岭南,遥望京城,峰峦万里,归路迷茫。次句是用隐晦的言辞向妻子说明他对幕府同僚的看法。这句在了解作者所用典故后,意思才容易讲明白。其典出自《文子》的一则寓言。文曰:

楚人有担山鸡者,路人问曰:"何鸟也?"担者欺之曰:"凤凰也!"路人曰:"我闻有凤凰久矣,今真见之,汝卖之乎?"曰:"然!"乃酬千金,弗与;请加倍,乃与之。方将献楚王,经宿而鸟死。路人不遑惜其金,惟恨不得以献耳。国人传之,咸以为真凤而贵,宜欲献之,遂闻于楚王。王感其欲献己也,召而厚赐之,过买凤之值十倍矣。

可见,"未判容彩借山鸡"说白了,意思是不要光靠外表去判断同僚是否有真才实学。我虽然满腹经纶,却不得不混迹于一群"山鸡"之中,真是悲哀啊!

这样的委屈只能向妻子说,而且只能用如此隐晦的言辞说。这就是商隐当时真实的心境。

第三句遥想妻子抚养儿子的辛劳和乐趣,其潜台词则是自己渴望享受天伦之乐而不能如愿,于是诗人只好用凤与凰"两处栖"感叹无奈的悲伤。结尾既是对首句"归路迷"的回应,也是以"凤"分喻自己和妻子,同时照应了第二句。全诗句句连环,语语照应,可谓独具匠心。

【名家点评】

《戊签》(全名《唐音戊签》,明胡震亨辑)谓似寄内诗,是也。首言身在炎方;次句自负才华,兼寓幕僚之慨;三四忆母子之娱乐,怅南北之分离。

——[清]冯浩《玉溪生诗集笺注》

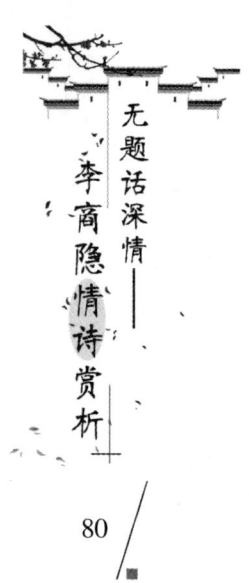

对雪二首

自注：时欲之东。

一

寒气先侵玉女扉，
清光旋透省郎闱[1]。
梅花大庾岭头发，
柳絮章台街里飞[2]。
欲舞定随曹植马，
有情应湿谢庄衣[3]。
龙山万里无多远[4]，
留待行人二月归。

二

旋扑珠帘过粉墙[5]，
轻于柳絮重于霜。
已随江令夸琼树，
又入卢家妒玉堂[6]。
侵夜可能争桂魄，
忍寒应欲试梅妆[7]。

关河冻合东西路，
肠断斑骓送陆郎[8]。

---

[1]"寒气"二句：玉女扉指闺房之窗户。省郎：这里是诗人自喻。

[2]"梅花"二句：《白氏六帖》云"大庾岭上梅南枝落，北枝开"。章台：春秋时楚国离宫。诗词中章台和灞岸常用以代指柳。

[3]曹植马：曹植著有《白马篇》，此处借指白马。谢庄衣：语出《宋书·符瑞志》，略云南朝宋大明五年(461年)正月，雪降殿庭。时右卫将军谢庄下殿，雪集衣，上以为瑞。

[4]龙山：即雪山。

[5]旋：形容雪花飘飞。

[6]"已随"二句：前句典出《南史》，略云陈后主令群臣赋诗赞美张贵妃等宠姬，诗人江总遂以"琼枝"美之。后句语出汉乐府"黄金为君门，白玉为君堂"，借喻雪之洁白。

[7]桂魄：指月。梅妆：即梅花妆。《太平御览》载，宋武帝女寿阳公主卧于含章殿檐下，梅花落公主额上，成五出花，拂之不去。宫女奇其异，竞相效仿，时谓梅花妆。

[8]"肠断"句：语本乐府"陈孔骄赭白，陆郎乘斑骓"。此以陆郎自喻。

【背景】

诗作于大中三年(849年)冬，商隐37岁。是时，诗人应徐州刺史卢弘正招聘，临行前借咏雪以抒别妻之情。

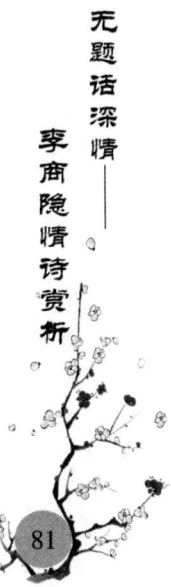

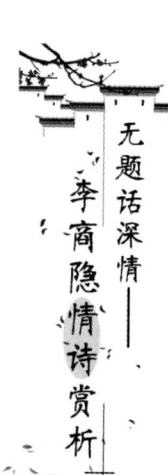

【赏析】

这组诗题名《对雪》，意谓借雪之形态、质地写离别怀人之情。

一

作者原注"时欲之东"，故此章前两联依次写雪之情态。"寒气先侵"是欲雪而未见雪时之气象，"清光旋透"写大雪飘飞之状，"玉女扉""省郎闱"形容下雪时夫妻之感受。庾岭梅花是说雪花已成片飞落，章台柳絮则形容雪花抱团翻滚。"发""飞"表明已见大雪纷飞。后两联推开当下情景，预作离家后途中之想象：坐骑皆白形容飞雪狂舞，雪湿征衣仿佛雪亦有情。首联引出雪天中的主人公后，一口气连用四个典故写雪之情态，然主人公的身影于字里行间依然隐约可见。尾联方点明主题：诗人深情嘱咐妻子，今我将漂泊异乡，苟不相忘，龙山纵然万里，亦不为远，等着我，二月雪消，我即归来相会。

这是反结"之东"一行。

二

次章写积雪景象。前三联写雪来时扑帘过墙，或轻或重，到处堆积，漫天一色；在不同的地方观赏，在树则为"琼树"，在堂则为"玉堂"；在不同的时间观赏，入夜则其光如月，梳妆则其白如梅。尾联再次点明主题：独我远走他乡，关河冻合，今你冒雪送我，斑马啸啸，能不令人断肠？！

这是正结"之东"一行。

两首诗结构相同，都是以首联擎起，中间连用四个典故，然后以主旨收束。笔笔似乎都在写雪，实则句句都是写人。以雪之漂泊无定暗喻人生之颠沛流离。妙笔生花，此之谓也。

【名家点评】

　　首章一二雪之气色,三四雪之花样,五六雪之性情,七八嘱其勿遽消,当留待我之东归……次章一写飞舞,二写轻盈,三四写闲静。五色如月,六貌如花。末感其送我之东行也。前首待归,后首送行,此亦不复之法也。

——[清]屈复《玉溪生诗意》

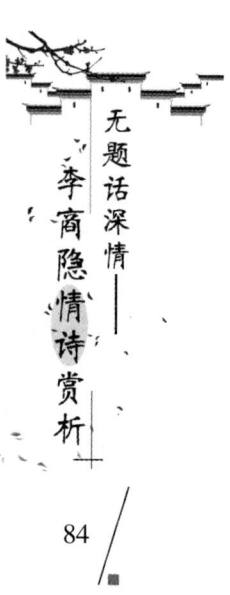

房中曲[1]

蔷薇泣幽素,翠带花钱小[2]。

娇郎痴若云,抱日西帘晓[3]。

枕是龙宫石,割得秋波色[4]。

玉簟失柔肤,但见蒙罗碧[5]。

忆得前年春,未语含悲辛。

归来已不见,锦瑟长于人。

今日涧底松,明日山头檗[6]。

愁到天地翻,相看不相识。

---

[1]房中曲:乐府曲名。《旧唐书·音乐志》:"平调、清调、瑟调,皆周房中曲之遗声也。"

[2]"蔷薇"二句:以蔷薇泣露,翠带花圆兴起悼亡之意。"幽素"指露水。"翠带"谓蔷薇枝条柔软如衣带。花钱:意谓花蕾小如钱状。

[3]"娇郎"二句:意思是说,帘卷西照,行云拥日,娇儿幼小,不知丧母之痛,抱枕犹眠。有人将此二句解释为是作者自指。时商隐年已四十,焉能以"娇郎"自称。

[4]"枕是"二句:龙宫石比喻遗物之珍贵。此联谓宝枕光可鉴人,乃因得娇妻秋波滋润所致。

[5]"玉簟"二句:意谓簟席之上不复见伊人之玉体,但见翠被蒙

覆其上。

[6]"今日"二句:"涧底松"语本左思《咏史》"郁郁涧底松",喻己之不得志。檗(bò):即黄檗,味苦,常喻心苦命苦。

【背景】

大中五年(851年)春,商隐妻子病危,适徐州节度使卢弘正卒,朝廷召商隐,遂罢幕归京。等他赶回长安,妻已故,未能见最后一面。商隐悲痛难已,遂有此悼亡之作。

【赏析】

品味诗的起首两句,可知诗人以蔷薇隐喻爱妻,而且暗示她病逝于春夏之交。诗人描写蔷薇悲泣如露,柔枝上的花蕾圆小,尚未绽放。注目蔷薇,依稀可看到妻子的芳姿,仿佛此刻正在向他哭诉。转身是年幼无知的娇儿,不知丧母之痛,仍在拥被而眠。"痴"者,言其少不更事也。这加倍凸现了主人公悼亡之痛。韦应物悼亡诗《出还》云:"幼女复何知,时来庭下戏。"与此异曲同工。

次四句写寝室。睹宝枕自然会想到妻子那秋波似水的明眸。他说"龙宫石"之晶莹剔透也是向爱妻的秋波借来的。据说商隐的妻子晏媄是个"巧笑倩兮,美目盼兮"的才貌俱佳的女子,因此商隐在注目宝枕、追忆亡妻时,自然首先想到的是她的美目。然后诗人的目光转向卧榻。如今竹席上再也看不到伊人的玉体了,只有一袭翠绿的罗衾而已。

此时此刻,诗人不由想起"前年春",他请假回京,知道妻子已然患病,预感不久于人世,所以"未语含悲辛"——已是不祥之兆;"锦瑟长于人"——如今归来,阴阳相隔,物是人非,锦瑟犹在,想到物比人的寿命更持久,睹瑟思人,越感铭骨悲痛。我们知道,王氏擅长鼓瑟,商隐在诗中曾数次写到此事。他在婚后不久应桂管幕府之聘盘桓桂林期间,在寄内诗《寓目》中曾写道:"新知他日好,锦瑟傍朱栊。"可见锦瑟是王氏身边之物。这二句正是"锦瑟长于人"生动的注脚。

商隐怀才不遇,一生坷坎,用左思《咏史》的"涧底松"来比对那些平庸反而显赫的"山上苗",再恰当不过了。"山头檗"是对自己来日仍然无法摆脱孤苦命运之悲叹。这两句看似诗人自叹身世,实则是对亡妻更深情的怀念。诗人与王氏成婚13年,伉俪情笃,相濡以沫,甘苦与共。商隐应试落第,王氏安慰他:"锦长书郑重,眉细恨分明。"(《无题》)如今伊人已逝,还有谁能给他温情慰藉?念及此,诗人自然会感到来日苦多。

最后两句"愁到天地翻,相看不相识"为设想之辞。"天地翻"活用汉乐府《上邪》"天地合,乃敢与君绝"。愁到天翻地覆的时候,即便相逢于来世,我们都已历尽沧桑,还能认识吗?今生我已绝望,来世就有希望吗?这不禁让人想到苏东坡的那句"纵使相逢应不识"来,同样令人落泪。

在艺术结构上,诗人由帘外泣露之蔷薇转到屋里失母痴睡之娇儿,借室内之景物追忆亡人之音容笑貌,然后因今昔对比之伤痛而设想来日之悲绝。全诗先空间后时间,空间则先室外后室内,时间则往昔、眼前、未来交错在一起,产生了一种气韵流注、情感圆环的审美魅力。全诗十六句,四句一韵一节,一节又有两层意韵,环环相扣,脉络清晰。哀悼之情,句句悲催。

相思

相思树上合欢枝,

紫凤青鸾共羽仪。

肠断秦台吹管客[1],

日西春尽到来迟。

---

[1]秦台吹管客:见《碧城三首》注。

【背景】

这首七绝可视为《房中曲》之姐妹篇,是妻子逝世后,商隐回想妻子身前身后之情景而作。诗当作于大中五年(851年)妻亡之后。

【赏析】

诗的前两句以紫凤青鸾羽仪相映,双栖于相思树之合欢枝头,比喻伉俪情深。三四句则由回忆往昔之恩爱而感伤今日之永隔。作者说,我于春尽日暮之时归来,而你却溘然长逝,昔日之"秦台客"能不为"到来迟"而抱恨终身?此与《房中曲》之"归来已不见,锦瑟长于人"可以互相参证。此诗很可能与《房中曲》作于同时。

引用萧史吹箫作凤鸣,秦穆公以女弄玉妻之的典故,表白自己是茂元之婿。萧史、弄玉双双成仙,自己却断肠凤台。两相对照,益见其悲痛之状。

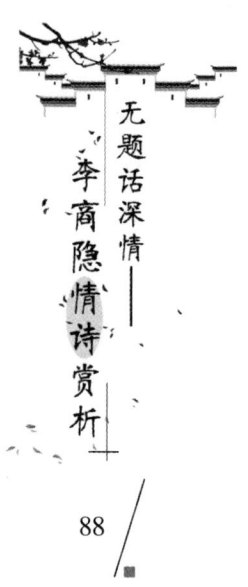

辛未七夕[1]

恐是仙家好别离，

故教迢递作佳期[2]。

由来碧落银河畔[3]，

可要金风玉露时[4]？

清漏渐移相望久，

微云未接过来迟。

岂能无意酬乌鹊[5]，

惟与蜘蛛乞巧丝[6]？

---

[1]辛未：唐宣宗大中五年（851年）。

[2]迢递：遥远、高远。

[3]碧落：道教语，谓东方最高的天有碧霞遍布，故名"碧落"。诗词中常指天空。

[4]可要：意谓何必非要。金风玉露：形容牛郎织女相会时之秋景。

[5]乌鹊：民间传说，农历七月七日，乌鹊搭成鹊桥渡牛郎织女相会。

[6]乞巧：据《荆楚岁时记》载，农历七月七日晚，妇女在院中陈设瓜果，向织女祈祷，请她帮助提高刺绣缝纫之技巧。若"有嬉子网于瓜

上者则以为得巧"。嬉子即蜘蛛。

【背景】

大中五年(851年)春末,商隐妻病卒。诗作于是年七夕。因牛女相会而思失妻之痛,故赋诗寓悲。

【赏析】

在我国,每年七月七牛郎织女鹊桥相会,这是个美丽的神话故事。现在,人们更愿意把这一天当作中国的情人节纪念。这一天,文人墨客赋诗填词,民间妇女结彩乞巧。汉代伊始,七夕就已经成为民俗的传统节日。

诗歌创作贵在创新。商隐的这首七律于此体现得格外突出。以往歌咏七夕的篇什,都是对牛女一年一度才相会寄予无限同情。处在悼亡伤逝之痛中的诗人,却别出心裁,抒发自己独特的情怀。他劈空便说:"恐是仙家好别离,故教迢递作佳期。"——每隔一年相会一次,恐怕是神仙们爱好别离,才故意将相会的日期安排得这么久远吧?

紧接着,作者继续诘问:"由来碧落银河畔,可要金风玉露时?"——从来"天上方一日,世上已千年",银河碧落,近在咫尺,何必要等到"金风玉露"之时呢?

前两联在对习惯性思维的叙述后面还隐藏着这样一层含义:仙家飞行如意,说是一年一会,其实对他们而言,只是瞬间之事,何必要故弄玄虚,说玉帝怒牛女日夕不离,责令二人一年一会,致使人间痴男怨女一洒同情之泪呢?诗人张联桂曾有《七夕》曰:

洞里仙人方七日,千年已过几多时。
若将此意窥牛女,天上曾无片刻离。

勇于突破藩篱的诗人能从相沿成习的思路中翻出新意,让人情不

自禁想到歌咏七夕的另一个突破,那就是秦观的《鹊桥仙》:

纤云弄巧,飞星传恨,银汉迢迢暗度。金风玉露一相逢,便胜却人间无数。柔情似水,佳期如梦,忍顾鹊桥归路。两情若是久长时,又岂在朝朝暮暮。

他将人们以为是遗憾的离愁别恨升华为"胜却人间无数"的超凡脱俗的境界,使凡尘中的恋人得到宽慰和信心。可以说,《鹊桥仙》与商隐的这首《辛未七夕》在诗史上具有同样不朽的艺术价值。

在对一年一度一相逢的鹊桥会提出质疑后,诗人转向对牛郎和织女各自情态的细节描写:"清漏渐移相望久,微云未接过来迟。"——牛郎盼望尽快见面,痴痴凝望,嫌时间过得太慢;织女却等候纤云铺路,姗姗来迟,神情如画。

结尾再作一问:"岂能无意酬乌鹊,惟与蜘蛛乞巧丝?"——你们得以相会,乌鹊之功居多,怎能不想着去报答乌鹊架桥之功劳,反而把奖赏给予乞巧者呢?

喜欢把商隐的诗与其身世联系起来,逐一寻找寄托何人何事的张采田先生,说此诗因令狐绹而作。然而,我们再看商隐的另外几首写七夕的诗,就明白诗人心思只在悼亡伤逝上,寓意仕途际遇,容或有之,聊备一说可也。

【名家点评】

本篇结构,首四句为设问之辞。后四句即就事论事,又逼入一层问之。超忽跌宕不可方物,命意高则下笔得势耳。

——[清]汪辟疆《玉溪诗笺举例》

七月二十九日崇让宅宴作[1]

露如微霰下前池[2],
风过回塘万竹悲[3]。
浮世本来多聚散,
红蕖何事亦离披[4]?
悠扬归梦惟灯见,
濩落生涯独酒知[5]。
岂到白头长只尔[6]?
嵩阳松雪有心期[7]。

---

[1]崇让宅:泾原节度使王茂元在东都洛阳崇让坊的住宅。

[2]微霰:微细的雪粒。

[3]回塘:回曲的水池。

[4]红蕖:红荷。李白《越中秋怀》诗:"一为沧波客,十见红蕖秋。"离披:零落分散貌。

[5]濩(huò)落生涯:原谓空廓无用、大而无当,此谓遇合不偶、无所成就之意。

[6]只尔:只是这样。

[7]嵩阳:嵩山之南。松雪:象征隐士的气节和品格。心期:心神交往,两相期许。

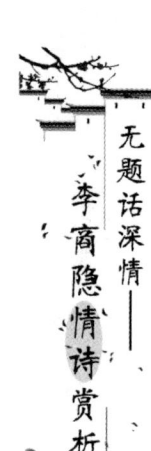

【背景】

诗作于大中五年(851年)商隐婉拒内兄与连襟韩瞻邀饮之后不久。因即将离家赴职,王家设宴为其饯行,遂借故抒怀。

【赏析】

诗的前两联写崇让宅初秋景象。露冷月寒,修竹森森,睹草木衰变,诗人自然想到人生聚散亦复如是。首二句用环境的凄清衬托诗人心境之凄楚。岳丈故宅,前池依旧,回塘亦在,然则他们父女相继作古,人事有如"红蕖",披离纷乱,遂有"浮世本来多聚散"之叹。

后两联主要因妻亡而感怀。日间高朋满座,推杯换盏,一旦席终人散,唯孤灯只影,酒入愁肠,往昔思乡之苦,未来飘零之况,悠然生起,让人觉得一切都如梦如幻。第五句之"归梦"承第三句之"聚散",可以看出他对妻子的深情依恋与怀念。第六句之"漂落"承第三句之"浮世",用"独酒知"写尽了遗世独立之孤独。世不我知,唯酒有情,知慰我愁肠;生离死别,前程渺茫,终于郁结成了绝望的呐喊:"难道直到白头都只能如此了吗?归隐嵩山的苍松白雪之间,才是我的夙愿啊!"

在写这首七律的前一天,诗人曾有《七月二十八日夜与王郑二秀才听雨后梦作》,以梦境的形式讲述了王家的兴衰及与其命运之休戚相关,不妨参阅:

> 初梦龙宫宝焰然,瑞霞明丽满晴天。
> 旋成醉倚蓬莱树,有个仙人拍我肩。
> 少顷远闻吹细管,闻声不见隔飞烟。
> 逡巡又过潇湘雨,雨打湘灵五十弦。
> 瞥见冯夷殊怅望,鲛绡休卖海为田。
> 亦逢毛女无惨极,龙伯擎将华岳莲。
> 恍惚无倪明又暗,低迷不已断还连。

觉来正是平阶雨,独背寒灯枕手眠。

这两首诗都是用"比兴"手法将各种景物与诗人的思想感情糅合在一起,移情于景,情景交融,因此获得了耐人寻味的艺术感染力。

【名家点评】

诗以轻快流利之笔调,抒写身世濩落之感,"情深于言",洵为的评。义山后期,颇多此类平平道去而情致深婉之作。

——余恕诚、刘学锴《李商隐诗歌集解》

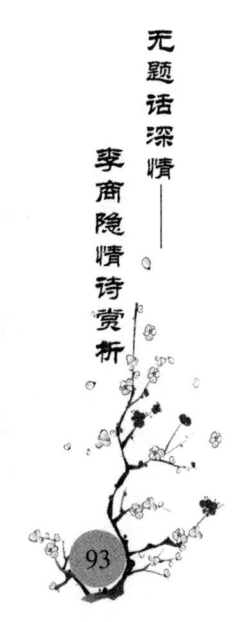

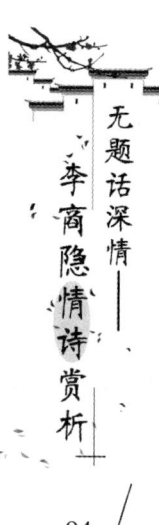

王十二兄与畏之员外相访见招小饮时予以悼亡日近不去因寄[1]

谢傅门庭旧末行[2],

今朝歌管属檀郎[3]。

更无人处帘垂地,

欲拂尘时簟竟床。

嵇氏幼男犹可悯[4],

左家娇女岂能忘[5]?

秋霖腹疾俱难遣,

万里西风夜正长。

---

[1]王十二兄:商隐岳父王茂元之子,畏之即商隐连襟韩瞻。悼亡日近:指妻子去世不久。

[2]谢傅:东晋大臣谢安,死后赠太傅。这里以谢傅门庭代指岳父王茂元家。商隐娶的是王茂元之小女,故称自己是诸婿之"末行"。

[3]檀郎:晋潘岳小字檀奴,貌美,人称檀郎,唐人习称婿。这里指韩瞻,或曰指茂元之子。

[4]嵇氏幼男:晋代嵇绍为嵇康之子,十岁丧母。此指商隐的儿子衮师。

[5]左家娇女:晋代大诗人左思有二女,作有《娇女诗》。或谓借

指商隐的女儿,或曰指妻王氏,体味"岂能忘"可知。

【背景】

大中五年(851年)春夏之交,商隐妻病故。秋,内兄王十二与韩瞻邀他前往王家小饮。诗人因王氏病逝未久,婉言拒绝。此诗说明拒绝之因由。

【赏析】

因为是同年姻亲,所以商隐在诗题中就直言不讳地说明不能应约的原因,然后层层深入,描述了自己的境况和心情。

首联点明他在王家诸子中的排行。而今妻亡不久,侧身歌吹宴乐,实属不当。

颔联"簟竟床"化用潘岳《悼亡诗》"展转眄枕席,长簟竟床空;床空委清尘,室虚来悲风"句意,以重帘垂地、长簟空床渲染人亡室空之凄惨景象。"欲"字极为传神。

颈联特别突出幼男娇女的孤苦无告和诗人自己的彷徨哀伤。"岂能忘"既是自感为人之父责任的重大,也是对九泉之下的亡灵的告慰。这两句诗表达了作者多种复杂沉痛的感情。

尾联以长夜无眠、秋霖西风收束,把诗人对前景的悲观失望写得形神皆备。诗人一生的悲剧与他的婚姻密切相关。由于他娶了王茂元的女儿,形成了"去牛(僧孺)就李(德裕)"的客观事实,因此遭到他原先依靠的以令狐父子为骨干的牛党势力的唾弃,从此在仕途上一生不能翻身。这在他心灵上造成了深刻的创伤和无法解脱的痛苦。如今这种悲剧性阴影并没有因妻子的去世而消失。凄风苦雨,长夜漫漫,使他感觉到这仿佛将是永远摆脱不了的命运。此即所谓"万里西风夜正长"也。

诗人将妻亡之后的深长的哀悼与自己之凄凉寂寥的际遇联系起来,融悼亡、自伤与身世之感为一体。但他没有从正面着笔,而是借重

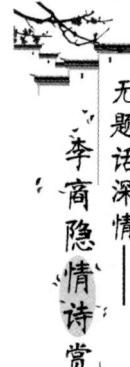

帘不卷,浮尘满床,儿女牵衣,秋风长号等意象侧面渲染,平易中蕴含无限低回。诚如诗论家所言:"平平写去,凄断欲绝,唐以后无此风格矣。"

【名家点评】

　　此玉溪感逝诗也。仅言帘影簟纹,而伤感之情,溢于言外。……诗人之悼亡者,以元微之之七律三首,梅宛陵五律三首,最为真挚。论诗之风韵,玉溪之句,尤耐微吟。潘安仁诗"望庐思其人",即玉溪上句之意。潘诗"入室想所历",即玉溪下句之意。诗格异而意同也。

　　　　　　　　　　　　——俞陛云《诗境浅说》

西亭

此夜西亭月正圆，

疏帘相伴宿风烟。

梧桐莫更翻清露，

孤鹤从来不得眠。

【背景】

　　大中五年(851年)秋末，商隐应梓州刺史柳仲郢招聘，由长安经洛阳回郑州料理家事，准备赴任。诗即作于是时。

【赏析】

　　妻子去世后，商隐大部分时间是在洛阳王茂元旧宅度过的，他的悼亡诗也大多是在这个时期创作的。崇让宅有亭榭曲池，茂林修竹，诗人或睹物思人，或月夜徘徊，自然会引发低回绵长的诗情。比如同时写的《夜冷》，和这首七绝实为姊妹篇。《夜冷》曰：

　　树绕池宽月影多，村砧坞笛隔风萝。

　　西亭翠被余香薄，一夜将愁向败荷。

　　两首同样是以"月"起兴，同样写到了"西亭"，同样是孤寂无眠，但况味却不相同。《夜冷》哀伤妻子的香泽日渐稀薄，有如荷香，正在被无情的秋风吹向"败荷"之中；这首却以圆月衬托愁人，引发诸般凄惶。

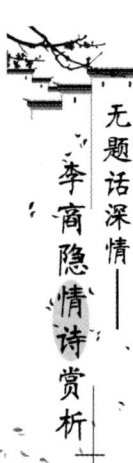

　　起首二句描写的景象就让人觉得凄清难耐。月圆自来象征阖家团圆，而"此夜"与诗人相伴的却只有疏疏落落的帘幕和漂流不定的风烟。辗转无眠，万籁俱寂，外面梧桐树叶上清露点滴的声音听得异常清晰，诗人无可奈何地叹息道：桐叶啊，露珠啊，请不要这样扰人清梦吧。我如今恰似一只"孤鹤"，很久没有睡过一个好觉了。

　　最后一句画龙点睛，相思之凄苦，悼亡之沉痛，尽在于此矣。

宿晋昌亭闻惊禽[1]

羁绪鳏鳏夜景侵[2],

高窗不掩见惊禽。

飞来曲渚烟方合[3],

过尽南塘树更深。

胡马嘶和榆塞笛[4],

楚猿吟杂橘村砧[5]。

失群挂木知何限[6],

远隔天涯共此心。

---

[1]晋昌:唐长安坊名。或曰晋昌里系令狐绹之居所。

[2]鳏鳏:语本《释名》:"愁悒不能寐,目恒鳏鳏然也。"鳏字从鱼,鱼目恒不闭,故云。

[3]曲渚:即曲江池。

[4]榆塞:又称榆林塞。蒙恬为秦侵胡,辟地数千里,树榆为塞。事见《汉书·韩安国传》。

[5]橘村:即橘洲,在今湖南汉寿县。

[6]失群:指马。挂木:指猿。

【背景】

大中五年（851年）春夏，商隐妻卒，东川节度使柳仲郢聘商隐为节度掌书记。深秋将赴梓州。诗作于是时。

【赏析】

这首七律围绕"惊心"二字展开。

首句未画龙，先点睛。用鱼永不闭目，形容鳏夫独居。"惟将终夜长开眼，报答平生未展眉"，妻丧未久，又将背井离乡，漂泊天涯，"羁绪鳏鳏"，长夜漫漫，想象此情此景，真让人感同身受。

次句由室内转入窗外，因无眠而闻"惊禽"。夜幕沉沉，云烟四合，丛树浓重，唯闻群鸟盘旋曲池，飞过南塘，凄厉的鸣叫声令人惊恐。

颈联将周遭之情境推开，设想今夜边关吹笛之征夫闻失群胡马之嘶鸣，南国砧杵之思妇闻挂木楚猿之哀鸣，将是何情味？

尾联总收天下可"惊心"者。人与鸟兽因惊而融为一体：今夜人间之"失群挂木"者有多少啊，他们都如我这无眠鳏夫，无一不是悲凉凄苦之惊魂。他们和我虽然远隔天涯，希望能息息相通，体会到丧偶失群、漂泊异乡的惊心之痛。

【名家点评】

此诗以"惊禽"兴起己之离绪，以"胡马楚猿"陪衬惊禽，通体惟"羁绪"一句自道本怀耳。制格布局，最为可式。

——黄侃《声韵略说》

青陵台[1]

青陵台畔日光斜，

万古贞魂倚暮霞。

莫讶韩凭为蛱蝶，

等闲飞上别枝花[2]。

---

[1]青陵台：典出《列异传》《搜神记》诸书，各本稍异。故事详见正文。

[2]等闲：这里是平常、随便的意思。

【背景】

诗作大中五年（851年）回郑州料理家事，路经郓城途中。

【赏析】

这是一首与妻子的亡灵对话的诗，话题由一则凄美的神话故事引出，并将故事的旨意贯串始终。所以我们先看这则故事。

宋康王舍人韩凭娶妻美，康王夺之，凭怨，王囚之，凭遂自杀。妻乃阴腐其衣，王与之登台，自投台下，左右揽之，衣不中手而死，遗书于带曰："愿以尸与凭合葬。"王怒，使埋之二冢相望，曰："尔夫妇相爱，能使冢合，则吾弗阻也。"宿昔便有文梓生于二冢之端，旬日而盈抱，屈体相就，根交于下，枝错于上。又有鸳鸯雌雄各一，恒栖树上，交颈悲鸣。宋人哀之，号其木曰"相思树"。

河南商丘今有其墓葬遗址青陵台。诗人以青陵台的日落西下、霞光满天起兴，因感慨韩凭夫妇之忠贞不渝、生死相随的爱情，发"万古贞魂倚暮霞"赞叹之同时，想到自己与娇妻同甘苦共患难的经历，自在情理之中。

我们已经说过，因为与晏媄成亲，商隐被牛党不齿，一直在党争夹缝中挣扎。在令狐绹高居相位的势态下，他为了前程，再三诉求令狐。他在政治斗争中的这些情况，在相濡以沫的13年里，妻子无端受累。对此，他肯定与妻子多次谈论过。王氏虽然能理解他的苦衷，但不能没有想法。

虽然对上述情形的理解没有分歧，但诗评家们对结尾二句却做出了截然不同的解读。一种看法认为，商隐低三下四地与令狐绹套近乎，是他最不愿为而不得不为之事，内心之矛盾痛苦自不待言。妻子过世不久，他在仰求令狐绹的同时，又不得不应柳仲郢之招远赴巴蜀，负疚自谴之情可想而知。所以，"莫讶韩凭为蛱蝶，等闲飞上别枝花"二句是对自己灵魂之痛苦的自剖，是对妻子亡灵的自白，也是对自己行为的辩解，意思是说：不必惊讶韩凭（作者自喻）为什么要变成"蛱蝶"（青陵台的故事，有的版本说韩凭夫妇变成了比翼双飞的蝴蝶），又轻易飞到别的花枝上吧。因为我没有别的办法。

另一种看法认为，这二句的意思是说：不必惊讶我像韩凭那样，如今也成了一只四下乱飞的蝴蝶，但我怎能平白无故飞到别的花枝上呢？同样是在向妻子的亡灵表白，但这里强调的是"万古贞魂"，而不是迫不得已的违心之举。

后一种解读似乎更符合全诗的意蕴。如果照前者那样解释，与"万古贞魂倚暮霞"岂不自相矛盾？

【名家点评】

  化蝶一事,故留住韩凭另一层写,借事点染,生出波折,此化直为曲、化板为活之法,若直说便少味矣。

——[清]纪晓岚《玉溪生诗说》

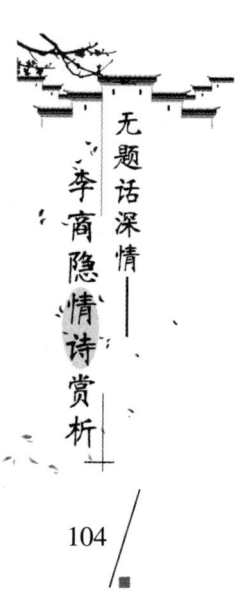

暮秋独游曲江[1]

荷叶生时春恨生，

荷叶枯时秋恨成。

深知身在情长在，

怅望江头江水声。

---

[1]曲江：或称曲池。在今西安市东南。在唐代，这里是游览宴乐之胜地，是诗家经常歌咏之景观。杜甫有名篇《曲江二首》，其二中两联云："酒债寻常行处有，人生七十古来稀。穿花蛱蝶深深见，点水蜻蜓款款飞。"

【背景】

大中十年（856年）冬，柳仲郢受命入朝，商隐随柳返京，次年春抵长安。此篇当作于大中十一年（857年）暮秋独游曲江时。

【赏析】

刘熙载《艺概·诗概》说商隐诗"深情绵邈"，这首悼念亡妻的小诗就很有代表性。

"荷叶生时春恨生，荷叶枯时秋恨成"，舒缓重叠地诉说，仿佛是诗人在自言自语。出句对句七字中有四字重复，一洗他惯用的隐晦纡曲的笔法，一字一句从心间自然流出，将自生自枯的荷叶变成随他心境而荣枯的有情之物,因此读之很容易感受到诗人悼亡的沉痛。

"深知身在情长在"和"春蚕到死丝方尽""人世死前惟有别"同样令人唏嘘感慨。如此至情之语,若无末句茫然不知所措的情态映照,则成誓言。不说听"水声",而说"怅望江头江水声",表面的视听错乱深刻折射出内心的迷茫失神和悲痛欲绝。

这首七绝虽是律句,但句与句之间不尽符合粘对规则。作者故意让一二句之间不对,二三句之间不粘,并采用其擅长的当句对的手法叙事抒情,所以冯浩赞此"调古情深",点明了这首以律句所写的古绝,声调悲怆酸楚,情思缠绵哀痛的特点。将这首七绝与作于同时的《曲池》参阅,无论从诗的意蕴还是艺术特色上,都可以得到启迪。

> 日下繁香不自持,月中流艳与谁期?
> 迎忧急鼓疏钟断,分隔休灯灭烛时。
> 张盖欲判江滟滟,回头更望柳丝丝。
> 从来此地黄昏散,未信河梁是别离。

【名家点评】

亦是感逝而作,集中《曲江》《曲池》题颇多,疑义山在京曾携家寓此也……若此篇则悼亡之意显然,谓艳情者恐误也。

——张采田《李义山诗辨正》

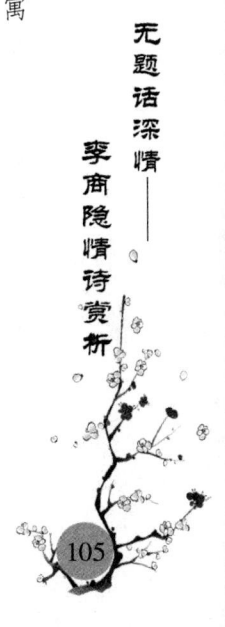

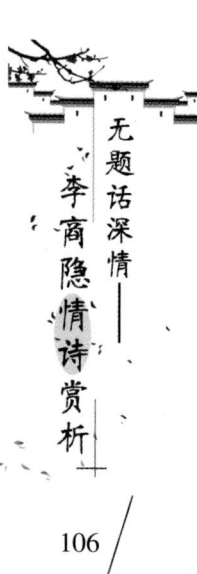

悼伤后赴东蜀辟至散关遇雪

剑外从军远[1],无家与寄衣。

散关三尺雪[2],回梦旧鸳机[3]。

---

[1]剑外:泛指剑阁之南蜀中地区。

[2]散关:即大散关。《方舆胜览》:"大散关在梁泉县(今陕西凤州镇),为秦蜀要道。"

[3]鸳机:指织锦机。

【背景】

诗作于大中五年(851年)冬赴蜀途经大散关时。

【赏析】

离家远行前,诗人曾写有数首与亲朋好友道别之作,如《赴职梓潼留别畏之员外同年》:

> 佳兆联翩遇凤凰,雕文羽帐紫金床。
> 桂花香处同高第,柿叶翻时独悼亡。
> 乌鹊失栖长不定,鸳鸯何事自相将。
> 京华庸蜀三千里,送到咸阳见夕阳。

这首五绝起句点明这次远行的原因是"从军",即入节度使幕府。诗题"遇雪"自然会让读者想象隆冬之际,诗人孑然一身,行囊单薄之苦寒落索。当此之际,诗人盼望家中妻子寄棉衣来。可是爱妻已逝,再没有人像妻子那样关心他了。"无家与寄衣"——旅途风霜,万般凄苦,都蕴含在这淡淡的一句中了。

"散关三尺雪"承上启下,且给人以"乱山残雪夜,孤灯异乡人"(崔涂《除夜》)的凄凉漂泊之感。散关立马,风雪满天,回首鸳鸯机畔,尘蒙空床,昔日闺帏刀尺,念远夜织之人,此刻都化作梦想了。"回梦旧鸳机",诗至此戛然而止,将未尽难言之情留给读者去想象。章法之高明无过于此。

【名家点评】

一呼三应,二呼四应。机上无人,故无衣可寄;积雪散关,益增梦想。凄绝!

——[清]姜炳璋《选玉溪生诗补说》

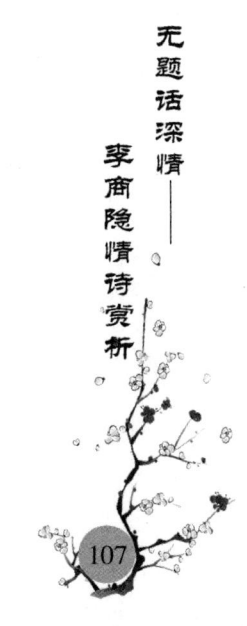

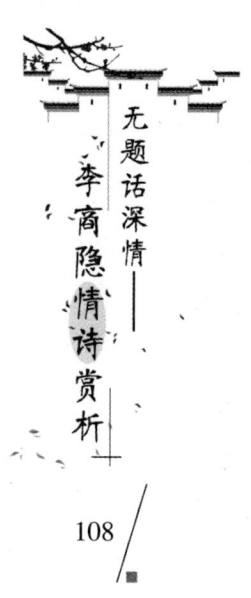

七夕

鸾扇斜分凤幄开，

星桥横过鹊飞回。

争将世上无期别，

换得年年一度来。

【背景】

诗作于大中八年（854年），商隐42岁，是时诗人在梓州柳仲郢幕府。

【赏析】

商隐写有数首七夕诗。在婚后的会昌五年（845年），自郑州抵洛阳，居岳父家时，曾写有五律《七夕偶题》，因袭传统观点。那首五律主要是写与妻子清贫厮守、矢志不移之情感。在丧妻的当年写了前述之《辛未七夕》，次年接着写下《壬申七夕》，表示对牛郎之羡慕，继续表达对亡妻之悼念。诗曰：

已驾七香车，心心待晓霞。
风轻惟响珮，日薄不嫣花。
桂嫩传香远，榆高送影斜。
成都过卜肆，曾妒识灵槎。

而《七夕》一诗，虽然与丧妻当年写的《辛未七夕》相隔三年，但其意趣却一脉相承。辛未年所作诗，诗人怀疑牛女一年一会或许是因为仙家"好别离"；现在诗人忽然又想，你们纵然"好别离"，仍然可以年年相聚，见面时鸾扇凤帏，何等风光。然而人间的夫妻呢，一旦别离，便生死永隔，再无相见之日，思之能不令人心生妒忌？因此诗人感叹道："争将世上无期别，换得年年一度来。"——哪怕一年只见一次，也比永无相见之日好啊！

这首七绝一反诗人惯用的朦胧凄婉之风格，直抒胸臆，抚膺疾呼，难怪诗评家赞叹曰："妙处无穷，任人自领。"

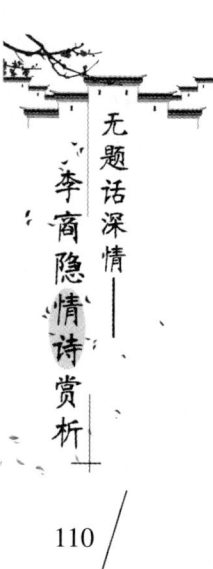

过招国李家南园二首[1]

一

潘岳无妻客为愁[2],
新人来坐旧妆楼。
春风犹自疑联句,
雪絮相和飞不休[3]。

二

长亭岁尽雪如波,
此去秦关路几多?
惟有梦中相近分,
卧来无睡欲如何!

---

　　[1]诗题有误,当为"昭国",是李将军在长安的宅院。商隐有《病中早访招国李十将军遇挈家游曲江》《送千牛李将军赴阙五十韵》二诗记述与李之过从。李娶王茂元长女,与韩瞻、商隐皆为茂元婿。

　　[2]潘岳无妻:用潘岳悼亡之典。

　　[3]"春风"二句:典出谢安与侄谢朗、侄女谢道韫咏雪联句。《世说新语》载:谢太傅寒雪日内集,与儿女辈讲论文义。俄而雪骤,公欣然曰:"白雪纷纷何所似?"兄子胡儿曰:"撒盐空中差可拟。"兄女道韫

曰:"未若柳絮因风起。"

【背景】

大中十年(856年),商隐将赴东川柳仲郢幕府,过连襟李十将军故居,追悼往事作此诗。

【赏析】

一

首章追忆昔日在李将军宅与未婚妻相见一事。诗以"潘岳无妻"领起,即知亦为悼亡之作。"客为愁"是说李将军当年也曾为他鳏居而忧愁。因为商隐娶王氏女是再婚,故有此说。

商隐与李、韩二连襟交谊颇深,他之所以能与王氏终成眷属,李、韩帮了不少忙。"新人来坐旧妆楼"说明李十看他鳏居,为他介绍了"新人"。这新人无疑是王家小女晏媄。所以这一句的确切含义是对晏媄客居李家妆楼的回忆,两人不但在那时见过面,而且曾联句咏雪,三四句回忆的即是这件风雅往事:"春风犹自疑联句,雪絮相和飞不休。"

二

次章转向对日后行程的描述。首句是说在"岁尽"雪飞的时候,诗人即将离开关中,远赴他乡。问"路几多",不但寓意路途遥远,而且对前程渺茫满怀忧虑。到那时,唯求在梦中能与妻子相见,然耿耿不寐,恐怕连梦中相见亦不可得矣。

【名家点评】

无数情节,累辞不能达者,只以七字("新人来坐旧妆楼")括之,非义山妙笔慧舌,那能炼得此句。

——[清]姜炳璋《选玉溪生诗补说》

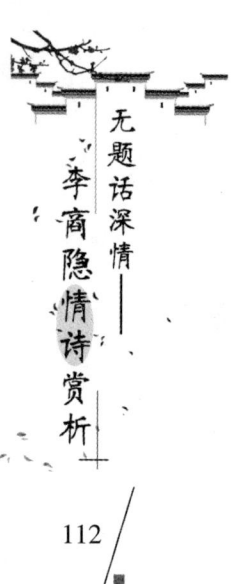

忆梅

定定住天涯[1],依依向物华[2]。
寒梅最堪恨[3],长作去年花。

---

[1]定定:唐时俗语,犹言"牢牢"。

[2]物华:万物升华之意。指春天的景物。

[3]最堪恨:意谓最让人怅恨、遗憾。

【背景】

商隐于妻子去世当年大中五年(851年)冬至大中九年一直滞留梓州柳仲郢幕府。诗当作于这期间某年春,其时寒梅已谢,故曰"忆梅"。

【赏析】

商隐是在仕途抑塞、妻子去世的情况下应柳仲郢之辟,来到梓州的。独居异乡,寄迹幕府,孤子苦闷,情绪之无聊郁闷可想而知。"定定住天涯"是一个痛苦灵魂的哭泣。定定,犹"死死地""牢牢地",诗人感到自己好像是永远被钉死在这异乡的土地上了。这里有强烈的苦闷,有难以名状的厌烦,也有无可奈何的悲哀。

为思乡之情、留滞之悲所苦的诗人,精神上不能不寻找慰藉,于是转出第二句:"依依向物华。"物华泛指眼前春天所有美好的景物。

"依依"形容面对春容时留恋不舍之情思。诗人在百花争艳的春色面前似乎暂时得到了些许慰藉,然而就在这时,有一种无名的怅惘突然从内心深处升起。

"寒梅最堪恨,长作去年花。"——他蓦然间想起了去岁在寒冬开放的梅花。想她先春而开,可是在百花争艳时,却提前香销花谢。诗人在遗憾之余,有些怨恨起她来。由"向物华"而忆梅,这是一层曲折;由忆梅而恨梅,这又是一层曲折。说是"忆梅",不如说是在回忆华年早逝的妻子。

那为什么要说"最堪恨"呢?这是正话反说,犹如人们常将夫妻称作"仇人冤家"。"恨"之一字,包涵着多重意蕴,有怅恨,有惋惜,有同情,有遗憾……更有刻骨铭心的思念。把这个字换成任何一个其他的字,都无法涵盖如此丰富而生动的内容。商隐的妻子本来是一个慧中秀外、温柔贤惠的好女子,去世时只有30岁,自从嫁了诗人,一直过着离多聚少的日子。商隐本想通过自己的拼搏让爱妻过上幸福的生活,谁会想到,在她风华正茂的时候却玉殒香消,宛若那早秀先凋的寒梅,能不让人在这群芳斗艳的春日里想念她,同情她,并为她惋惜抱恨吗?

诸诗论家说"寒梅"是诗人自喻。商隐写这首诗的时候,40岁刚出头,虽然身体欠佳,可并未"早秀先凋",怎么能说"寒梅"是诗人的自画像呢?再者,既言"忆梅",必有所忆之物和所忆之人,怎么能忆到自己呢?

五言绝句贵浑然天成,一意贯注。这首《忆梅》"意极曲折"(纪昀语),潜气内转,达到了有神无迹的境界,确实是大家风范。

【名家点评】

"寒梅最堪恨,长作去年花。"人之非去年人,即在言外,含蓄耐味。

——钱钟书《管锥编》

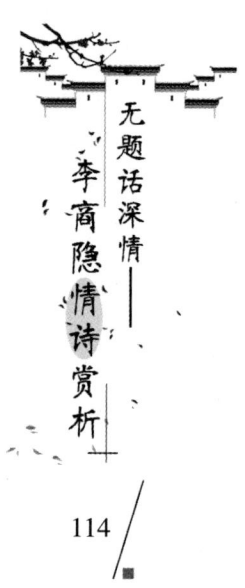

正月崇让宅

密锁重关掩绿苔，

廊深阁迥此徘徊。

先知风起月含晕，

尚自露寒花未开。

蝙拂帘旌终展转，

鼠翻窗网小惊猜。

背灯独共余香语，

不觉犹歌《起夜来》[1]。

---

[1]《起夜来》：乐府曲调名，《乐府解题》云："《起夜来》，其辞意犹念畴昔思君之来也。"此曲调内容大多写妻子对丈夫的思念。

【背景】

开成五年（840年），泾原节度使王茂元罢府回京为朝臣，移居洛阳崇让坊，诗人和妻晏媄亦随王家居崇让宅。诗作于大中十一年（857年）正月，即移居东都17年后。

【赏析】

王茂元于会昌三年（843年）去世，妻晏媄于大中五年（851年）去世,商隐与家人离多聚少,崇让宅里有他和妻子共同的回忆。这处洛阳有名的园林胜地,曾经激发过诗人的多少灵感,创作了多少诗章啊,直接以宅名为题的诗就有四首。当年的崇让宅,曲池回廊,茂林修竹,是洛阳有名的园林。然而这次重回旧宅,昔日的景象已面目全非,偌大府邸,门户上锁,青苔满地,回廊楼阁,阒寂无人,处处显得幽深荒凉;昔日的亲人皆已失散,诗人只好独自彷徨。起首两句极写故园之凄凉、阴森、冷落,为下面情节之展开做了铺垫。

"先知风起月含晕,尚自露寒花未开",由远而近,描写的是庭院的景象:夜幕降临,寒风乍起,知道今晚定会月晕当空;露寒花敛,庭院了无生气,凄凉的风扑面而来。月晕多风隐喻诗人在妻子临终时已看出不祥之兆;下句暗喻婚后诗人未能让妻子开心一日,内疚中饱含伤悼之情。

下两联转向内景描写:蝙蝠在房间里乱飞,老鼠在窗棂中跳窜,想不到显赫一时的岳丈过世十余年,便荒凉败落到如此地步。此时,诗人或许历历在目地回忆着往事吧?辗转反侧,长夜无眠是必然的了。往事和现实交织成一片,朦胧恍惚中,鼠翻窗网的声音使他产生了错觉,以为是妻子走进屋里来了。"惊猜"令人有点不寒而栗。此时诗人神智已经恍惚,"背灯独共余香语"是说诗人转身寻找,他以为妻子就在身后。"独"字用得极妙,把当时诗人景况之孤寂凄惶描写得活灵活现。同时,他依稀仿佛闻到了亡妻身上的香味,于是竟然跟妻子交谈起来。就在这时候,他又仿佛听见亡妻唱起了《起夜来》这首哀歌。

因思念之深而至神志不清,更见思念之痛,读之令人鼻酸。

【名家点评】

前三联写崇让宅荒凉冷寂景象与诗人凄寒惊猜心态,在伤悼王氏同时隐约透出与崇让宅兴废密切相关之更大范围之人事变化及亲故零落之痛。尾联将极凄凉冷寂之感情与绮罗香泽之寻觅融为一体,传达出恍惚迷幻之精神状态。与"余香"共语,尤可谓幻中之幻,痴而又痴。

——余恕诚、刘学锴《李商隐诗歌集解》

风流雅韵

——我是梦中传彩笔

天平公座中呈令狐相公

自注：时蔡京在坐，京曾为僧徒，故有第五句[1]

罢执霓旌上醮坛[2]，

慢妆娇树水晶盘[3]。

更深欲诉蛾眉敛，

衣薄临醒玉艳寒。

白足禅僧思败道[4]，

青袍御史拟休官[5]。

虽然同是将军客，

不敢公然子细看。

---

[1]天平：天平军节度使，治郓州（在今山东东平县西北）。公座：意谓幕府公之私宴。令狐相公：指令狐楚（766—837年），唐文宗大和三年（829年）任天平军节度使。

蔡京：邕州（今广西南宁市邕宁区）人，曾出家为僧，令狐楚爱其风姿，劝他还俗，陪学其子弟。后中进士，官至御史。

[2]霓旌：彩旗。醮坛：道士作法所设之坛。

[3]慢妆：淡妆。娇树：形容姿容如玉树。水晶盘：语出《杨太真外传》："成帝获飞燕，身轻欲不胜风，恐其飘翥，帝为造水晶盘，令宫人掌之而歌舞。"

[4]白足禅僧：据《魏书·释老志》云：惠始虽践泥尘而不污足，世号"白脚师"。蔡京曾为僧徒，故云。败道：破戒。

[5]青袍御史：幕府僚属带御史衔，穿青袍。其人姓名不详。

【背景】

大和初年，令狐楚出任郓州刺史兼领天平军节度使，商隐受聘入幕府，为巡官，曾有《随师东》一诗记述其事。这首诗当作于大和三年（829年）前后。是年商隐17岁。

【赏析】

诗题和自注表明，天平军节度使（相当于军区司令）令狐楚举办家宴，高朋满座，盛友如云，有美姬歌舞佐酒，主人命商隐赋诗助兴，遂有此作。

综观全诗，出场献舞的佳人必是令狐公之姬妾。她从前曾为女冠，后脱离道观，做了令狐的内宠。首联"罢执霓旌上醮坛"之"罢"，不是暂停，而是不再修道的意思。犹如"罢官"之"罢"。

舞者之来历交代明白后，紧接着描写其姿色体态。"慢妆娇树水晶盘"是说她化好妆后，身穿半透明的衣裙，宛若玉树临风，舞影如雪，身轻似燕，仿佛赵飞燕在水晶盘上舞蹈。其美艳令人动容，在座的宾客们以为是天女下凡。

颔联"更深欲诉蛾眉敛，衣薄临醒玉艳寒"是说酒宴一直进行到深夜，宾主余兴未尽，可舞娘已经疲乏难支了。她想诉说，却碍于情面不便开口。她的心理活动不难从微微皱眉的表情上感觉出来。或许是因为舞衣单薄，醉意将醒，光洁如玉的胴体感觉到阵阵寒意，因此敛眉欲诉。可是在诗人眼里，这更显得她风姿楚楚，娇艳动人。

颈联采用汉乐府《陌上桑》描写罗敷之美的手法，通过旁观者的表情动作间接地形容美之魅力。诗人说，出家的禅僧在这样的美人面前，试图破戒；已经有了官位的幕僚也准备辞职。此即"不见可欲，凡心不乱"也。

尾联对宠姬之美的描写别出心裁。诗人说，虽然我也是将军邀请的客人，但考虑到与主人的关系，考虑到她是幕主的宠姬，我虽说"不敢公然子细看"，可又忍不住要看，因为她太美了！诗人当时是正在走向成熟的十七八岁的青少年，从心理学的角度看，他有这种心情非常正常。况且他当时身份卑微，幸得德高望重的朝廷大员之礼遇，怎敢孟浪造次？如此看来，结尾看似平淡无奇，实则既反映了诗人复杂微妙的心理活动，也折射出舞姬的顾盼生姿，美貌非凡。

【名家点评】

　　由此诗可见义山与令狐关系之亲密，远超一般幕主与幕僚。亦可见唐代士子礼法观念甚为淡薄，作风放浪，出言无忌。义山部分《无题》诗，其产生之背景当与此类诗描写之生活有密切关系。

——余恕诚、刘学锴《李商隐诗歌集解》

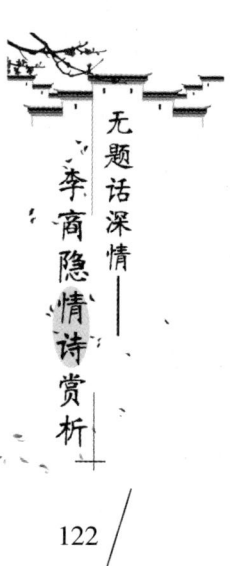

寄恼韩同年[1] 二首 （时韩住萧洞）

一

帘外辛夷定已开[2]，

开时莫放艳阳回。

年华若到经风雨，

便是胡僧话劫灰[3]。

二

龙山晴雪凤楼霞[4]，

洞里迷人有几家？

我为伤春心自醉，

不劳君劝石榴花[5]。

---

[1]韩同年：韩瞻，字畏之。与商隐同年登第，且都是王茂元的女婿。萧洞：指韩在岳家的喜房犹如萧史、弄玉之神仙洞府。

[2]辛夷：即木兰。

[3]"便是"句：典出《高僧传·竺法兰》，大意是说，汉武帝凿昆明池，于极深处见到煤而不识，到明帝时问天竺僧法兰，说那是世界历亿万年毁灭时焚烧后的灰烬。

[4]"龙山"句：比喻"萧洞"之风光。

[5]石榴花:这里指用石榴酿造的酒。

【背景】

诗作于开成二年(837年)春,即商隐于25岁进士及第时。

【赏析】

诗题"寄恼韩同年",并非恼恨这位同时及第的朋友,而是听到他新婚宴尔的消息后,寄寓自己求偶不果而产生的懊恼之情。由作者在诗题中自注的"时韩住萧洞"可知,其时韩正住在王茂元幕府,享受着洞房花烛之喜,诗人自己却心愿未了,故寄诗一示祝贺,二明心迹。

一

首章第一句是遥想设问之词。诗人说,你现在洞房外的木兰一定已经繁花似锦了吧?紧接着表示祝愿:那你务必要抓紧时机享受这良辰美景,不要等到艳阳远去,徒呼负负。三四句善意提醒朋友,一旦到了风雨送春之日,芳华便将枯竭,一切为时晚矣。须知劫难之后,唯存劫灰而已。这种极端的对比,意在强调青春年华之可贵。祝愿之中,本人"伤春"之情隐然流露了出来。

二

此章前二句描写韩所居"萧洞"之美,钦慕之情溢于言表。"晴雪"喻其明媚光洁,"凤栖霞"喻其伉俪相得。诗人说,这样的洞府,宛若刘晨、阮肇桃源遇仙,迷不知返,人间能有几家?如此浓墨重彩的描写,与下两句之自伤孤单正好形成鲜明对比。诗人说,我为求偶而伤春,心已如痴如醉,你就不要再劝我饮石榴美酒,益增伤春之情了吧。结尾既与"寄恼"呼应,又将企盼韩畏之促成就婚王氏,与韩同住仙洞之心和盘托出。

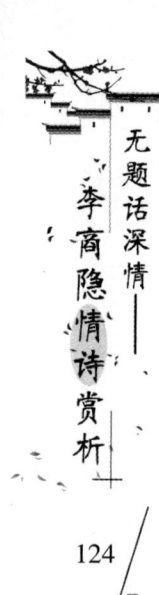

【名家点评】

义山与韩同时议婚,而韩先娶,故艳妒之情,见于言表。

——张采田《玉溪生年谱会笺》

韩同年新居饯韩西迎家室戏赠

籍籍征西万户侯[1],

新缘贵婿起朱楼[2]。

一名我漫居先甲,

千骑君翻在上头[3]。

云路招邀回彩凤,

天河迢递笑牵牛[4]。

南朝禁脔无人近[5],

瘦尽琼枝咏四愁[6]。

---

[1]籍籍:形容权势显赫。万户侯:指泾原节度使王茂元。因泾原在长安西,故云"征西"。

[2]"新缘"句:指王为韩新婚在京建新居一事。

[3]"一名"二句:意谓登第之名次我居君前;而得配佳偶,则君翻居我前。"千骑"喻夫婿,语本《陌上桑》:"东方千余骑,夫婿居上头。"

[4]"云路"二句:意思是说,韩青云得意,现在将去泾原迎接新娘,而诗人自己与意中人仍旧远隔银河,有如牛女。

[5]"南朝"句:典出《晋书·谢混传》。大意是说,晋元帝好吃猪下巴肉,只要席间有此肉,元帝未至,无人敢吃,人称之为"禁脔"。孝武帝将晋陵公主许配给谢混,有贵家欲以女妻谢。别人劝告之:"那是

禁脔,切莫打这主意。"后人遂以"禁脔"称帝王女婿。

[6]四愁:指汉张衡所作《四愁诗》,每章皆以"我所思兮"起头,极言寻觅所思女子而不得之悲哀。

【背景】

诗亦作于开成二年(837年)。是年秋,王茂元为韩畏之于长安营造的新家落成,韩将往泾原迎接新娘,商隐为他设宴饯行。

【赏析】

这首七律讲述了一个很有意思的戏剧性的故事。题曰"戏赠",所以句句带有调侃的意味。

首联概述王茂元为"贵婿"韩畏之在长安营建新居,可见对韩之钟爱。颔联感慨人生之颠倒舛错:自己登第之名次本在韩前,可是成婚反而落在他的后面。岂不令人啼笑皆非!

颈联对仗工整,意思是说,你青云有路,此去迎接妙若彩凤之娇妻,可我如同牛郎,与织女至今依然远隔天河,你却笑我与仙姝空劳相望。岂不令人难堪!

这到底是怎么回事呢?

原来在唐代,每年科举考试放榜之后,对于金榜题名的进士,公卿王侯之家会在城南的曲江宴请,以便从中择婿,得中东床之选者十有八九。诚如孟郊《登科后》一诗所云:"昔日龌龊不足夸,今朝放荡思无涯。春风得意马蹄疾,一日看尽长安花。"

大概就在商隐中进士的这一年,他与同时及第的韩畏之等人同游曲江,王茂元正是在这一次选择乘龙快婿的时候,由于韩瞻等人牵线搭桥,终于答应了商隐和小女晏媄的婚事。可不知为什么,也许是因为商隐比晏媄大十岁,又是丧妻再婚,韩瞻在金榜题名之前就已经有了洞房花烛之喜,而且王茂元还给他在长安盖了新房,可诗人自己的婚事却遥遥无期。然而他已被王茂元选中,仿佛成了"禁脔",别人也就不敢问津,因此成了韩瞻"笑牵牛"的对象。凡此种种,都让诗人惶惶不可终日,"伤春自醉",穷愁消瘦,只能靠吟诵《四愁诗》聊以自遣。也正因为此,他才写了《寄恼韩同年》和《病中早访招国李十将军遇挈家游曲江》二诗,急切地恳请李、韩二人多向王家美言,玉成好事。他在登第东归写给朋友的诗中也曾说过:"下苑经过劳想象。""下苑"即曲江,"经过"意谓新科进士游宴之乐,"劳想象"很明显是说他被王家选作"贵婿",对自己的未来充满了幻想。

【名家点评】

　　玩诗中语,当是畏之成婚后登第,复赴泾原迎家室入京,义山登第即已聘王氏,而尚未成婚耳。

——曾国藩《十八家诗钞》

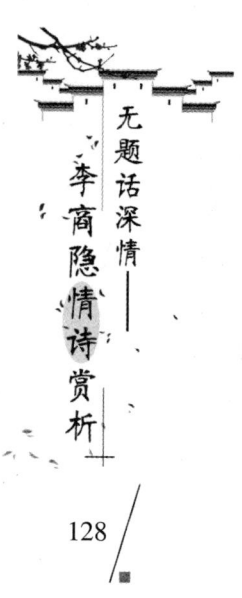

花下醉

寻芳不觉醉流霞[1],

倚树沉眠日已斜。

客散酒醒深夜后,

更持红烛赏残花。

---

[1]流霞:神话传说中的一种仙酒。《论衡》云,项曼卿好道学仙,离家三年而返,自言:"欲饮食,仙人辄饮我以流霞。每饮一杯,数日不饥。"

【背景】

唐武宗会昌二年(842年)冬至会昌五年(845年)三年间,商隐因母丧丁忧,闲居永乐。其间,他不是栽花植树,就是游山玩水。在此期间,他创作了大量咏物感怀诗,此篇为其中最出色的一首。

【赏析】

借景抒情,因感外物而审视自己的内心世界,探寻不可思议的精神世界,是古今中外所有诗人的共性。这在晚唐诗人,如李贺、杜牧、温庭筠,尤其是李商隐身上,表现得格外突出。《花下醉》就是这样一首表面上写饮酒赏花,实质上是在探求生命境界的佳作。

爱花赏花,人之常情。为让赏花别具情趣,甚至愿意带着醉意流连于花下——"寻芳不觉醉流霞"。人因酒醉,心因花醉,这就是诗人所追求的意趣。目眩神迷,身心俱醉,不觉倚树而眠。醉眠之际,不觉日已西斜。试想这是何等境界!由此也可看出诗人对灿烂春光的迷恋,和因偶有此放纵、沉醉的雅兴而享受到的怡情快意。殊不知前两句的这种酣畅淋漓的大写意,完全是为与后两句的"冷冷清清、寻寻觅觅"作对照,从而揭示生命中令人怅惘的另一面。

夜深客散,残花满地,这就是诗人狂欢之后,酒醒夜静之时所见到的景象。他想找回那种生命的张狂,可惜眼前却是一片狼藉,更感空虚寂寥。有沉迷就有挣扎,有激情就有低落,有顶峰接下来就是山谷。于是在这酒醒人散、秉烛寻花之际,他不得不面对空幻,重新回到自己的内心世界里来。这时候谁都会明白,激情原本是空虚的根源。也就是说,当我们以忘乎所以的激情,肆意享受生活时,换来的只会是空虚,实际上是在浪费我们自身的生命。那么什么才是真实的呢?诗人告诉我们,是那喧嚣狂妄过后的点点残花和摇曳在深夜烛光中重重叠叠、影影绰绰的光斑。

醉流霞,眠花树,甚至连那持红烛赏残花,都很美。可诗人为什么要用如此绚丽的美点燃我们生命的激情后,又无情地拨响我们怅然若失的心弦呢?此无它,就是想让我们从颠倒梦幻中悚然惊觉。因为这是诗人从纵情享受之后的空虚中捕捉到的唯一的真实。

【名家点评】

李义山诗"客散酒醒深夜后,更持红烛赏残花",有雅人深致;苏子瞻"只恐夜深花睡去,故烧高烛照红妆",有富贵气象:二子爱花兴复不浅。或谓两诗孰佳,余曰:李胜,苏微有小疵。

——[清]马位《秋窗随笔》

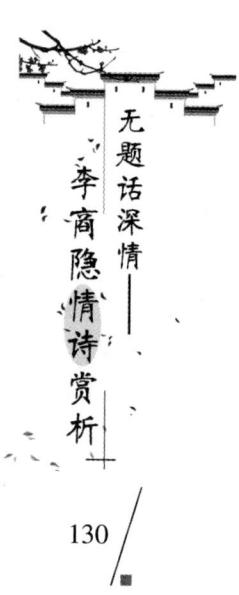

赠柳

章台从掩映[1]，郢路更参差[2]。
见说风流极[3]，来当婀娜时[4]。
桥回行欲断，堤远意相随。
忍放花如雪[5]，青楼扑酒旗。

---

[1]章台：春秋时楚国离宫，一说汉京城长安的街名。街旁多柳，唐时称为"章台柳"。从：任从。

[2]郢：战国时楚国的国都，即今湖北江陵。

[3]见说：听到别人对柳的赞赏。

[4]来当：今天自己亲眼见到。

[5]忍：岂忍。花如雪：形容柳絮飞扑如雪。

【背景】

诗作于大中元年（847年）诗人自长安赴桂林途中。

【赏析】

所谓《赠柳》，其实就是咏柳。咏而赠之，故题曰"赠"。商隐对柳情有独钟，他的诗集中与柳有关的诗多至十余首。每首的写作背景并非一时一地，从京城长安到巴楚江陵，遍布大江南北，只要是诗人去过的地方，几乎都留有咏柳的墨迹。

这首五律开篇"章台从掩映,郢路更参差"二句,说明的正是柳无处不有,无地不生。你瞧,柳不但在京城的大街小巷"从"心所欲地浓荫掩映,在江南一带,"更"是随风起伏,枝条飞扬。这样写柳,意在赞叹这种不同寻常的植物顽强而旺盛的生命力。

　　次联用"风流""婀娜"形容柳姿之柔美轻盈,将柳的楚楚风情表现得生动形象。诗人说,以前他听说江南柳"为有桥边拂面香,何曾自敢占流光",如今来到南方,才真正领略到了它(她)妩媚婀娜的风姿。

　　上两联从地域和形态写柳,下两联则写柳之性与情。你瞧,东风送暖,路旁堤畔,春柳笼烟罩雾,葱茏翠绿,目光所及,无处不有。每当桥横路断,一行行一排排的春柳突然从眼前消失,可是一旦桥回路转,无边的柳色如烟似雾,郁郁葱葱,随桥傍堤,你的心便会被牵引,追随不舍,直至青楼酒旗、柳花似雪之处。这时你蓦地里觉得心有不忍,如此美妙的花絮,怎忍心让它(她)飞到青楼酒旗这种地方呢?纪晓岚读到"忍放花如雪,青楼扑酒旗"这两句时说:"有深情而乏高格,惧开靡靡之音。"(《玉溪生诗说》)此言差矣。倘若真正读懂了与这首《赠柳》的主旨相近的咏柳诗,就会得出全然不同的结论。这,只要我们参阅另一首以柳为题的诗,就会明白。

动春何限叶,撼晓几多枝?
解有相思否?应无不舞时。
絮飞藏皓蝶,带弱露黄鹂。
倾国宜通体,谁来独赏眉?

　　这首五律,与《赠柳》作于同时。细心体味诗的意蕴,不难看出都是在借柳喻人。诸家对此都没有异议,但对所喻之人是谁,理解则各有不同。有人说这些咏柳之作大多是写柳枝姑娘的。首先必须坚决否定这种看法。我们只要认真赏析《柳枝五首》,就会知道,商隐对这位红颜知己敬重有加,怎么会用描写青楼歌妓的如此轻佻的言辞描写柳枝呢？在《柳枝五首》中，连飞花曼舞之类的词语都不用，更不用说"青楼扑酒旗""谁来独赏眉"了。

另一种意见认为这是借柳咏叹歌妓之风情摇曳、柔媚可人。这比较符合诗意。

无妓不成宴席的有唐一代，商隐几乎一生周游于南北幕府，歌伶舞伎见得多了去了。"桥回行欲断，堤远意相随"，与艺妓迎来送往何其相似；"忍放花如雪，青楼扑酒旗"则是作者对她们沦落烟花柳巷之命运的深深惋惜。这样的情感，在"动春何限叶"这首诗中表现得更为明确。诗人说，春情骚动，何止是柳叶；拂晓摇撼，有几多枝条？你们随时起舞，可真的知道相思的滋味吗？每当你们花絮乱飞、枝条乏力的时候，树枝中隐藏的蛱蝶、黄鹂就都暴露出来了。然后，和《赠柳》结尾点明全诗的主旨一样，这首的尾联"倾国宜通体，谁来独赏眉"告诉那些以色迷人的艺妓们：真正倾城倾国的佳人，从姿容到心灵无不美好，仅以眉目传情，谁会欣赏呢？四联三问，一唱三叹，句句耐人寻味，又处处流露出对遍布城乡的歌妓舞女的同情与惋惜。雅谑而不乏悲悯，赞美而又用情深致。只有这样解读诗人的咏柳之作，方不负诗人的一片苦心。

【名家点评】

李义山咏柳云："堤远意相随"，真写柳之魂魄。与唐人"山远始为容，江奔地欲随"皆是呕心镂骨而成，粗才每轻轻读过。

——［清］袁枚《随园诗话》

柳

曾逐东风拂舞筵,
乐游春苑断肠天[1]。
如何肯到清秋日,
已带斜阳又带蝉!

---

[1]乐游:即乐游原,一名乐游苑,在唐代长安东南,今西安市郊。此地地势甚高,四望宽敞,可俯视京城。每逢上巳日、重阳节,士女相拥登高祈福。断肠天:指繁花似锦的春日。

【背景】

诗约作于大中五年(851年),商隐39岁,应东川节度使柳仲郢之聘将赴巴蜀时。

【赏析】

商隐写这首诗的时候,妻子去世不久,李德裕和他从前的幕主卢弘正、郑亚也都相继辞世,而牛党的核心人物令狐绹荣升宰相。诗人深感人生之荣枯无常,遂赋诗寄慨。

商隐咏柳之诗共有十多首(不包括《柳枝五首》),而以"柳"为题的就有五首,此即其中之一。这首七绝,诸家都认为是借柳抒发先荣后枯之感慨,但诗人不从眼前写起,而是先描述柳枝之春风得意。"曾逐东风拂舞筵"描写轻浮飘飞的柳枝在春日里随风起舞,很容易使人联想到舞女的舒袖曼舞。"舞"字形象地表现春柳婀娜多姿的同时,又与热闹的舞筵结合起来,使人仿佛看到了柳枝在与舞女一同翩翩起舞。本来是东风吹拂柳枝,诗人反而说是柳枝在追逐东风,将柳树的枝繁叶茂表现得十分形象。"乐游春苑断肠天"特别强调,这是春日乐游苑上的舞筵,而且是在怡红快绿、游人如织的"断肠天"——最令人销魂的日子里。春风荡漾,百花争艳,乐游苑上,士女如云,觥筹交错,轻歌曼舞,焉能不令人春心荡漾。

三四句笔锋陡转:"如何肯到清秋日,已带斜阳又带蝉!"当柳枝趁春风而起舞,得意而忘形的时候,莫非没有想到清秋到来,枝抱残蝉,影低斜阳,枯叶摇落的凄凉吗?放眼是余晖将尽的残阳,耳听是命在旦夕的蝉的鸣叫。两个"带"字似乎是说,这副日暮途穷的景象都是自己招致的,假如不是因为春日里的轻浮放荡,也不至于会有清秋时节的枯萎凄惶。"如何肯到"四字,突出地显示出柳枝心不甘情不愿但又不得不认命的无奈。用春日之柳的繁荣反衬秋日之柳的凋零,强烈的对比,让人止不住要反复体味"如何肯到"四字蕴含着的无限伤感。正如姚培谦所说:"'肯到'二字妙,却由不得你不肯也。"

至于这首七绝的意旨,可以说是作者的自喻自况,是作者在叹息青春已逝、晚景将至;说作者是在感叹党争此起彼落、荣枯无常也不错。但是我们应当从中感受到更具普泛性的人生之真谛。同时,我们还应当看到,诗中"柳"之形象,客观上也概括了诸如琵琶女、杜秋娘之类人物的悲剧命运。

【名家点评】

四句一气,笔意灵活。只用三四虚字转折,冷呼热唤,悠然有弦外之音,不必更着一语也。

——[清]纪晓岚《玉溪生诗说》

柳

江南江北雪初消，

漠漠轻黄惹嫩条。

灞岸已攀行客手[1]，

楚宫先骋舞姬腰[2]。

清明带雨临官道，

晚日含风拂野桥。

如线如丝正牵恨，

王孙归路一何遥[3]。

---

[1]灞岸：灞水在长安东，有桥，为折柳送别处。详见《三辅黄图》。

[2]舞姬腰：谓细腰。楚灵王好细腰，而国中多饿人。典出《韩非子·二柄》。

[3]王孙：语本《楚辞·招隐士》："王孙游兮不归，春草生兮萋萋。"

【赏析】

这首诗写作时间不详。

这首以柳为抒情对象的七律，与其他咏柳诗不同，是典型的移情寄慨之作，寄托的是作者淡淡的羁旅哀伤。起首二句，宛若淡彩写意，画出了春柳轻黄柔嫩、柔美婀娜的风姿。三四句推进一层,点明柳与人关系之密切。"灞岸"句言柳虽经攀折,然细腰轻摆,风流依旧。一实一虚,灵动有味。"惹"与"骋"二字,把柳之轻盈生动形容得淋漓尽致。五六句风流神俊,形容春柳遍布大江南北,官道野桥,令人感到仿佛是生活中不可或缺的忠实伴侣。"清明""晚日"言其无时无日不与人相依,"官道""野桥"言其无处无地不伴人行踪,"带雨""含风"言其情态之楚楚可怜。然后归结为柳的千丝万缕系人心魂,惹人愁思。柳尚如此,游人焉能不归?温庭筠《杨柳枝》云:"系得王孙归意切,不关春草绿萋萋。"与此诗同是一格。

清姚培谦云:"柳自喻,王孙喻得君而事。首联喻怀才思试。颔联喻拂拭有人。中联喻年运蹉跎。末联结出'恨'字,而以王孙归晚,喻己之不得见用于朝,而委身于使府也。"(《李义山诗集笺注》)如此解诗,玄则玄矣,审美情趣荡然无存矣。

【名家点评】

此诗因音调流美,然气味沉顿处,后世卑靡家数,万万不能望其项背。

——张采田《李义山诗辨正》

汴上送李郢之苏州[1]

人高诗苦滞夷门[2],
万里梁王有旧园[3]。
烟幌自应怜白纻[4],
月楼谁伴咏黄昏?
露桃涂颊依苔井,
风柳夸腰住水村[5]。
苏小小坟今在否[6]?
紫兰香径与招魂[7]。

---

[1] 李郢:字楚望,长安人。唐诗人,诗风清丽沉郁。大中十年(856年)进士。登第后回苏州,无意仕途,逍遥风月。

[2] 夷门:战国时魏国都城大梁之东门,故址约当今开封市内东北,因在夷山,故称。

[3] 万里:形容李郢由汴至苏甚远。旧园:西汉梁孝王刘武于其封疆所筑园林,史载"方三百余里"。今商丘有其遗址。这里指汴梁。

[4] 烟幌:薄如云烟的帘幕。白纻:吴地流行的歌舞。

[5] "露桃"二句:戏言郢之苏州,吴中风月场中当多桃颊柳腰相伴。露桃,称代桃花、桃树,这里是以桃红比喻美女面颊。苔井:周边生青苔之水井。

[6]苏小小:南朝齐时钱塘名妓。

[7]与招魂:为我招其魂魄。"与"是为的意思。

【背景】

大中四年(850年),卢弘正自徐州幕府调任回汴梁,商隐亦随至汴幕,适逢诗友李郢将罢汴幕回苏州,二人相遇,盘桓唱和,遂有此作。

【赏析】

这首诗的主旨是抒发知己难遇。临别之际,诗人对好友怀才不遇深表同情,并对李郢未来的岁月,以亲昵的口吻表示祝愿。

首联出句开宗明义,是对李郢人品与才情的由衷赞叹。"人高诗苦"——人品难高,高而后方不流于俗;诗品难苦,苦而后方自成一家。这也是商隐自己的切身体会吧,寓含着知己难觅的感慨。"滞夷门"直言李郢屈居人下,心有不甘,因此才有对句的"梁园虽好,终非久恋之家"的忠告。虽然远路风尘,所幸江南亦有如梁园之美景。"烟幌自应怜白纻",歌舞之乡苏州,烟幌酒楼,舞裙如雪,足以让你一扫愁怀矣。

颔联出句宽慰好友,对句回转来写自己吟哦无伴之寂寥——"月楼谁伴咏黄昏"?巧妙地突出了二人友情之深厚。

颈联想象友人移居苏州后的情景。桃腮杏眼的娇娃在苔藓碧绿的井坎旁玩水嬉戏,柳腰轻摆的渔家少女驾着小舟穿梭于莲塘水榭。多么令人赏心悦目啊!这是对好友的安慰,字里行间透露出作者对这种田园生活的美慕。这是同病相怜的真情流露。

尾联突发奇想,托李郢代他去凭吊苏小小。诗人设想好友此刻已经回到苏州,于是问:苏小小的孤坟如今还在吗?若在,不要忘记顺着那紫兰花香的小路,为这绝世佳人祭奠招魂啊!小小墓虽不在苏州,然美人殒命与才士不遇同样令人惋惜。让好友替自己怜香招魂,以浇怀才不遇之块垒,恰好证明了他们是志趣相投的知交。

全诗时空跨度甚大,节律跌宕起伏,情感婉转动人,言语雅谑而见友情之笃厚,充满奇想却难掩同病相怜之酸楚,在商隐的诗作中别具一格。

【名家点评】

　　言李久滞夷门,今万里而往苏州,彼处花月亦有如梁王之旧园者。三四言知音之难,惟露桃风柳水村苔井犹似梁园耳。如苏墓犹在,当与招魂,英雄之有才不遇,犹女子之有才沦落也。意深妙。

——[清]屈复《玉溪生诗意》

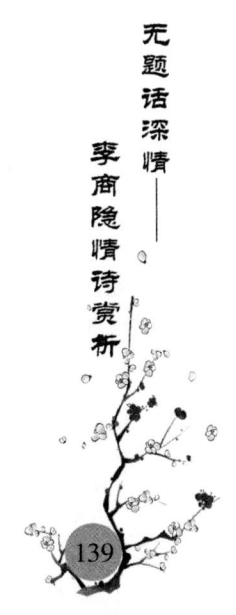

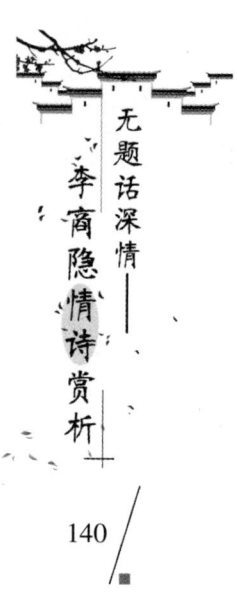

板桥晓别[1]

回望高城落晓河[2],
长亭窗户压微波。
水仙欲上鲤鱼去[3],
一夜芙蓉红泪多[4]。

---

[1]板桥:开封梁园西有板桥店,唐代过往行人常于此投宿。

[2]晓河:即银河。

[3]"水仙"句:此道家故事,《列仙传》等稗史屡有记述,大略皆言仙人常乘赤鲤来去。

[4]红泪:典出《拾遗记》:"魏文帝美人薛灵芸,别父母升车就路,以玉唾壶承泪,壶则红色。及至京师,壶中泪凝如血。"

【赏析】

《汴上送李郢之苏州》是临别送友之作,这一首则写李郢与所恋妓女离别时的情景。我们首先看到的画面是板桥水亭,停舟待发,朋友与情人执手话别。二人同时"回望",高城之上,银河已落,天将破晓。为什么要"回望高城"?因为那是他们昨夜聚会的地方。用"晓"字,意在暗示他们犹如牛女相逢,此刻执手泪别,感到往日仿佛是一场遥远的梦——"多少蓬莱旧事,空回首、烟霭纷纷。"(秦观《满庭芳》)

首联对句"长亭窗户压微波"将画面转到了当下。长亭临河窗下,波光在晨曦中闪烁,"压"字既是对窗户紧贴水波的实景描写,又隐喻二人心情之沉重压抑。"方留恋处,兰舟催发。执手相看泪眼,竟无语凝噎。"(柳永《雨霖铃》)依依惜别之情,可想而知。

此情此景,难描难述,于是诗人离开对眼前情景的描绘,将离情别绪用两则神话传说来收束。"水仙欲上鲤鱼去"似乎是要摆脱眼前的悲剧气氛,而"一夜芙蓉红泪多"意在提醒好友,不要忘了芙蓉如面之人对他的一往情深。

商隐善于把稗官野史中的神话传说融入诗歌创作,从而使他的诗充满浪漫的情调和奇丽的色彩。普通的离别一经点染,水仙乘鲤,芙蓉泣血,遂成色彩斑斓之诗情画意。

另外应当提到的是,两位诗人这次在开封邂逅,除商隐留下了这两篇佳构,李郢亦有唱和。其《送李商隐侍御奉使入关》云:

> 梁园相遇管弦中,君踏仙梯我转蓬。
> 白雪咏歌人似玉,青云头角马生风。
> 相逢几日虚怀待,宾幕连期醉蝶同。
> 如有扁舟棹歌思,题诗时寄五湖东。

和诗同样写得真挚感人。

【名家点评】

　　玉溪之绝句,或运典雅切,或构思深湛者为多,而全用辞采者少。此作三四句,纯以凄艳之词,寓伤离之意。行者则托诸鲤鱼,别泪则托诸芙蓉,寄情于景,且神韵悠然,集中稀见也。

——俞陛云《诗境浅说》

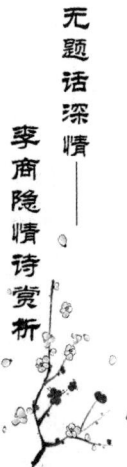

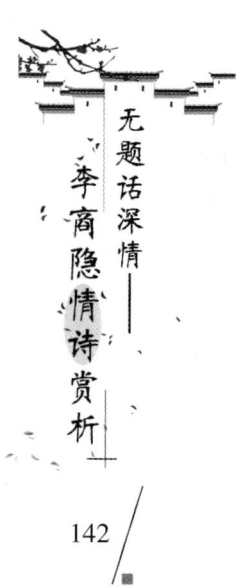

杜工部蜀中离席

人生何处不离群？

世路干戈惜暂分。

雪岭未归天外使[1]，

松州犹驻殿前军[2]。

座中醉客延醒客，

江上晴云杂雨云。

美酒成都堪送老，

当垆仍是卓文君[3]。

---

[1]雪岭：即大雪山，一名蓬婆山，在今四川西部康定县境内。唐时为与吐蕃交界处。杜诗云："已收滴博云间戍，更夺蓬婆雪外城。"

[2]松州：唐设松州都督府，属剑南道，辖地颇广，治所在今四川省阿坝藏族羌族自治州松潘县，是唐朝西南边塞，常有军队驻守。殿前军：本指禁卫军，此处借指戍守西南边陲的唐朝军队。

[3]卓文君：据《史记》载，卓王孙女文君与司马相如相爱被逐，文君在临邛亲自当垆卖酒。此处泛指卖酒女子。

【背景】

宣宗大中五年(公元851年)，东川节度使柳仲郢辟李商隐为节度使府掌书记。冬,差赴西川推狱。诗作于临行饯别的宴席上。

【赏析】

诗题中的"杜工部"到底是什么人?注家们费了好大劲儿考证,最终不了了之。其实用通俗一些的话说,诗题可作"效杜甫诗格赋蜀中离席"。这也不是商隐的首创,是江淹的发明。江有《班婕妤咏扇》《魏文帝曹丕游宴》等,都是效法前人的诗格而作。同样,商隐的这首诗不仅音律格调酷似杜诗,且深得杜诗忧国伤时之精髓。据说王安石非常欣赏"雪岭"一联,以为"虽老杜无以过"。

这首诗开篇即先声夺人:"人生何处不离群?世路干戈惜暂分。"——人生有多少悲欢离合,谁能主宰自己的命运?值此边疆不宁、兵刀四起的动荡年代,珍惜相聚的时光吧,短暂的离别又算得了什么呢?

"雪岭未归天外使,松州犹驻殿前军"紧承"世路干戈",对前联之感慨作具体说明。当时唐王朝和吐蕃、党项经常交兵于边境,朝廷屡派使者处理边境事宜,日久不归,足以想象局势之紧张。这两句简洁地概括了西北边境战乱频仍的紧张局面,饱含忧国伤时之情怀。

"座中醉客延醒客,江上晴云杂雨云"从时事转入眼前:宴席上,醉酒的不断向清醒的敬酒;远处江面上,晴云夹杂着雨云。这二句脱胎于杜诗"桃花细逐杨花落,黄鸟时兼白鸟飞",但气象尤胜。"晴云""雨云"也不仅指天气变化,更是暗喻时局的变幻莫测。

末联紧扣"蜀中离席",也是对首联"人生何处不离群"的回应。诗人告慰为他饯行的同僚,无须为我将远赴西川担心,眼下的分别只不过是暂时的。在成都那里,当垆沽酒的女子有如卓文君,都是才貌双全的佳丽,即便颐养天年,也是理想的好地方。所以,大可不必为我悲伤。

王安石曾指出,唐朝人学习杜甫而真正得到杜诗神韵的只有李商隐一人而已。晚唐的这位大家,在艺术风骨方面善于继承杜甫的神

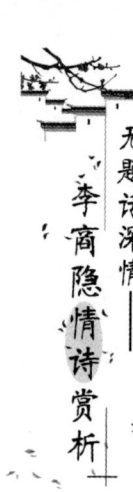

韵,但始终不失自己的本色。他能在字里行间融入身世之感,体现时代气息,将个人情怀以丰赡的笔墨、审美的魅力感动读者,这不是单纯的模仿能做到的。

【名家点评】

　　起手七字,便是工部神髓,其突兀而起,淋漓而下,真乃有唐一代无数巨公曾未得闯其篱落者。

——《金圣叹评点唐诗六百首》

为有

为有云屏无限娇,

凤城寒尽怕春宵。

无端嫁得金龟婿[1],

辜负香衾事早朝。

[1] 无端:不料。金龟:据《新唐书》载:"三品以上龟袋饰以金。"

【背景】

有注家据诗意推断似大中六年(852年)补太学博士时作。

【赏析】

诗写一新婚不久的贵妇人之闺怨。王昌龄有《闺怨》云:"闺中少妇不知愁,春日凝妆上翠楼。忽见陌头杨柳色,悔教夫婿觅封侯。"商隐此诗写嫁于朝官的少妇之怨恨。

"云屏"二句表明闺房陈设富丽,且金屋藏娇,新妇正当青春年华。当都城寒尽,春风送暖,娇娘渴望温存的时候,偏偏更漏报晓,夫婿匆匆早朝,因而她反倒怕起春宵来了。首句的"娇"与对句的"怕"形成一种悬念,不由让人好奇,希望得知个中情由。

三四句通过少妇之口说出"怕春宵"的原因——"无端嫁得金龟婿,辜负香衾事早朝。"春寒已尽,衾枕香暖,新婚夫妻本应日高方起,原本以为嫁了身佩金龟的贵婿定会心满意足,不料夫婿天不亮就要上朝,害得她一个人孤零零地独守空房,托青春于富贵反被富贵所累,这一点她实在不曾料到。"无端"二字生动描绘出这位少妇娇嗔之神态,直言不讳地表达了她对丈夫、对春宵的迷恋。而"辜负"云云,同时也表达了丈夫的愧疚和歉意,显得婉曲深致,耐人寻味。

这首七绝的诗眼是"怕"字,全诗围绕"怕"展开景与情的描述,意境明朗,通俗晓畅,前后连贯,浑然一体,具有极强的艺术感染力。

【名家点评】

玉溪以绝世香艳之才,终老幕职,晨入昏出,簿书无暇,与嫁贵婿、负香衾者何异?其怨宜也。

——[清]屈复《玉溪生诗意》

重过圣女祠[1]

白石岩扉碧藓滋,

上清沦谪得归迟[2]。

一春梦雨常飘瓦[3],

尽日灵风不满旗[4]。

萼绿华来无定所[5],

杜兰香去未移时[6]。

玉郎会此通仙籍[7],

忆向天阶问紫芝[8]。

---

[1]圣女祠:《水经注·漾水注》:"武都秦冈山,悬崖之侧,列壁之上,有神像,若图指状妇人之容,其形上赤下白,世名之曰'圣女神'。"武都(今甘肃陇南市武都区)是唐代由陕西到西川的要道。一说是陕西宝鸡市东郊之圣女神祠。

[2]上清:道教传说中仙家的最高天界。得归迟:谓神仙被贬谪未归。此喻作者久沉下僚。

[3]梦雨:比喻雨丝至细,若有若无,迷蒙如梦。

[4]不满旗:谓神灵之风轻微,不能把旗吹开。

[5]萼绿华:见《无题(闻道阊门萼绿华)》注。

[6]杜兰香:仙女名。《晋书·曹毗传》《搜神记》等均有记载,文

字互异。略云:杜兰香家昔在青草湖,风溺,大小尽没。香年三岁,西王母接而养之于昆仑山,于今千岁矣。

[7]玉郎:神仙名。道家典籍言,三清九宫皆有掌管神仙名册的御史、玉郎。

[8]"忆向"句:忆是期望的意思。问:求得。紫芝:仙草,服之可成仙。

【背景】

唐文宗开成二年(837年)冬,兴元节度使令狐楚病卒,商隐随丧回长安,途经甘肃武都,曾作《圣女祠》诗。大中九年(855年)末十年初,商隐随柳仲郢自梓州返长安,再次经过这里,赋诗感怀,故曰"重过"。

【赏析】

这首诗的意境扑朔迷离,诗旨或有寄托。当诗人随幕主还朝,途经秦冈山圣女祠时,想起自己以府僚的身份居蜀六年,于是以被"上清沦谪"的"圣女"自况,颇为切合实际。柳仲郢这次入朝,奉调为吏部侍郎,执掌官吏铨选,犹如"通仙籍"的"玉郎",因此商隐希望他能向朝廷举荐,使其任职朝中,这也颇合情理。不过,在此之前,诗人曾写过二首《圣女祠》,一为五言,一为七绝。二首皆为情诗,纪晓岚曾斥之"佻薄","有伤大雅"。这些以圣女为歌咏对象的诗,意旨更侧重于对女道士的描写与想象。由于诗人自己有过学道的经历,且与女冠有过亲密接触,所以诗境中女冠的色彩更深厚一些。譬如七绝《圣女祠》:

松篁台殿蕙香帏,龙护瑶窗凤掩扉。
无质易迷三里雾,不寒长著五铢衣。
人间定有崔罗什,天上应无刘武威。
寄问钗头双白燕,每朝珠馆几时归?

此诗先写道观之华丽幽深,松篁、蕙香、龙凤等,足见其殿宇庄严神圣;续写圣女之迷离轻盈,缥缈无迹;再写自己才华绝伦(崔罗什、刘武威都是与仙人相遇的俊彦,详见《酉阳杂俎》);然后询问圣像钗头上的白燕:圣女何时归来,能告诉我何时重返上清吗?

初过圣女祠,充满了绮思艳情,这次"重过",诗人明赋圣女,实咏女冠,梦想表述得更为殷切。诗人的际遇、迷茫、期待,一齐涌上心头,在心间萦回不已。我们知道,商隐和女道士多有交往,在他所有与女道士有关的诗作中,总是把她们当作"仙女"予以赞美。古代关于天上神女谪降人间,与凡人比翼双飞的传说甚多,诗人由眼前这座幽寂的圣女祠也产生了类似的联想——圣女祠前的白石门扉旁长满苔藓,这位从上清洞府谪降人间的仙女迟迟未能回归天上。丝丝春雨飘洒在屋瓦上,迷蒙飘忽;习习灵风,吹拂旌旗,却未能使之舒展飘扬。诗人所看到的,自然只是一段时间内的景象。但由于细雨轻风连绵不断的态势所造成的印象,竟仿佛感到它们"一春"常飘、"尽日"轻扬了。

眼前的实景中融入想象的成分,意境便显得更加悠远,诗人凝望时沉思冥想的状态也如在目前。"一春梦雨常飘瓦,尽日灵风不满旗"极富神韵,梦一般的细雨又给人以高唐神女朝云暮雨的暗示,令人联想到这位幽居独处、沦谪未归的圣女,仿佛在爱情上有某种朦胧的期待和希望,而这种期待和希望又总是像梦一样缥缈。据说宋诗人吕祖谦深爱此句,说其有"不尽之意"。或许是由于这两句诗在朦胧迷幻的意境中饱含缠绵悱恻的情愫吧。

萼绿华和杜兰香两位仙女的出场,更加衬托了"圣女"形象的飘逸幽远。一"来"一"去",若即若离,来去无踪,平添神秘迷离之况。两位仙女的传说与诗旨其实并没有必然联系,让她们出场,完全是为加强神秘而绮丽的气氛。再说这两个美丽的人名的运用,也无意间增添了诗的意象美。

诗的结尾透露了诗人潜意识中的真实想法:"玉郎"既然是"仙籍"上有名的人,今天又有幸与你相会,你如再去天界,请你问问三清教主,我何时才能梦想成真呢？结以"忆"字,唤起今昔之感。"天阶问紫芝"与"岩扉碧藓滋"正好构成天上人间的鲜明对照,也隐然寄寓着诗人的今昔之感。

【名家点评】

　　因系重过圣女祠,故六句言昔年曾到此山,薜荔披衣,女萝萦带,若人在山阿,今日重游,觉兰香仙迹,去人未远也。收笔承第二句上清沦谪之意,言曾侍玉皇香案,采芝往事,长忆天阶。全篇皆空灵缥缈之词,极才人之能事矣。

——俞陛云《诗境浅说》

牡丹

锦帏初卷卫夫人[1],

绣被犹堆越鄂君[2]。

垂手乱翻雕玉佩[3],

招腰争舞郁金裙[4]。

石家蜡烛何曾剪[5],

荀令香炉可待熏[6]。

我是梦中传彩笔[7],

欲书花叶寄朝云[8]。

---

[1]卫夫人:春秋时卫灵公的夫人,事见《史记·孔子世家》。略云卫夫人要见孔子,孔子不得已而见之。夫人在锦帷中,只听环珮清响。这里是以锦绣、玉佩包围的美人形容牡丹。

[2]越鄂君:典出刘向《说苑》。大意是说,楚康王之弟鄂子皙泛舟,船女用越语唱歌示爱。其辞曰:"山有木兮木有枝,心悦君兮君不知。"子皙不懂,随从译成楚语。子皙感动,将绣被披在船女身上拥抱她。这里是形容牡丹的绿叶。

[3]"垂手"句:唐人舞蹈有"大垂手""小垂手"等舞姿术语。这里是形容牡丹花叶纷披。

[4]"招腰"句:典出《西京杂记》:"戚夫人善为翘袖折腰之舞,歌

出塞、入塞、望归之曲。"郁金裙:裙染郁金草,则带郁金之香味。这里是形容牡丹之花色与香气。

　　[5]"石家"句:据《世说新语》云,西晋大富豪石崇家以白蜡为薪。

　　[6]"荀令"句:据史籍载,汉魏时侍中荀彧去别人家做客,"坐处三日香"。

　　[7]"我是"句:典出《南史》:"江淹尝宿于冶亭,梦一丈夫,自称郭璞,谓淹曰:'吾有笔在卿处多年,可以见还。'淹乃探怀中,得五色笔一,以授之。尔后为诗,绝无美句。"

　　[8]朝云:宋玉《高唐赋》中之神女,言其居"巫山之阳,高丘之阻,旦为朝云,暮为行雨。朝朝暮暮,阳台之下"。楚王因之为其立朝云庙。

【赏析】

　　唐人歌咏牡丹的诗足有百余篇,然没有能超过商隐诗者。此诗咏牡丹,寄情思,既借佳人以咏牡丹,又借牡丹以喻佳人,名花、姝丽,实为一体。清人胡以梅曰:"详诗意,是各色大丛牡丹,非单株独本也。通身脱尽皮毛,全用比体,登峰造极之作。"

　　一诗八句,句句用典,以奇格妙笔配国色天香,岂欲媲美耶?

　　其实前三联所用典故与牡丹并无有机联系。作者也许是觉得,如果不是历史上这些富丽华贵的名角,无法形容花王牡丹。故首联描绘牡丹初放,睡意蒙眬,宛若锦帏缠身的卫夫人,明艳照人;等到徐徐绽放之时,犹如绣被拥裹的越女,绿叶簇拥妖红,丰姿娇艳。

　　颔联用美女起舞时长袖翻飞、玉佩清响、柳腰轻摆、舞裙送香之轻盈缥缈,形容牡丹在春风吹拂中花色舒卷、翠枝摇曳之妩媚。颈联以石崇家之白蜡、荀彧之留香,借喻牡丹之光鲜与浓香。尾联挥毫总收,意谓我今面对如此美艳之花王,情不自禁联想到巫山神女,只想用我之彩笔,借牡丹之花叶,遥寄思情。

　　"欲书花叶寄朝云"不经意间透露了诗人借牡丹寄相思的隐情。

他在同时写的另一首同题五律中说:"终销一国破,不啻万金求。"很明显,此处寄寓了与他同时代的女诗人鱼玄机之"易求无价宝,难得有情郎。枕上潜垂泪,花间暗断肠"的情怀。

【名家点评】

  牡丹名作,唐人不下数十百篇,而无出义山右者,惟气盛故也。此篇生气涌出,自首至尾,毫无用事之迹,而又能细腻熨帖。诗至此,纤悉无遗憾矣。

——[清]陆昆曾《李义山诗解》

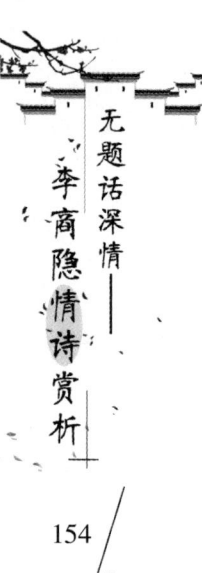

离亭赋得折杨柳二首[1]

一

暂凭尊酒送无憀,
莫损愁眉与细腰。
人世死前惟有别,
春风争拟惜长条[2]?

二

含烟惹雾每依依,
万绪千条拂落晖。
为报行人休尽折,
半留相送半迎归。

---

[1]离亭:送别的驿站。赋得折杨柳:赋送别曲赠远行人。《折杨柳》为西域古曲,传入唐以后多作送行之乐。

[2]争拟:怎拟,即不拟,意谓为了惜别,不准备爱惜柳条。

【赏析】

一

古人在驿站分别时,折柳送别,赋诗抒情,是一种由来已久的风俗。此亦为伤离惜别之作。

第一首写相爱的双方离别时,彼此皆感难堪,只好借杯酒浇无聊,慰离愁。次句劝慰送行者即诗人所爱的女子:离别既然无可挽回,那你就不要愁损自己的黛眉和细腰了吧。三四句语出惊人:人生在世,除了死亡,还有比离别更令人肠断心碎的吗?既如此,春风又怎能因为爱惜杨柳的枝条而不让离人攀折呢?

二

第二首写法截然不同。前二句写柳枝风姿之美,"含烟惹雾",如若有怨;轻拂夕阳,依稀有情。既如此,它才会既送行人,又迎归客。杨柳如此多情,送行的人们怎么忍心把它折光?留下一半,让我们迎接归来的亲人吧!结尾一句巧妙地回应了首章的第二句:"莫损愁眉与细腰。"——既然日后还要迎接归来的亲人,就不该过于伤感,损伤玉体。深情款款,唯有心领神会,方可体味一二。

李商隐是位格外敏感的诗人,他作诗如此巧思,实是缘于他对人生的深思和敏悟。非善解人意、妙悟人情如义山者,不能有此妙语华章。

【名家点评】

第一首先是用暗喻的方式教人莫折,然后转到明明白白地说出非折不可,把话说得斩钉截铁,充满悲观情调。但第二首又再来一个大翻腾,认为要折也只能折一半,把话说得宛转缠绵,富有乐观气息。于文为针锋相对,于情为绝处逢生。情之曲折深刻,文之腾挪变化,真使人惊叹。而这种两诗用意一正一反、一悲一乐互相针对的写法,实从赠答体演化而来。

——沈祖棻《唐人七绝诗浅释》

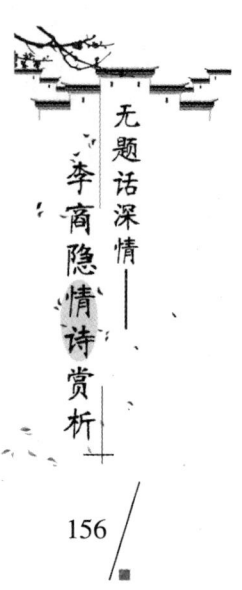

银河吹笙

怅望银河吹玉笙,

楼寒院冷接平明。

重衾幽梦他年断,

别树羁雌昨夜惊。

月榭故香因雨发,

风帘残烛隔霜清。

不须浪作缑山意[1],

湘瑟秦箫自有情[2]。

---

[1] 缑(gōu)山意:典出《列仙传》:"王子晋善吹笙,七月七日乘白鹤于缑氏山头,举手谢时人而去。"此指入道修仙。缑山即缑氏山,在今河南偃师县东南。李白《凤吹笙曲》:"绿云紫气向函关,访道应寻缑氏山。"

[2] 湘瑟:这里指女冠。语出屈原《楚辞·远游》:"使湘灵鼓瑟兮,令海若舞冯夷。"湘灵即湘夫人,传为虞舜之妃。秦箫:这里指男道士。典出萧史、弄玉之传说。见《碧城三首》注。

【赏析】

要想正确解读这首诗,必须首先弄清楚两个问题:一是吹笙者是何人？二是诗为悼亡而作，还是为劝慰意欲弃绝红尘者作？

仔细体味全诗，特别是作为结语的尾联，很明显诗人是以一个旁观者的身份听人彻夜吹笙，有感而作。"不须浪作缑山意，湘瑟秦箫自有情"，显然是诗人劝慰吹笙人：不要孟浪地去学王子晋，幻想成仙，弃绝凡尘。湘灵、萧史不都是"在天愿作比翼鸟，在地愿为连理枝"的有情人吗？"羁雌"显然说明诗的主人公是一个单身独居的女性。

完全可以这样推断，在商隐所结识的众多女道士中，虔诚学道的当不乏其人。她们一方面希望成仙得道；另一方面又难以抵抗情爱的诱惑，甚至有过生死之恋。作为知情人，商隐对她们的感情经历肯定十分了解。前三联其实就是对吹笙的这个女道士往事的隐约其词的描写。所以，诗人打破了时空顺序和逻辑关系，采用倒叙手法，先写此女冠在重温幽梦之欢，知道如此浓情快意的欢乐已成往事，一去不返。昨夜雌鸟别树，悲鸣惊梦。梦醒之后，益感此身之孤寂凄清，故而怅望银河，彻夜吹笙，以遣愁怀，直到天明。整整一夜，她一边吹笙，一边在想：牛女尚且能每年相见一次，我为什么孤苦伶仃，被他遗忘了呢？

颈联再次回过头来写她梦醒之后的所见所闻：亭榭中的残花经雨水洗涤，重又散发出幽香；夜风带着清霜的寒气，透过门帘，吹得残烛摇曳不定。"故香""残烛"恰如其分地暗示红颜已老，芳华不再。这更加使吹笙人幽恨难平，因此才有这"细雨梦回鸡塞远，小楼吹彻玉笙寒"一般的凄楚景象。

尾联点明主旨。诗人出于对这个女冠的了解和同情，不禁要为她潸然落泪，因此劝她：不要再学王子晋吹笙成仙了，人世间不也有湘灵和弄玉那样纯真美好的爱情吗？何不效仿他们，勇敢地去寻找自己的理想伴侣呢？

诗在艺术构思上巧妙纯熟，看似散乱，实则严密。天上人间，一唱三叹。诗句中流泄出的伤感情调，读之令人怅然。

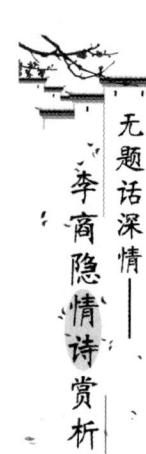

【名家点评】

  此亦为女冠而作,银河为织女聚会之期,吹笙为子晋得仙之事,故以银河吹笙命题。起句揣其情也,次句思其地也;三四承起句,叙其怅望之事也;五六承次句,叙其寒冷之景也;七八谓其入道不如适人,浪作缑山驾鹤之思,何似湘灵之为虞妃、秦楼之嫁萧史耶?

——[清]程梦星《李义山诗集笺注》

嫦娥[1]

云母屏风烛影深,
长河渐落晓星沉。
嫦娥应悔偷灵药,
碧海青天夜夜心。

---

[1]嫦娥:典出《淮南子·览冥训》:"羿请不死之药于西王母,姮娥窃以奔月。"自汉晋至唐,逐渐演变出玉兔捣药、吴刚伐桂等内容。姮娥:古时常娥、嫦娥、姮娥通称。

【赏析】

  那是一个沉寂冷清的夜晚,卧室内黯淡的烛光在精致华美的屏风上闪烁不定。主人公寂然枯坐,长夜无眠。他仰望星空,银河逐渐西移垂地,寥落的晨星静静地陪伴着一轮孤月。夜空是那么清冷寂寥,他情不自禁想起此刻幽居广寒宫中形影相吊的嫦娥,心底不由自主浮出一个念头:嫦娥想必也懊悔当初偷吃不死药了吧?碧海青天,长夜漫漫,亘古不变,月宫无伴,她在这长空中终夜徘徊,是为排遣内心的孤凄吗?"夜夜心"传达诗人对嫦娥处境的深切同情的同时,将一个非常现实的问题隐藏在背后让读者去思索:生命的意义到底是什么?由此引出的问题是:长寿甚至长生的目的是什么?在情爱和长生不老之间,现实中人应该选择什么?"应悔"二字表明作者不赞成嫦娥牺牲现世的幸福去求长生不老。他认为与其那样，还不如像尘世间的有情人那样相亲相爱，尽管难免悲欢离合，也远胜于"碧海青天夜夜心"。

由此来看，如果说《银河吹笙》是诗人听女冠彻夜吹笙，劝慰她"不须浪作缑山意"，大胆寻找有情人的话，那么《嫦娥》则进一步拓展这一理念，以嫦娥为戒，奉劝尘世中人不该求长生不死，而应当有勇气面对生活，将有血有肉的爱留在人间，否则就会像同时代诗人陆龟蒙的《自遣诗》所说的："古往天高事渺茫，争知灵媛不凄凉？月娥如有相思泪，只待方诸寄两行。"（方诸：月下承露取水的器皿）

借古人之酒杯，浇自己之块垒，是李商隐诗歌的突出特色。咏宋玉也罢，咏圣女也罢，无不如此。这首《嫦娥》体现得尤为明显。

【名家点评】

悼亡说最不可通。……而自伤、怀人与女冠三说，虽似不相涉，实可相通。……推想嫦娥心理，实已暗透作者自身处境与心境。嫦娥窃药奔月，远离尘嚣，高居琼楼玉宇，虽极高洁清静，然夜夜碧海青天，清冷寂寥之情固难排遣；此与女冠之学道慕仙，追求清真而又不耐孤子，与诗人之蔑弃庸俗，向往高洁而陷于身心孤寂之境均极相似，连类而及，原颇自然。故嫦娥、女冠、诗人，实三位而一体，境类而心通。

——刘学锴、余恕诚《李商隐诗歌集解》

月夕

草下阴虫叶上霜，

朱栏迢递压湖光。

兔寒蟾冷桂花白，

此夜姮娥应断肠。

【赏析】

参照《嫦娥》欣赏此诗，相得益彰。

诗人在一个草虫鸣叫、霜月交映的秋夜，遥望伊人居所，但见朱栏高峻，下临明湖。她宛若月宫嫦娥，唯与寒兔冷蟾相伴。当此凄清秋夜，想必忧思肠断。

此诗意趣虽与《嫦娥》相似，但不像后者那样歧解纷纭，因其意境较实，明白如话。

【名家点评】

此亦相思之词。不言己之怅望，转忆人之寂寥，最得用笔之妙。不可与杜诗"斟酌姮娥寡，天寒耐九秋"同日而语也。

——[清]程梦星《李义山诗集笺注》

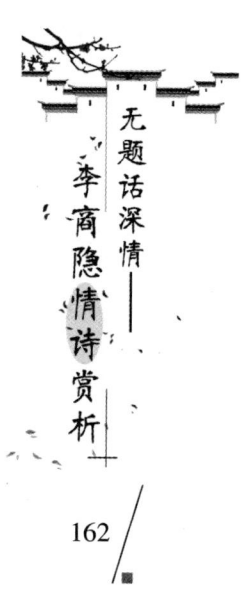

石城[1]

石城夸窈窕，花县更风流[2]。

簟水将飘枕，帘烘不隐钩[3]。

玉童收夜钥，金狄守更筹[4]。

共笑鸳鸯绮，鸳鸯两白头。

---

[1]石城：语本《西曲歌·莫愁乐》："莫愁在何处？莫愁石城西。艇子打两桨，催送莫愁来。"这里"石城"并非确指。

[2]花县：语本《白氏六帖》："潘岳为河阳令，树桃李花，人号曰'河阳一县花'。"这里指歌妓。

[3]帘烘：形容帘内灯烛明亮，以致"不隐钩"。烘：意谓映照。

[4]金狄：漏壶上所铸掌漏箭之金人。这里与"玉童"均指守夜者。

【赏析】

这是一首描写禽夜偷欢的艳情之作。

起首二句分写，男的玉树临风，女的号称"县花"，风流美貌，正所谓"情色相当"。

颔联写室内光景：灯烛明亮，帘钩毕见；竹席水纹如浪，光逐影流，在在助人春情荡漾。此时有金童玉女守夜，更深漏永，门户紧闭，"春宵一刻值千金"——如此"永夜之欢"，岂不令人销魂蚀骨。

这对情浓意蜜的玉人,极尽欢乐之后,看着锦被上的鸳鸯,一齐笑出声来。他们感到奇怪,为什么鸳鸯都是白头呢?与其白头相守,何不效仿我俩及时寻乐?春风得意之态活灵活现。

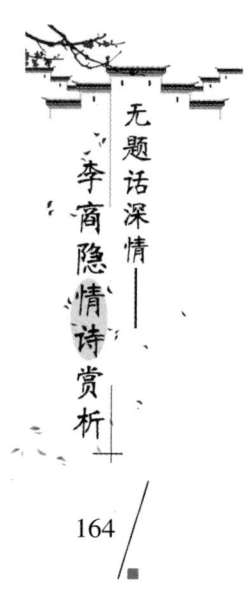

莫 愁

雪中梅下与谁期?

梅雪相兼一万枝。

若是石城无艇子,

莫愁还自有愁时。

【赏析】

　　莫愁在商隐的诗中多次出现。这一首用"莫愁"二字翻出新意,清新可咏。

　　诗写痴情女子等候与恋人相会的情景。以梅雪作比,既是对环境气氛的渲染,也指只有红梅与白雪方可与诗中所写的这对情侣媲美。女子一开口便显得那么自信:"雪中梅下"值得期待的人还会有谁呢?我与恋人宛若白雪簇拥红梅,千万枝雪梅之形神兼而有之,是双美兼得之翘楚。这样开篇为结尾别具匠心的翻新做了铺垫。

　　诗人在第三句提出假设:若是石城此时找不到小船,会怎么样呢?如果找不到,"莫愁"姑娘真要变成"有愁"怨女了。"莫愁"的名字翻转为"有愁",不单是字面的翻新,也是对期待情人的这位女子焦急忧虑神情之雅而不谑的调侃。乐府中有"艇子打两桨,催送莫愁来"之句,现在则成了催送情人的小舟。

　　商隐诗作中,会根据情景与题旨的不同,借"莫愁"来比喻各种不同的角色,如《富平少侯》"新得佳人字莫愁"是比喻新娘,《无题》"重帏深下莫愁堂"是比喻怨妇,《马嵬》"不及卢家有莫愁"是比喻平民女子……

有注家说,这首诗是"以幽忆怨断之音,而寄其不忍明言之痛"(张采田)。到底是什么事"不忍明言"?这只能问李商隐了。

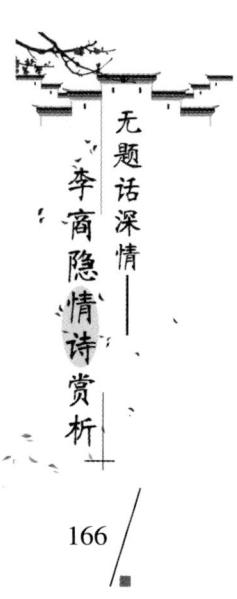

明 日

天上参旗过,人间烛焰销[1]。

谁言整双履,便是隔三桥[2]。

知处黄金锁,曾来碧绮寮[3]。

凭栏明日意,池阔雨萧萧。

---

[1]"天上"二句:意谓当参星在西天沉落的时候,天将破晓,人间的灯火也都熄灭了。

[2]三桥:长安渭水有三座桥,唐人比作鹊桥。

[3]碧绮寮:青绿色的住房。

【赏析】

　　和《石城》一样,这也是一首以旁观者的目光描写情人幽会的诗。"明日"是站在昨夜的角度而言,所以意思等于说"明天如何如何"。

　　前四句追忆昨夜幽会话别。这对露水鸳鸯通宵颠鸾倒凤,不知不觉,天将破晓。参星西沉,人间烟火也陆续熄灭,男子下床穿鞋,二人依依惜别,都知道今日一别,说不定银汉间隔,如同牛女,相见无日矣。

　　五六句仍然是倒叙,描写男子知道门锁在哪里,所以悄悄溜进女子居住的青碧美丽的卧室中来。尾联是对明日情景的设想:宽阔的池面上风雨潇潇,今日一别,明日唯有凭栏对雨,不胜怅惘,难耐索寞。

　　商隐在世时,便被诋毁为"无行",究其因,除了在党争中摇摆不定外,与这类诗作大概也脱不了干系。然而平心而论,这类艳情之作写得十分隐晦委婉,比起花间派的艳词,不啻小巫见大巫。

【赏析】

  参横烛灺,夜尽明来时也。一经分手,便隔天涯。所恨金镶绮寮,其室甚迩;而雨深池阔,其人甚远。凭栏瞠目,岂非无可奈何时耶?
          ——[清]姚培谦《李义山诗集笺注》

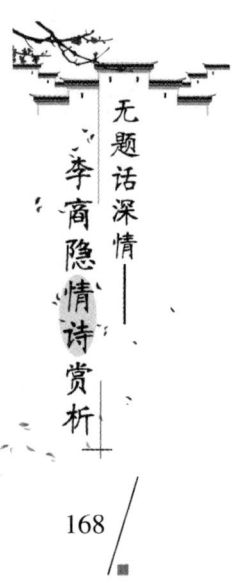

赠歌妓二首

一

水精如意玉连环[1],

下蔡城危莫破颜[2]。

红绽樱桃含白雪[3],

断肠声里唱阳关[4]。

二

白日相思可奈何,

严城清夜断经过[5]。

只知解道春来瘦,

不道春来独自多[6]。

---

[1]"水精"句:如意与玉连环皆为精美贵重之佩饰。

[2]下蔡:见《无题(白道萦回入暮霞)》注。

[3]白雪:形容牙齿洁白,兼指《阳春白雪》。

[4]阳关:乐曲名。依王维《送元二使安西》中"劝君更尽一杯酒,西出阳关无故人"句意反复歌唱,故名《阳关三叠》。

[5]严城:戒严之城。

[6]不道:不知。

【赏析】

　　这两首七绝是赠送某歌妓之作。在商隐的诗集中,或亲自赋诗赠妓,或代人写赠妓诗,或代妓回应,此类酬唱甚多。其中,有的是艺妓,卖艺不卖身。唐代有明文规定:"凡三品以上,得备女乐。五品女乐不得过三人。"可见在军政各界,按照级别,都配有"女乐",相当于现在的文工团。其中的歌舞演员,不能都视之为依门卖笑的青楼妓女。这二首诗赞美的就是一个以歌舞娱客的艺妓。注家有云:"首章首句比其绝无瑕玷。"是的,"水精如意玉连环"不仅只是描写玉饰,兼有隐喻其品格芳洁之意。

一

　　起首二句首先赞颂这位歌女的人品,然后赞美她貌可倾城。诗人说,你不要再嫣然巧笑了吧,现在下蔡城中已经人心浮动,一片混乱了。你若再笑,后果不堪设想矣。

　　三四句赞叹其歌声,说她红唇微启,雪齿微露,唱的是高雅的《阳关三叠》。歌曲本已令人断肠,经她美妙的歌喉唱出来,更让人柔肠百转。

二

　　次章承《阳关》与"断肠"意韵,把对这位歌妓的赞美推进一层。诗人说,白日里已难忍相思之情,虽然无可奈何,尚有侥幸一见的希望;一到夜晚,全城夜禁,行人断绝来往,相思更甚,越发难耐。天天如此,能不憔悴?你只知道我春来消瘦,衣带渐宽,却不知整个春天,我都是独自一人度过的啊!

　　全诗作者将自己摆在因此歌女而受尽相思之苦的暗恋者的位置上,语气不无雅谑自嘲。这位歌女看了,想必十分受用。

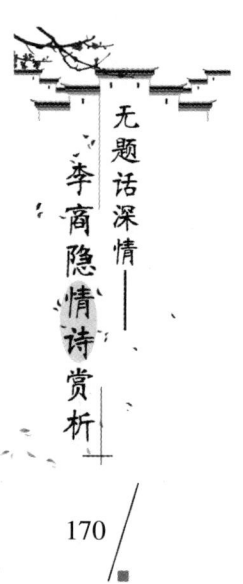

偶题二首

一

小亭闲眠微醉消，
山榴海柏枝相交。
水文簟上琥珀枕，
傍有堕钗双翠翘。

二

清月依微香露轻，
曲房小院多逢迎[1]。
春丛定见饶栖鸟[2]，
饮罢莫持红烛行。

---

[1]多逢迎：形容你来我往，客人很多。
[2]饶：多的意思。

【赏析】

一

首章写冶游欢聚之后女子之懒散无聊。首二句说她酒宴后微有醉意,躺在庭院中的凉亭中,于似睡非睡、醉眼蒙眬中,看见石榴与柏树枝杈纠缠相交,心中似有所动。三四句写此女子因春心萌动,懒洋洋地斜倚水纹竹席上的琥珀枕,枕旁是她坠落的装饰着翠羽的发钗。

这样的情景,这样的姿态,简直就是一幅睡美人图。据《野客丛书》载:欧阳修为郡幕日,在一次郡宴上,与一官妓相与。郡守得知,令妓求一词,欧阳遂赋《临江仙》曰:

柳外轻雷池上雨,雨声滴碎荷声。小楼西角断虹明。阑干倚处,待得月华生。燕子飞来窥画栋,玉钩垂下帘旌。凉波不动簟纹平。水精双枕,傍有堕钗横。

词评家都知道,这首名篇就是受"水文簟上琥珀枕,傍有堕钗双翠翘"的启发创作的。

二

微醉女子在凉亭小憩的时候,"曲房小院"里的欢宴仍在进行。月色依稀,夜露微凝,院子里人来人往,熙熙攘攘。这二句写当时情景,让人有身临其境之感。三四句是诗人代女子发言:你们酒足饭饱之后,不要持烛到庭院去赏月观花了,要知道此时此刻,"春丛"中定然有许多鸟儿在双双栖息,款款依偎。你们那样做,必将惊醒它们的美梦。

"春丛"二字极妙,既让人遐想栖鸟此刻的温存体贴,又生动地刻画了女子微妙的心理活动。真可谓"不着一字,尽得风流"。

【名家点评】

首章艳而能逸。第二句有意无意,绝佳。次章对面写来,极有情致。

——[清]纪晓岚《玉溪生诗说》

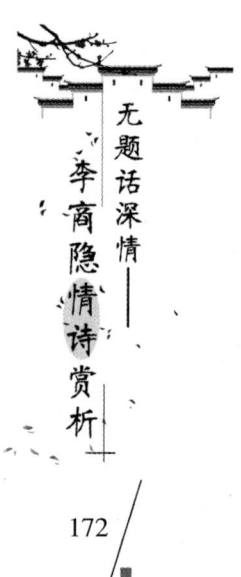

代赠二首

一

楼上黄昏欲望休[1],
玉梯横绝月如钩[2]。
芭蕉不展丁香结,
同向春风各自愁。

二

东南日出照高楼,
楼上离人唱石州[3]。
总把春山扫眉黛,
不知供得几多愁?

---

[1] 望欲休:意谓远望情人而不见,索性作罢。
[2] 玉梯横绝:形容楼梯横断,无由得上。
[3] 石州:唐乐府曲名,为思妇怀远之作。

【赏析】

既言"代赠",显然是替人而作。观诗意,知所代者是一女子,代赠之对象是她的情人。

一

"楼上黄昏"点明时间与地点。在古代诗词里,"高楼"与"黄昏"有很强的暗示性,往往用来暗喻离愁与相思,如李白的"暝色入高楼,有人楼上愁。"主人公在黄昏时分登上高楼,想凭栏远眺,最终却凄然作罢。为什么欲望却"休"呢?答案隐藏在下一句里。

"玉梯"是楼梯的美称。"横绝"即横断的意思。南朝诗人江淹《倡妇自悲赋》写汉宫佳人失宠独居,有"青苔积兮银阁涩,网罗生兮玉梯虚"之句。"玉梯横绝"是楼梯已断,无由得上,情人被阻,不能来此相会的委婉说法。主人公渴望见到心上人,情不自禁想上楼眺望,可是她突然打消了这个念头,因为她害怕失望,免得再添新愁。就在这逡巡迟疑间,天上一弯新月洒下淡淡的清辉,孤寂的身影更加凸显了她的思念与失望。"月如钩"不仅烘托了环境的寂寞凄清,还折射出主人公对人生诸多不如意的喟然长叹。

尾联通过写景进一步揭示女子的内心活动。首联二句是女子抬头所见之景,此联则是女子低头所见身边之景。她看到芭蕉不展,丁香作结,心头的哀愁更加沉重。芭蕉与丁香一同在清凄的春风中抱愁自遣,想到此,她才感到些许安慰。这里以芭蕉喻情人,以丁香喻自己,隐喻二人异地同心,都在为不能相会而愁苦。芭蕉是女主人公即目所见,诗人随手拈来,显得格外自然。这两句意境优美,情思摇曳,把"一种相思,两处闲愁"的况味表现得淋漓尽致。清人陆鸣皋说:"妙在'同',又妙在'各自',他人累言不能尽者,此以一语蔽之。"

二

纪昀认为第二首写得更好。

诗人转换镜头,将女子所处之环境推到前面。从画面上我们看到,东南方的一座高楼在阳光照耀中明丽华硕,楼中人与所爱之人天各一方,她正在唱《石州》,歌声凄婉幽怨,催人泪下。这完全是作者想当然的形象思维,意在引出后二句具有普适性的劝慰:"总把春山扫眉黛,不知供得几多愁?"——纵然把整座春山描在眉毛上,能承受得了那么多愁苦吗?

这二句是公认的名句,愁眉郁结变成了青山般的黛眉,也载不下许多忧愁,这种新奇巧妙的比况把抽象的愁情离绪具象化,并非造作,而是出之自然。由高楼远望,即可见青山悠悠,诗人涉笔成趣,便情景交融地熔铸出这咏愁的神来之笔。

景与情、物与人融为一体,"比"与"兴"交错使用,精心构造而又毫不做作,是这两首诗的成功之处。特别是"芭蕉不展丁香结,同向春风各自愁"两句,意境很美,韵味悠长,历来为人所称道,良有以也。

【名家点评】

前二句楼上玉梯之意,与李白之"暝色入高楼,有人楼上愁。玉阶空伫立,望断归飞翼"(原词此句作"宿鸟归飞急")词意相似。乃述望远之愁怀。后二句即借物写愁。丁香之结未舒,蕉叶之心不展,春风纵好,难破愁痕。物犹如此,人何以堪。可谓善怨也。

——俞陛云《诗境浅说续编》

日 射

日射纱窗风撼扉，

香罗拭手春事违。

回廊四合掩寂寞，

碧鹦鹉对红蔷薇。

【赏析】

和商隐的其他许多诗一样，此诗也以首二字为题。注家指出，这类作品其实就是《无题》。

诗写闺怨。这是古代诗词家都喜欢采用的一个传统性的题材。如李白有《子夜吴歌》、温庭筠有《望江南》，王昌龄《闺怨》最著名：

闺中少妇不知愁，春日凝妆上翠楼。
忽见陌头杨柳色，悔教夫婿觅封侯。

商隐此诗独具特色，通篇无一"怨"字，只是在闺中少妇不停地用罗帕揩手的动作中，微微流露出百无聊赖的幽怨气息。诗论家通常把这种艺术手法称作"不着一字，尽得风流"。

那应该是一个"满园春色关不住"的美好季节，王孙公子、倾城佳丽争相踏青，然而照射在纱窗上的日光尽管明媚可人，鸟架上尽管有绿鹦鹉疏翎振翅，庭园中尽管有红蔷薇灿然绽放……可自己却只能玩

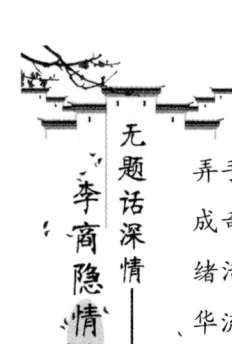

弄手中的这幅香罗手帕。人事的孤寂寥落与自然风光的生趣盎然，构成奇异而鲜明的对照。作品尽管没有直接抒发情感，但将足以引发情绪活动的种种景物和整个环境再现出来，也就不难窥测主人公面对韶华流逝而伤感索寞的心情。这是一幅情景俱佳的工笔仕女图，而"碧鹦鹉对红蔷薇"宛若锦上添花，将整幅画卷烘托得美轮美奂。由于其色泽明丽鲜艳，引后起之秀一再效仿，如乐雷发《秋日行村路》之"一路稻花谁是主？红蜻蛉伴绿螳螂"；韩偓《深院》之"深院下帘人昼寝，红蔷薇架碧芭蕉"；陆游《水亭》之"一片风光谁画得？红蜻蜓点绿荷心"……

【名家点评】

　　此为思妇咏也。独居寂寞，怨而不怒，颇有贞静自守之意，与他艳语不同，盖亦以之自喻也。

——［清］程梦星《李义山诗集笺注》

春日

欲入卢家白玉堂[1],
新春催破舞衣裳[2]。
蝶衔花蕊蜂衔粉,
共助青楼一日忙。

---

[1]"欲入"句:古乐府《相逢行》:"黄金为君门,白玉为君堂。"梁武帝《河中之水歌》:"河中之水向东流,洛阳女儿名莫愁……十五嫁为卢家妇,十六生儿字阿侯。卢家兰室桂为梁,中有郁金苏合香。"此句合用乐府与武帝诗。

[2]破:形容舞女匆忙穿着舞衣之情态。

【赏析】

春暖花开的时候,有少女匆匆忙忙地装束打扮,她准备到朱门去献歌舞。起首二句描写的即是这一情景。黄金为门,白玉为堂,可见她要去的地方是富豪之家。从前莫愁有幸"嫁为卢家妇",这位少女是否也心存幻想呢?否则何以如此急不可待,以致"催破舞衣裳"呢?

结末二句,是作者以旁观者的态度,对这种趋炎附势的人间乱象予以无情嘲讽。诗人说,你瞧,每当春光烂漫之季,蜂蝶四处乱飞,或者迷恋花蕊,或者忙着采蜜,仿佛都在为助"青楼"歌舞而忙碌不已。可是青楼女子为一日之欢,忙得不可开交,世风如此,无话可说;你们狂飞乱扑,何苦来哉?

诗人真的是在单纯描写少女急欲前往"卢家白玉堂",游蜂浪蝶也来助兴吗?想到商隐一生奔波于幕府为幕主撰写表奏,"为他人作嫁衣裳",与"蝶衔花蕊蜂衔粉"何其相似!这不也是在自嘲吗?

【名家点评】

　　春风催舞,蜂蝶衔花,共助青楼如此。仕途宦境,何独不然?

　　　　　　　　——姜炳章《选玉溪生诗补说》

闺情

红露花房白蜜脾[1],
黄蜂紫蝶两参差。
春窗一觉风流梦,
却是同袍不得知。

---

[1]"红露"句:见《柳枝五首》注。

【赏析】

这首七绝的主题是露水夫妻,同床异梦。

"花房"与"蜜脾""黄蜂"与"紫蝶"的比喻,《柳枝五首》中的用法与此十分相似:"花房与蜜脾,蜂雄蛱蝶雌。同时不同类,那复更相思。"花心带露水,蜂蜜显白色;黄蜂与紫蝶上下翻飞……寓意十分明显。花蕊、蜂房也罢,黄蜂、紫蝶也罢,虽然同时出现,却不是同类之物,比喻这对恣意寻欢的男女,虽然同衾作风流美梦,只不过是苟且偷合,同床异梦罢了。

在性生活格外开放的唐代,诸如此类寻花问柳的现象太普遍了,商隐顺手拈来,偶作调侃,实属寻常。钱钟书在谈到这首诗时说:"于'风马牛''鱼入鸟飞'等古喻,皆可谓脱胎换骨者。"(《管锥编》)

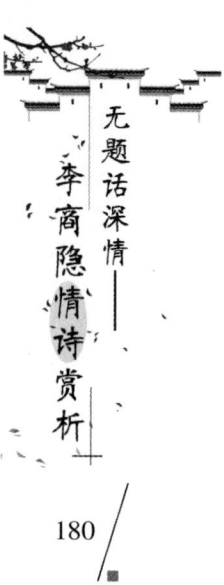

饮席戏赠同舍[1]

洞中屐响省分携[2],

不是花迷客自迷。

珠树重行怜翡翠,

玉楼双舞羡鹓鸡[3]。

兰回旧蕊缘屏绿[4],

椒缀新香和壁泥[5]。

唱尽阳关无限叠[6],

半杯松叶冻颇黎[7]。

---

[1]同舍:幕府同僚。

[2]"洞中"句:意谓听得官妓所居之处屐声频响,知同僚各携相好前来赴宴。

[3]"珠树"二句:以成双成对形容僚妓之亲昵模样。鹓鸡:似鹤,色黄白。怜、羡:均爱慕意。

[4]兰回旧蕊:指春天兰花重新开放。

[5]"椒缀"句:古人以椒涂壁,取其温和芬芳。

[6]阳关:见《赠歌妓二首》注。

[7]松叶:酒名。颇黎:宝石名,此指酒杯。

【背景】

诗作于大中六年至九年（852—855年）间的某年春，诗人在梓州幕府任职期间。同僚有与妓相好者，商隐于席间赋诗雅谑之。

【赏析】

对于此诗之主题，诸家诠释大体相同，但对每句的解读则颇多出入。

要而言之，这是一首戏赠幕僚恋妓的调侃之作。首联写同僚与官妓携手而行，从她们的住所出来。"不是花迷客自迷"是此诗之中心思想。意思是说，花（借指妓女）未必迷人，是恋妓者自己意乱情迷。颔联描写其勾肩搭背的亲昵情态。"重行""双舞"形容其互相依傍，"翡翠""鸂鶒"借指妓女。颈联写洞中温暖如春，兰发旧蕊，壁散椒香，平添温情。尾联则谓《阳关》唱了一遍又一遍，幕僚们仍然恋恋不舍，不忍离去，酒还没有喝完。"冻"字用得甚妙，嘲讽幕僚对妓女的迷恋到了神魂颠倒的程度，以致酒在杯中冻结了仍未发觉。

【名家点评】

《阳关》断之后，终归分手，半杯松叶，酒与泪俱，不觉已冻作颇黎也。所谓暖玉温香果何在哉！盖即谚所谓"醒眼看醉人"者。

——［清］姚培谦《李义山诗集笺注》

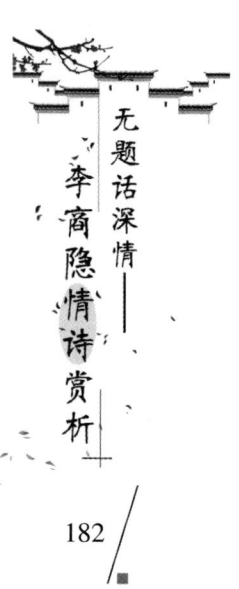

水天闲话旧事[1]

月姊曾逢下彩蟾[2],

倾城消息隔重帘。

已闻佩响知腰细,

更辨弦声觉指纤。

暮雨自归山峭峭,

秋河不动夜厌厌[3]。

王昌且在墙东住,

未必金堂得免嫌[4]。

---

[1]水天:下雨天。

[2]月姊:即嫦娥。

[3]厌厌:犹恹恹,安静懒散貌。

[4]"王昌"二句:详见正文。

【赏析】

　　一天下雨,商隐和友人闲话,讲起自己经历过的一件往事,旧情难忘,过后写下了这首艳情诗。

　　诗人所钟情的女子似乎是一位名门姬妾。

　　首联说伊人极美,自己有幸一见,以为是嫦娥离广寒宫下凡。她的美貌用"倾城倾国"来形容,当之无愧。可惜"侯门一入深似海",如今阻隔重重,音讯渺茫,徒然令人相思。

"已闻佩响知腰细,更辨弦声觉指纤。"这是回忆当时伊人之举止给诗人留下的印象:听其环珮之响,即知其腰肢之细;闻其抚琴弹筝,即可想见其纤指之修长。她那腰如束素、才艺非凡的种种妙好,至今让人无法忘怀。这两句写的是女方,反映出来的却是诗人的一片痴情。

"暮雨"句用宋玉《高唐赋序》"旦为朝云,暮为行雨"之意境,写那女子对自己并非有意,飘然自来,飘然自去,如暮雨之归巫山;"秋河"句则写自己的眷恋不已,以至通宵不寐,仰望星河,倍觉秋夜之清冷漫长。

尾联"王昌"之名,在唐诗中屡见不鲜,如上官仪《和太尉戏赠高阳公》中有"南国自然胜掌上,东家复是忆王昌";崔颢《古意》中有"十五嫁王昌,盈盈入画堂"等。王昌何许人也?已不可考。唐诗一般将其作为情郎的代称。据此,尾联的意思是说,自己与此女子并无瓜葛,只能像王昌那样作为邻居相处,然而,郁金堂中之佳人恐怕不能免除嫌疑吧?这两句语带微酸且不乏开脱之意。欢情难洽却招流言蜚语,谁之过耶?

通观全诗,以一"隔"字为诗眼。重帘之隔,形影之隔,情愫之隔,造化之隔——重重隔绝的感受是诗人对命运的深刻体会。他的诗常常流露出令人沮丧的隔绝心态,有爱情生活方面的,有政治生涯方面的,亦多有借艳情暗寓仕途的。清代学者赵臣瑷说:"此亦无题之类……思幽致曲,一扫浮艳,自是义山本色。"

【名家点评】

若不用"暮"字,安知为巫山之行雨?不用"秋"字,安知为牛女之渡河?作者尚恐晦,于"暮雨"衬山字,则巫山愈明;于秋河衬"夜"字,则银河不混。而于数虚字足消息相隔之意,可谓穷工极巧。

——[清]查慎行

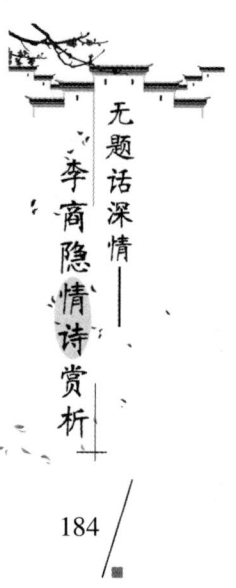

鸳鸯

雌去雄飞万里天,
云罗满眼泪潸然。
不须长结风波愿,
锁向金笼始两全。

【赏析】

　　诗写情人伤别。雄鸳鸯意外失去了伴侣,于是远飞万里,四处寻找,但只见到处罗网密布,遂有不祥之感,因此止不住地潸然泪下。它想到世路风波险恶,与其寄希望于渺茫的重逢,反不如当初双双锁在金笼中更安全。飞鸟本来生性向往自由,但失去伴侣之痛反倒让它宁可不要自由,也不想失去情侣。这就把"生命诚可贵,爱情价更高,若为自由故,二者皆可抛"的人生价值取向整个逆转了。

　　还没见过哪个诗人像李商隐这样,有如此深致的情怀!有人把他称作古代的情痴、情诗王子,毫不为过。

【名家点评】

　　此盖以锁向金笼,失却自由,反衬雌雄分离之苦与世路风波之险,谓此更甚于囚笼之锁也。

　　　　　　　——余恕诚、刘学锴《李商隐诗歌集解》

独居有怀

麝重愁风逼,罗疏畏月侵。

怨魂迷恐断,娇喘细疑沈。

数急芙蓉带,频抽翡翠簪。

柔情终不远,遥妒已先深。

浦冷鸳鸯去,园空蛱蝶寻。

蜡花长递泪[1],筝柱镇移心。

觅使嵩云暮,回头灞岸阴。

只闻凉叶院,露井近寒砧。

---

[1]递泪:意谓连续不断地流泪。

【赏析】

这是一首很有意思的诗,可以解读出三种不同的含义,关键是如何给诗主定位。如果主人公是作者自己,那么这就是一首有寄托的借喻之作;如果主人公是女子,那么通篇都是写她独居幽闺的周遭景象和心理活动;如果主人公是男子,那么诗的前半部分是其对往日欢聚的回忆,后半部分则是写其现下的境况。

诗可分为四个段落,每四句一段。我们先将主人公定位为女子来看。

前四句描写独居深闺的女子,身处浓浓的麝香氛围中,仍然担心香味被风吹散;罗幕并不厚密,她担心月光会照射进来。她害怕风和月侵扰她的春梦,她伤离怨别,终于盼来了一夕"迷"梦。她唯恐梦断,此刻还在娇羞微喘,自己都怀疑气息将沉,欢爱难继。

　　第二段写女子梦醒后的动作。情急之下,她数次紧束腰带,频频抽下发簪。动作之所以如此慌乱,是因为她觉得自己柔情脉脉,难舍对情郎的温存体贴。尽管如此这般,妒恨还是止不住提前在心中升起,虽然不知道这是今后哪年哪月的事情,可仍然不由得让人胡思乱想。

　　第三段写女子回忆当初离别后,寻寻觅觅的相思情形。"鸳鸯"刚刚离去,她便开始在花园里寂寞徘徊了。看见蝴蝶成双成对在空旷的花园里飞来飞去,她感到更加的凄寂难耐。面对红烛不断地流泪,她睹物伤情,彻夜不寐;整日无聊,唯有借弹筝排遣愁怀。"长递泪"意谓见蜡烛落泪涟涟而潸然泪下,"镇移心"意谓每因筝声寂寂而益动离情。

　　最后四句以独居寂寥,万般无奈作结。此女子想派使者沟通音讯,无奈己在洛阳,彼在长安,情况不明,不敢造次。结果只能听满院落叶萧萧,寒砧声声,独守空房,抱心自暖。

　　如此解读,情景俱佳。

　　主人公如果是男子,则通篇都是追忆昔日春梦。首写幽会的环境是那么宁静温馨,他生怕风吹月照影响他们的浓情快意。而"怨魂"至"频抽"四句则写云雨之际恋人的表情与动作。"柔情"与"遥妒"二句是写此男子想起当时自己虽然就在她身边,可她依然要他发誓永不移情别恋,言语表情已经事先流露出十足的醋意。最后写此男子因相思情苦,无法排遣,也无法寄书,只好独守庭院,寂寞凄冷。

　　如果是作者托闺情写与令狐绹的恩恩怨怨,那么"柔情"二句就是说自己虽然心系令狐,感恩怀旧,可令狐绹早已心存芥蒂,忌恨已深。商隐曾有《寄令狐郎中》一诗云:

嵩云秦树久离居,双鲤迢迢一纸书。

休问梁园旧宾客,茂陵秋雨病相如。

此诗全篇所写之离绪,亦与此七绝同。所不同者,此云觅使传书而无由,七绝则云书有"双鲤"可传;此云"遥妒已先深",七绝则只言处境落寞,心绪不佳。况且有一点始终令人困惑,如果是向令狐绹表白初衷,使用这样的绮词艳语,不是太肉麻了吗?最重要的是,除了专门研究李商隐的学者,对于喜欢诗词的读者来说,他们宁可把这首诗单纯地当作情诗欣赏,不会有兴趣去考证背后隐含着什么样的历史典故。

【名家点评】

通篇就所怀之人着笔。一二写娇态,三四写魂梦相思。以下数联,皆摹离绪。末二联拍到己之独居而怀之也。大旨是寄内之作,必非寓意令狐。

——[清]冯浩《玉溪生诗笺注》

编 外
——巧啭岂能无本意

流莺

流莺漂荡复参差[1],
渡陌临流不自持。
巧啭岂能无本意,
良晨未必有佳期。
风朝露夜阴晴里,
万户千门开闭时。
曾苦伤春不忍听,
凤城何处有花枝[2]?

---

[1]参差:不齐错乱貌,喻流莺不停地飞翔,彷徨无依。

[2]凤城:指京城长安。冯浩注引赵次公注杜诗:"弄玉吹箫,凤降其城,因号丹凤城。其后曰京师之盛曰凤城。"

【背景】

诗作于唐宣宗大中三年(849年),商隐37岁,由周至尉调京兆尹掌奏章。时令狐绹拜中书舍人。

【赏析】

如果说《锦瑟》是李商隐用至美至幻的语言对自己一生所做的总

结性的观照和审视的话，那么《流莺》则是他托物寓怀、借莺喻己，用感伤无比而又深情绵邈的艺术手法，对自己悲剧性的身世所做的高度概括。

诗人开宗明义，一落墨就把一只漂流不定、无所依从的流莺的形象展示在我们眼前。"复"字说明它漂泊无依的情态绝非偶尔如此。它仿佛是在寻求什么，期待什么，否则为什么要如此久久地漂泊徘徊呢？接着，诗人从更深的层面说明"流莺"的不幸：它曾飞渡过无数田野和江河，可从未停息过，因为它仿佛被某种无形的力量主宰着，无法把握自己的命运。这一状况，完全符合诗人一生的际遇。

我们知道，商隐在牛李党争的漩涡中身不由己地成了政治斗争的牺牲品。党争的阴影终生笼罩着他。自己虽有不世之才，却知音难遇；良辰美景固然所在多有，却似乎永远与自己无缘。这就是诗人在领联中对自己命运的回肠荡气的悲叹。然而，世无知音、佳期无缘的"流莺"并没有向命运屈服，无论是在凄风飘寒的清晨，还是霜露满天的夜晚，也不管是在阴晴无定的岁月，还是在"万户千门"开闭的佳节，"流莺"从未停止过歌唱。

尾联诗人笔锋一转，将自己和流莺合为一体，直抒内心的愤懑：自己曾为伤春所苦，有如"流莺"凄婉哀鸣，如今诗人不忍聆听流莺之声，京城之大，哪里有它的容身之地呢？诗人借"不忍听"流莺之哀鸣，以啼血般的痛惜，抒发自己的"伤春"之情。

【名家点评】

含思宛转，独绝古今。亦寓客中无聊，陈情不省之慨。此等诗当领其神味，不可呆看；若泥定为何人何事而作，反失诗中妙趣矣。

——张采田《李义山诗辨正》

蝉

本以高难饱,徒劳恨费声。

五更疏欲断,一树碧无情。

薄宦梗犹泛,故园芜已平。

烦君最相警[1],我亦举家清。

---

[1]"烦君"句:意思是说,有劳你给我的善意警示,我和你一样,虽然清贫,但不会丧失气节,屈从流俗。

【背景】

诗作于大中四年(850年),李德裕卒于崖州(海南)贬所,令狐绹为相,义山在徐州卢弘正幕府。

【赏析】

我相信,咏物诗中,没有比玉溪生此诗和骆宾王《咏蝉》更好的了。清人誉之为"咏物最上乘"。诗中的蝉,就是诗人自己;自己就是那"本以高难饱,徒劳恨费声"的蝉。这很有点像庄周梦蝶:"不知周之梦为蝴蝶欤?蝴蝶之梦为周欤?"

蝉在树上,日夜嘶鸣,这本来是再自然不过的现象,诗人却把它人格化,说它因处高枝,终日饥寒,由"难饱"而"费声",且鸣叫声中还带有"恨"。如此一来,诗人与蝉就有了一种同病相怜的同体之悲:诗人处世清高,生活清贫,仕途淹蹇,终生漂泊,还要呕心沥血地苦吟,屡屡向有势力者陈情,然而终归徒劳——这与蝉不是一般无二吗?

蝉苦吟到天亮时,声音疏疏落落,快要断绝了,然而树叶还是那么碧绿,还是那么冷漠无情。接下来转到自身。"薄宦梗犹泛,故园芜已平"——作者数次易地入幕,官职卑微,所以说是"薄宦";辗转各地,犹如大水中的木偶,漂流无定,家乡的田园也荒芜了,这使他思归之情更加迫切。"薄宦"同"高难饱""恨费声"联系,小官微禄,所以难饱费声。经此转折,咏蝉的旨趣一目了然。

尾联"君""我"对举,首尾呼应圆合,使咏物和抒情融洽无间。"烦君最相警"一句,诗人将蝉视为知己,对它不厌其烦地以哀怨的鸣叫来警示自己心存感念,表示我会和你一样,将甘于清苦,贞守节操。结尾二句使这首诗的境界陡然升华。虽然有过因"难饱"而"费声",因"树碧"而怨恨,因"薄宦"而漂泊,但人格不能扭曲,本性不能迷失。这样理解,才是对这首咏物诗的正确解读。

此诗当与《流莺》作为姊妹篇欣赏。就风格论,《流莺》清丽流美,此则沉郁凄婉。

【名家点评】

蝉饥而哀鸣,树则漠然无动,油然自绿也(油然自绿是对"碧"字的很好说明)。树无情而人("我")有情,遂起同感。蝉栖树上,却恝置(犹淡忘)之;蝉鸣非为"我"发,"我"却谓其"相警",是蝉于我亦"无情",而我与之为有情也。错综细腻。

——钱钟书《谈艺录》

初食笋呈座中

嫩箨香苞初出林[1],
於陵论价贵如金[2]。
皇都陆海应无数[3],
忍剪凌云一寸心[4]。

---

[1]嫩箨(tuò):鲜嫩的笋皮。香苞:藏于苞皮中之嫩笋。

[2]於陵:汉县名,唐时为长山县,在今山东省邹平县东南。

[3]皇都:指京城长安。陆海:即山珍海味之意。

[4]凌云寸心:谓嫩笋一寸而有凌云之志。此双关语,以嫩笋可长成凌云翠竹喻少年之凌云壮志。

【背景】

大和八年(834年),商隐22岁,应举不第,遂东游郑州、华州一带。次年崔戎调兖海(今山东兖州西)观察使,作者至兖州幕。未几,崔卒。此诗当作于某次宴席上。

【赏析】

这是义山的早期诗作,诗人抒发了自己怀才不遇、壮志未酬的感慨。因应举不第,故有此一叹。

诗人起笔写嫩笋之勃勃的生机,不日即昂首凌云。於陵一带少

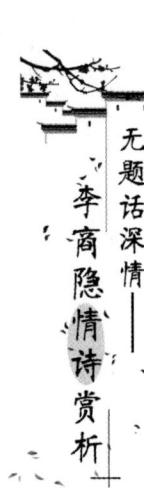

竹,所以论价如同黄金。三四两句谓嫩笋一寸,虽有凌云之志,可是人们为了口腹之乐,居然忍心"剪"它初心。诗人的哀怜之情,呼之欲出。诗人奇怪,繁华富饶的京都,山珍海味无奇不有,怎么忍心扼杀本可成材的"一寸心"呢?!

  这首诗已显示出李商隐诗歌"深情绵邈"(刘熙载《艺概》)的艺术特色。这样的哀怨之作出自一个二十余岁的青年之手,说明诗人"先期零落"的悲观意识早已铭刻于心了。这种心态伴随了他一生,这应该成为我们解读商隐诗歌的一把钥匙。

宿骆氏亭寄怀崔雍崔衮[1]

竹坞无尘水槛清[2],

相思迢递隔重城。

秋阴不散霜飞晚,

留得枯荷听雨声。

---

[1]崔雍、崔衮:商隐早年幕主、衮海观察使崔戎之子。

[2]竹坞:竹林环抱的船坞。水槛:傍水的有栏杆的亭轩,也就是诗题中的"骆氏亭"。

【背景】

大和八年(834年),幕主崔戎卒。商隐离开崔家,旅宿骆姓园亭,寂寥中怀念崔氏昆仲而作此诗。

【赏析】

首联写骆氏亭之清幽。园亭里竹林环绕,经秋雨洗刷,景色宜人。和崔雍、崔衮分别已有多日,虽远隔千山万水,思念之情不能自已。

结末写夜宿情景。深秋的阴霾迟迟不散,雨意渐浓,夜霜来得也迟。因思友出神,不知不觉间,发现秋雨忽来,淅淅沥沥敲打着枯黄的荷叶,发出阵阵清响。

末句是"诗眼"。枯荷残败,本无可"留"之趣,但对一个旅宿思友

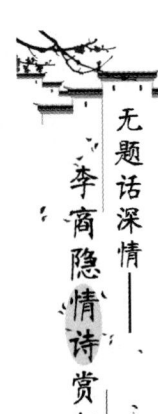

不眠之人,静听秋雨敲打枯荷,不仅可消愁解闷,更可品味寂寥之美,清幽之韵。能够享受孤独之况味者,不是伟人,即是诗人。作为晚唐诗坛的佼佼者,李商隐虽然没有李白、杜甫那种盛唐的宏阔气势,却以自己的旷世之才开辟了一条新路,寻找到新的审美天地——朦胧凄婉的境界。

【名家点评】

　　分明自己无聊,却就枯荷雨声渲出,极有余味,若说破雨夜不眠,转尽于言下矣。

——[清]纪晓岚《玉溪生诗说》

夕阳楼

（诗题一作《登郑州夕阳楼》）

自注：在荥阳。是所知今遂宁萧侍郎牧荥阳日作者[1]。

花明柳暗绕天愁，

上尽重城更上楼。

欲问孤鸿向何处，

不知身世自悠悠。

---

[1]萧侍郎：萧澣，牛党人士。据《旧唐书》，萧曾任郑州刺史，后贬遂州刺史。

【背景】

诗写于唐文宗大和九年(835年)秋，商隐23岁。荥阳即今郑州。萧澣任郑州刺史时，商隐与之结识。据自注可知，写诗时萧在四川遂州。夕阳楼是萧在郑州时所建。萧对商隐有知遇之谊，故题注称之为"所知"。

【赏析】

当诗人听到萧澣远谪巴蜀的消息后，独上故人所建之夕阳楼，抚今追昔，见孤鸿嘹唳长空，引发对自身前程的未卜之感，遂赋诗寄慨。

"花明柳暗"本是烂漫的春色景象，但笼罩在诗人心头的却是黯淡的愁云。"绕天愁"说明愁云之无垠，"上尽""更上"流露出不堪登高望远所带来的心理重压。更不堪的是此时仰望天空，万里寥廓，唯见

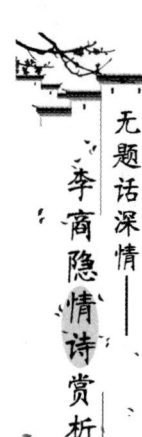

孤鸿一点,在夕阳的映照下子然远去。这使诗人自然联想到被贬离去、形单影只的萧渐,忽又顿悟自己不是和这孤鸿一样渺然无适吗?因此情不自禁发出了"不知身世自悠悠"的浩叹。

【名家点评】

  所知远谪,朝政日非,故虽览眺花明柳暗之景,亦自百感交集,愁绪绕天。……方将同情孤鸿之远去,忽悟己之身世亦复如彼,是怜人者正须被怜……言情之凄婉入神,正在"欲问""不知"之忽然悟到与自然转换间。

——余恕诚、刘学锴《李商隐诗歌集解》

重有感

玉帐牙旗得上游[1],

安危须共主君忧。

窦融表已来关右[2],

陶侃军宜次石头[3]。

岂有蛟龙愁失水[4],

更无鹰隼与高秋[5]。

昼号夜哭兼幽显[6],

早晚星关雪涕收[7]。

---

[1]玉帐牙旗:指出征时主帅的营帐与大旗。得上游:犹言得"地利"之优势。

[2]窦融:东汉初人,任凉州牧。此处指刘从谏上疏声讨宦官。刘从谏:幽州昌平人,昭义节度使,唐文宗大和六年(832年)入朝为官,次年返昭义。开成元年(836年),为参与甘露之变的王涯上书鸣冤,矛头直指权宦。后因其侄刘稹叛乱,被掘墓暴尸。

[3]陶侃:东晋时荆州刺史。苏峻叛乱,陶侃被推为讨伐苏峻的盟主。乱平,苏被杀。石头:石头城,即东晋都城建康(今南京)。

[4]蛟龙:喻指君王。

[5]鹰隼:喻猛将名臣。语出《左传》:"见无礼于其君者,如鹰隼

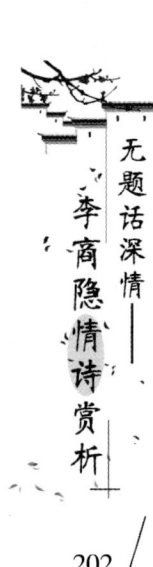

之逐鸟雀也。"与:高举腾飞貌。

[6]幽显:指阴间的鬼和阳间的人。

[7]星关:天门,借指宫廷。

【背景】

诗作于文宗开成元年(836年)。是年初,昭义(治今山西省晋城、长治地区)节度使刘从谏两次上表,表示要决心固守边疆,训练士卒,如有奸臣发难,誓死清君侧。作者有感于此事以及朝廷隐患潜在,赋诗抒慨。

【赏析】

这首七律和商隐的其他诗作,涉及晚唐文宗朝发生的一次震惊朝野的历史大事"甘露之变"。为正确理解诗意,有必要先简略介绍这一事件。

甘露事变发生在文宗大和九年(835年)末,这是宦官与朝臣之间上演的流血惨剧。自宪宗以来,宦官骄横跋扈,掌握着军政大权,皇位废立、大臣升降皆决于阉宦。文宗痛恨受制于家奴,位同空设,遂与朝臣李训、郑注密谋诛宦。不幸计谋败露,遭到宦官的血腥反击,杀朝臣、吏卒及市民千六百人,血染龙庭,死伤众多。事变后,昭义节度使刘从谏上表"誓以死清君侧",宦官慌恐,嚣张气焰稍有收敛。对于影响到大唐国运的事变,商隐当即写下《有感二首》,所以此篇题为《重有感》。

首句"玉帐牙旗"点明刘从谏手握重兵,雄镇一方,且靠近京城,军事上占据优势,表明完全有平定宦官之乱的条件,以引出下句,点明主题:在此国家危急存亡之秋,作为一方重镇,理应与君主共忧患。句中"须"字极见用意,有此一字,下面的"宜""岂有""更无"便字字有根。

颔联用了两个典故。东汉初凉州牧窦融得知光武帝打算征讨西北军阀隗嚣,便整顿兵马,上疏请示出师伐嚣日期。这里用以指刘从谏上表声讨宦官。东晋陶侃任荆州刺史时,苏峻叛乱,京城建康危险。侃被推为盟主,领兵直抵石头城下,斩苏峻。

颈联用了两个比喻:"蛟龙愁失水",比喻文宗受制于宦官,应为失去权力和自由而忧愁;"鹰隼与高秋",比喻忠于朝廷的猛将奋起反击宦官。前者根本不应出现却已成事实,所以用"岂有"表达强烈的义愤;后者是在"蛟龙失水"的情况下,对猛将名臣没有奋发有为之举表示怨恨和失望。

尾联紧承第六句。正因为此,眼下京城仍然昼夜人号鬼哭,一派悲惨的气氛。"早晚星关雪涕收",对国家命运的关切之情溢于言表。

【名家点评】

义山七律,得于少陵者深。故秾丽之中,时带沈郁。如《重有感》《筹笔驿》等篇,气足神完,直登其堂入其室矣。飞卿华而不实,牧之雄而不雅,皆非此公敌手。

——[清]施补华《岘佣说诗》

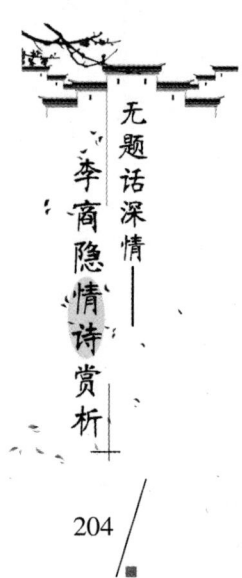

曲江[1]

望断平时翠辇过,
空闻子夜鬼悲歌。
金舆不返倾城色[2],
玉殿犹分下苑波[3]。
死忆华亭闻唳鹤[4],
老忧王室泣铜驼。
天荒地变心虽折,
若比伤春意未多。

---

[1]曲江:见《暮秋独游曲江》注。
[2]金舆:帝王乘坐的车轿。
[3]玉殿:宫殿的美称。下苑:即曲江。
[4]华亭:晋陆机故宅旁的山谷之名。

【赏析】

　　曲江的兴废和唐王朝的盛衰密切相关。杜甫在《哀江头》中曾寄兴衰之慨。面对经历了另一场"天荒地变"——"甘露之变"后荒凉满目的曲江,李商隐心中自不免产生和杜甫相同的感慨。杜甫的《哀江头》可能对李商隐的构思有所启发,只是他的感慨有其特定的现实内容,带有更浓重的悲凉的时代色彩。

　　一开始诗人就刻意渲染曲江的荒凉景象。"平时翠辇过"指的是事变前文宗车驾出游曲江的情景,"子夜鬼悲歌"则是事变后曲江的景象。此时此景,荒凉中显出凄厉,暗示了不久前发生的那场"流血千门,僵尸万计"的事变之惨烈。

　　颔联承"望断"句意,说先前乘金舆陪同皇帝游赏的美丽宫妃已不再来,只有曲江依然在寂静中流向玉殿旁的御沟。"不返""犹分"的鲜明对照中蕴含着无限沧桑今昔之感。文宗修缮曲江亭馆,游赏下苑胜景,本想恢复升平故事,甘露事变一起,受制于家奴,形同幽囚,翠辇金舆遂绝迹于曲江。这里寓有升平不再的深沉感慨。下两联的"荆棘铜驼"之悲和"伤春"之感即由此而生。

　　五句借陆机被宦官谗害比喻事变时宦官对朝臣的杀戮,六句借铜驼之悲抒发作者对国运的忧虑之情。结末以"伤春"收束,余韵深长。

　　另有注家认为此诗是诗人追述玄宗宠贵妃而导致安史之乱。此说与诗中所写景象和意境均不合,故不从。

【名家点评】

　　天荒地变言都城流血,曲江已废,惨状心折,还比伤春之意多,伤之甚也。

——[清]胡以梅《唐诗贯珠串释》

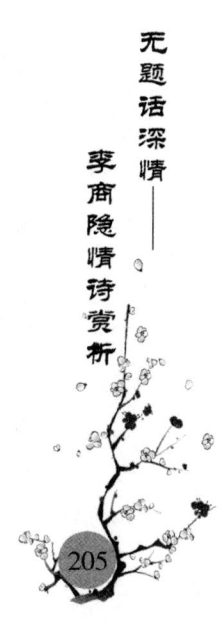

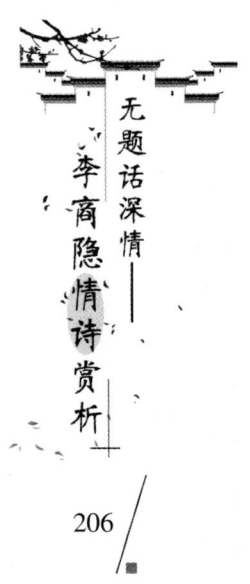

安定城楼[1]

迢递高城百尺楼,

绿杨枝外尽汀洲[2]。

贾生年少虚垂涕[3],

王粲春来更远游[4]。

永忆江湖归白发,

欲回天地入扁舟[5]。

不知腐鼠成滋味,

猜意鹓雏竟未休[6]。

---

[1]安定:即泾州(今甘肃泾川县北),泾原节度使治所。唐之泾原为隋之安定郡,故诗题依习称为"安定城楼"。

[2]汀洲:汀指水边之地,洲是水中之洲渚。此句写登楼所见。

[3]贾生:指西汉文帝时文人贾谊。据《史记·屈原贾生列传》载,贾生年少博学,数上书陈事,不被采纳。后呕血而亡,年仅33岁。

[4]王粲:字仲宣,山阳高平(今山东金乡)人。三国时与曹植等称为"建安七子",粲居其首。

[5]"永忆"二句:用春秋时范蠡辅佐越王勾践兴国灭吴,乘舟归隐五湖的典实。

[6]"不知"二句:鹓(yuān)雏是古代传说中一种形似凤凰的鸟。

语出《庄子·秋水》,略云:惠施相梁,怕庄子夺他相位,百般防范,唯恐不周。庄子去见惠施,坦率地对他说,鹓雏(庄子自比)非梧桐不止,非练实不食,非醴泉不饮,从未把鸱鹰(比惠施)的腐鼠(比相位)当美味而羡慕!

【背景】

唐文宗开成三年(838年),商隐应泾原节度使王茂元邀请,赴其幕,娶其女,时年26岁。此前不久,商隐幕主兼恩师令狐楚过世。刚过一年,商隐即有此举,因而大受牛党非难,且因此试博学宏词科落选。诗人只好重返泾州岳父家。诗即回泾州后登楼感怀而作。

【赏析】

开成三年前后,实乃多事之秋。就国事而言,"甘露之变"余波未息,牛李党争越演越烈,藩镇割据之势有增无减;就李商隐自身而言,母丧不久,服孝未满,科考落败,去留无依,如今又阴差阳错地卷入了党争的漩涡中,里外不是人。虽然如此,诗人当时才情方茂,壮志凌云,有此力作,自是题中应有之义。

首联写登楼望远,颇有志在四方之意。以下六句的豪情壮志、无穷感慨均由此生发。颔联先以两位古人贾谊和王粲自比。贾谊献策之日,王粲作赋之年,都和作者一样年轻。贾谊上书给汉文帝的《治安策》,开头有"臣窃惟事势可为痛哭者一,可为流涕者二,可为长太息者六"之语,故作者有"虚垂涕"之叹;王粲避乱荆州,依刘表,作者赴泾州,入王幕,皆属寄人篱下。颈联借用范蠡助越灭吴,功成身退的故事,表明自己也有归隐江湖之志,只不过得等到尽展平生、回天撼地之时,才能白发扁舟,隐逸江湖。这两句写得飘洒超脱而又遒劲铿锵。据《蔡宽夫诗话》载:"王荆公晚年亦喜称义山诗,以为唐人知学老杜而得其藩篱者,唯义山一人而已。每诵其'永忆江湖归白发,欲回天地入扁舟'之类,虽老杜无以过也。"

尾联借庄子寓言表明自己视名利如"腐鼠",正告他人不要妄加猜测,既与"永忆江湖"相呼应,又辛辣地嘲笑了那些居高位者不过是些嗜"腐鼠"为美味的禄蠹。

这首诗写得极有气势,表现了作者青年时期奋发昂扬的精神风貌。诗人善用典故言志抒怀,情致婉曲,而又铿锵有力,确为商隐诗中之佳作。

【名家点评】

言今日我适在此安定,彼旁之人不知,则必疑我有何所慕而特远来,至何所得方乃舍去?此殊未明我胸前区区之心者也!夫我上高城、倚危墙、窥绿杨、见汀洲,方欲呼风乱流,乘帆竟去。何则?……大丈夫眼观百世,志在四方,胡为而曾以安定为意哉!

——[清]金圣叹《金圣叹评点唐诗六百首》

回中牡丹为雨所败二首[1]

一

下苑他年未可追，
西州今日忽相期[2]。
水亭暮雨寒犹在，
罗荐春香暖不知[3]。
舞蝶殷勤收落蕊，
佳人惆怅卧遥帷。
章台街里芳菲伴，
且问宫腰损几枝？

二

浪笑榴花不及春，
先期零落更愁人[4]。
玉盘迸泪伤心数[5]，
锦瑟惊弦破梦频[6]。
万里重阴非旧圃，
一年生意属流尘[7]。

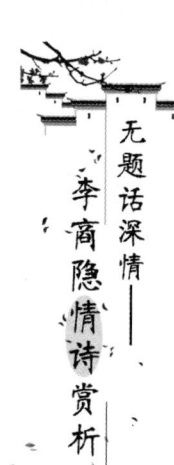

前溪舞罢君回顾[8],

并觉今朝粉态新[9]。

---

[1] 回中:此地名有二,一为汧之回中,在今陕西陇县西北;一为安定之回中,在今宁夏固原市。诗题所称回中,指后者。

[2] 西州:地名,这里指安定郡。

[3] 罗荐:丝绸褥子。语出唐刘禹锡《泰娘歌》:"长鬟如云衣似雾,锦茵罗荐承轻步。"

[4] 先期:约定日期之前。

[5] 玉盘:指牡丹花冠。

[6] "锦瑟"句:借奏锦瑟时促柱繁弦令人心惊的感觉来形容雨水摧残牡丹花之状态。

[7] 流尘:飞扬的尘土。语出曹植《仲雍哀辞》:"流尘飘荡魂安归。"

[8] "前溪"句:前溪村是南朝教习音乐的地方,江南声伎多出于此。

[9] "并觉"句:意谓他日花朵零落已尽,再回顾今日雨中,犹觉此时牡丹粉态新艳。

【背景】

开成三年(838年)暮春,商隐博学宏词科试落选回泾原,途经回中住宿,时牡丹初放,被狂风疾雨打落。诗人触景生情作此诗。

【赏析】

商隐托物寓怀的诗,常常有与"物"相对之"我"。物我之间,时分时合,似分似合,难以断定哪是写物,哪是写我。譬如这组七律,首章起首作者与牡丹开始分作主体与客体,显系客观描述牡丹,可接下来则物与我融为一体,仿佛是牡丹在自言自语。之所以如此,是因为起初见牡丹而寄寓身世飘零摧残之感,继而不知不觉间自己幻化为牡丹。此则"庄生晓梦迷蝴蝶"之幻也。

一

首联谓曲江苑囿之牡丹繁华景象今已不可复睹,今日忽于此西州风雨之中见此牡丹盛开之景象,喻往岁进士登第、曲江游赏、得意尽欢之盛况已不再有,想不到今日竟沦落此地。颔联谓宿西州水亭,唯觉暮雨余寒,而当年置身曲江苑囿时,卧锦褥,赏国色,春香之暖浑然不知。如今回想,恍若隔世。此即首句所言"未可追"也。

颈联刻意写"为雨所败"。蝶舞翩翩,似有意惜花,殷勤欲收落蕊,然牡丹为雨所败,零落散乱,宛若佳人之怅卧于深幽幕帷,已然情意阑珊矣。尾联再次回首京城,与水亭所见景象对照,说那些在"章台街里"春风得意的幸运儿,此时想必正狂舞于春风之中吧?恐怕不免瘦损宫腰了吧?"且问"二字,以拟疑的语气,表达了内心的愤愤不平。

二

次章首联直陈石榴花开虽然晚于牡丹,然而牡丹先开却提前零落,更令人伤心。"浪笑"是针对那些蔑视"榴花不及春"的幸运儿而言。颔联是对牡丹为雨所败的细节描写:有如玉盘的花朵之上,雨珠飞溅,仿佛是牡丹在伤心落泪;急雨打花,如锦瑟繁弦,声声惊梦。"伤心""破梦"均就牡丹而言。牡丹之"伤心""破梦"亦即作者之同感。"数"字妙!诗人似乎在一瓣一瓣地计算着花朵的零落。

颈联写周遭环境与花败后之景象。万里长空,阴云密布,气候恶劣,已非当年曲江旧囿之面目;花落委地,一年生意,已付流尘。三联六句喻已未及施展才华即遭打击而沦落,心伤泪迸,希望成空,昔日之情景一去不返,今后之前途更难思量。尾联言今日之零落如此,他日之零落更有甚于今日。到那时,必然反觉今日雨中牡丹粉态之新艳。

这两首诗是商隐咏物诗的佳构。前一首以奇特的联想写牡丹，由牡丹想到遥卧的美人，用惆怅的美人写败落的牡丹，意象丰富，诗境优美、冷艳，遣词造句精致幽婉。后一首则借牡丹寄慨身世，把感伤情绪注入朦胧瑰丽的诗境。这组诗对他以后的咏物诗有重要影响，也标志着他艺术风格的真正形成。

【名家点评】

　　大抵世间遇合，不及春者，未必遂可悲，及春者，未必遂可喜。玉盘迸泪，点点伤心，花之遇雨也；锦瑟惊弦，声声破梦，雨之败花也。从此万里重阴，顿非旧圃，一年生意，总属流尘。唯是前溪舞处，花片浮来，犹尚分其光泽耳。才人之不得志于时者，何以异此！

——[清]姚培谦《李义山诗集笺注》

华清宫[1]

华清恩幸古无伦,

犹恐蛾眉不胜人。

未免被他褒女笑[2],

只教天子暂蒙尘[3]。

---

[1]华清宫:骊山温泉宫,内治汤井为池,环山列宫室,是唐玄宗与杨贵妃享乐之所。据《旧唐书·杨贵妃传》载:"每年十月幸华清宫,国忠姊妹五家扈从,每家为一队,著一色衣,五家合队,照映如百花之焕发,而遗钿坠舄,瑟瑟珠翠,灿烂芳馥于路。"

[2]"未免"句:用褒姒烽火戏诸侯事。详见《史记·周本纪》。

[3]蒙尘:蒙难出奔。指安史乱起,玄宗幸蜀事。

【背景】

这首七绝与下面的《马嵬二首》皆作于唐文宗开成三年(838年)。泾原王茂元幕府有同僚韩琮,作《马嵬》诗,商隐唱和。马嵬为长安与泾原往来必经之地。

【赏析】

这首七绝前二句是论点,后二句是论据。纯以议论成篇,既不写景,亦无心理描写,然寓意深长,颇耐玩味。

诗谓明皇之宠贵妃与幽王之宠褒姒，古今色荒，如出一辙。虽然明皇宠贵妃可谓空前——"古无伦"，因为在玄宗看来，古来绝代佳人没有超过杨玉环的，但在诗人看来，玉环之美远不及褒姒。褒姒一笑而西周灭，幽王死；玉环舞破霓裳，多不过使明皇"暂蒙尘"而已——虽"幸蜀"但国未亡。

明明是在嘲讽爱美人不爱江山，却用比对二美暗寓其旨。商隐讽喻唐代史实之政治诗，大多采用此法。

【名家点评】

言褒姒能灭周，而玄宗不久便归国，是贵妃之倾城犹在褒姒下也。二语深着色荒之戒，意最警策。

——［清］朱鹤龄《笺注李义山诗集》

马嵬二首[1]

一

冀马燕犀动地来[2],
自埋红粉自成灰。
君王若道能倾国,
玉辇何由过马嵬?

二

海外徒闻更九州,
他生未卜此生休。
空闻虎旅传宵柝[3],
无复鸡人报晓筹[4]。
此日六军同驻马,
当时七夕笑牵牛。
如何四纪为天子[5],
不及卢家有莫愁?

[1] 马嵬:在陕西省兴平市西25里。公元756年,安禄山反,次年攻入长安,唐玄宗仓皇出逃,途经马嵬坡,六军不发,赐死杨贵妃以安军心。

[2] "冀马"句:天宝十四年(755年),东平郡王、三镇节度使安禄山从范阳起兵叛乱,长安很快沦陷。范阳即幽州(今北京市),古属燕国。燕犀:指坚韧的甲胄。

[3] 虎旅:指跟随玄宗赴蜀的军队。宵柝(tuò):夜间报更的刁斗。

[4] 鸡人:皇宫里负责报时的卫士。筹:夜间计时之具。

[5] 四纪:古以12年为一纪。玄宗在位四十五年,几近"四纪"。

【赏析】

二诗皆盘空造势,先声夺人。查慎行曰:"一起括尽《长恨歌》。"吴乔曰:"势如危峰耸天,当面崛起,唐诗中所少者。"特别是二首皆以诘问点断,意味深长,余味无穷。

一

唐代及后世以马嵬为聚集点,咏叹安史之乱和贵妃之死的诗词曲赋俯拾皆是。相关历史背景和事件详情可参考白居易的《长恨歌》和陈鸿的《长恨歌传》。李商隐的这两首咏史诗在思想和艺术上独辟蹊径,大异其趣。

安史之乱使歌舞升平的唐王朝迅速陷入空前的恐慌混乱,在唐明皇仓皇逃难的路上,六军威逼他下令缢死杨玉环。几年后,他自己也抑郁而死,因此说他是"自埋红粉自成灰"。杨贵妃冠世绝色,明皇认为她能"倾国倾城",以至放心地"春宵苦短日高起,从此君王不早朝"。倘若果真如此,危难时只要让杨玉环抛个媚眼,不就能让安禄山"倾马倾人"了吗?还用得着仓皇逃命,跑到马嵬坡让一柔弱的女人付出生命的代价吗?这真是入木三分的嘲讽!

二

第一首带有序言性质,第二首才进入主题。

"宛转蛾眉马前死"的马嵬坡事件,把一场历史巨变的责任推给一个可怜无助的女人,她成了地地道道的替罪羊。参与这场谋杀的凶手——唐玄宗,难辞其咎,虽然他是不情愿的。"三千宠爱在一身"的爱妃死后,他的伤痛是真实的,因此才会请道士"上穷碧落下黄泉",寻求贵妃的亡灵。方士编造了杨玉环已在海外某一仙境的谎言。这样的传闻终归虚无缥缈,因此说是"徒闻"而已。可是当他听方士说,贵妃还记着他们在七夕夜半"愿世世为夫妇"的誓言,十分震惊,但这又有什么用呢?"他生"之事毕竟渺茫"未卜","此生"的关系却已分明永远结束了。

颔联和颈联是倒叙,是回过头来描述逃难途中的情景:昔日在皇宫中,有"鸡人报晓",如今只能听到军营中打更的刁斗声。这"刁斗声"表面上是在保护皇帝皇妃的安全,实际上却是在酝酿兵变。"六军同驻马"已经隐隐然透出不祥之兆,与"七夕笑牵牛"形成鲜明对照。没有当年的狂妄,哪能有今天的大难?

所有这一切精心的构思和描述,目的全在于尾联的诘问:一个高居至尊宝座几近"四纪"的天子,为什么都不能像一个平民百姓那样,保全自己的妻子?这是对唐明皇的责问,也是对后世居高位者的警示。所以说,这首诗的内涵决非仅仅是嘲讽唐玄宗那么简单,它包含着更深广的意蕴和旨趣。

【名家点评】

　　五六句非但驻马牵牛,以本事而成巧对,而用逆挽句法。颈联能用此法,最为活泼。温飞卿《咏苏武庙》诗:"回日楼台非甲帐,去时冠剑是丁年。"亦逆挽法也。开句言御宇多年之主,而掩面不能救一爱妃;莫愁虽民间夫妇,而蓬门相守,犹胜天家。为杨妃惜,亦以讥玄宗也。

　　　　　　　　　　　　——俞陛云《诗境浅说》

春宵自遣

地胜遗尘事[1],身闲念岁华[2]。

晚晴风过竹,深夜月当花。

石乱知泉咽,苔荒任径斜。

陶然恃琴酒,忘却在山家。

---

[1]遗尘事:遗忘世俗之事。

[2]岁华:年华,亦指美好景物。

【背景】

唐武宗会昌二年(842年),商隐母丧,他回乡守孝,闲居永乐(今山西芮城)四年之久,这期间写下多篇诗作借景遣怀。这是其中之一。

【赏析】

这首五律写景抒怀,浅显易懂。简言之,诗人说,环境优美,能使人忘却凡尘俗事;身心悠闲,便会感念四季良辰美景。清风远来,最先感受到的是青青翠竹;深夜时分,朗月当空,与春花交相辉映。山泉在乱石中回旋,声音幽咽;曲径人少,苔藓自然荒凉。陶然自乐,唯琴酒可赖,浑然忘却山居有日矣。

请注意"当""知""任"等字的运用,自然生动,情态极妙。

诗题"自遣"及字里行间流露出的情调,说明诗人并非心甘情愿置

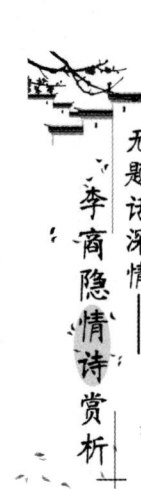

身红尘之外。

【名家点评】

　　写山家风景,处处不脱春宵,其用字之妙,殆千锤百炼而出,如"当"字、"知"字、"任"字均耐人寻味。

——王文濡《唐诗评注读本》

春日寄怀

世间荣落重逡巡[1],

我独丘园坐四春[2]。

纵使有花兼有月,

可堪无酒又无人。

青袍似草年年定[3],

白发如丝日日新。

欲逐风波千万里,

未知何路到龙津[4]?

---

[1] 重:非常、很。逡巡:这里是迅速的意思。

[2] 坐:行将。四春:四年。会昌二年(842年),母卒,服丧闲居,到五年春将满四年。

[3] 青袍:唐八九品官穿青袍。作者居丧前任职秘书省,系正九品。"年年定":意谓居丧在家,原职如旧,没有变化。

[4] 龙津:即龙门,在今山西省河津市西北。《三秦记》:"河津,一名龙门,水险不通,龟鱼之属莫能上……上则为龙。"

【背景】

唐文宗开成四年(839年),即新婚次年,商隐应吏部试,授秘书省校书郎(九品),旋受牛党排挤,外调弘农尉,又触怒上司,自请去职。武宗会昌二年(842年),丁忧居永乐四年。次年,岳夫王茂元卒。会昌五年(845年)秋返京前作此诗。时年33岁。

【赏析】

　　首联言世间盛衰荣落变化迅捷,我今隐于丘园行将四年,仕途仍渺茫无期。颔联言家园虽不乏花晨月夕,然无酒消愁,更无知己相慰。"青袍"仍旧,"白发"日添。一"定"一"新",叹喟无端。最后以诘问收束,既感"风波"难平,便问路在何方。期待与疑虑兼而有之。

　　全诗以对比法成章,一唱三叹,不多用典而音节嘹亮,吟咏颇感荡气回肠。

【名家点评】

　　无人,言无知己也。噫!青袍未换,白发屡生,欲逐风波而上龙门,未知何日可到。久落未荣,宁不重吾愁哉!

——[明]廖文炳《唐诗鼓吹笺注》

寄令狐郎中

嵩云秦树久离居,

双鲤迢迢一纸书。

休问梁园旧宾客[1],

茂陵秋雨病相如[2]。

---

[1]梁园:汉景帝时梁孝王所建宫苑,称东苑、菟园,后人称为梁园。故址在今开封市东南。梁王与枚乘、相如游乐其上。

[2]茂陵:在今陕西省兴平市,以汉武帝陵而得名。

【背景】

会昌五年(845年)秋,商隐病居洛阳,令狐绹写信问候,商隐写诗作答。令狐时任右司郎中。

【赏析】

首句嵩、秦指彼此所在之洛阳和长安。"嵩云秦树"化用杜甫《春日忆李白》之"渭北春天树,江东日暮云"。云与树有以景唤起相互思念的作用。

次句言令狐绹从远方寄书问候自己。正当自己闲居多病、秋雨寂寥之际,故人寄书殷勤问候,倍感温暖。"迢迢""一纸"显出对方情意深长和自己接读来书时油然而生的感激之情。

结末两句笔锋一转,写自己的境况,对来书作答。据《史记》载,司马相如曾为梁孝王宾客,这里"梁园"借指令狐楚幕府。作者从公元829年(大和三年)到837年(开成二年),曾三居令狐楚幕府,得其知遇之恩。作者与绹"幼同学,长同游",故以"梁园旧宾客"自比。相如晚年家居茂陵;商隐因母丧在家闲居,故以相如自况。回忆与令狐父子往日深厚的情谊,想到自己目前抱病清秋,深感有愧故人,平添无限感慨。尾联以"休问"领起,已含一言难尽之悲怆。末句貌似客观描述,实则无穷悲凉尽在言外。

在商隐的一生中,不同时期都有诗寄赠令狐绹,因形势不同,内容也各别,或陈情告哀,或恭维高升,或希求援引。如《梦令狐学士》赞其"凤诏裁成当直归",《令狐八拾遗见招送裴十四归华州》坦陈自己的求仕之情:"嗟予久抱临邛渴,便欲因君问钓矶",等等。会昌年间,他们的关系比较正常,盖因党争情势发生了变化,牛党失势,李党执政,令狐与商隐的矛盾也有所缓和。《赠子直花下》与本篇均为其关系变化的反映。

【名家点评】

义山与令狐相知久。退闲以后,得来书而却寄以诗,不作乞怜语,亦不涉觖望语,鬓丝病榻,犹回首前尘,得诗人温柔悲悱之旨。

——俞陛云《诗境浅说续编》

钧天

上帝钧天会众灵[1],
昔人因梦到青冥[2]。
伶伦吹裂孤生竹[3],
却为知音不得听。

---

[1] 钧天:语本《吕氏春秋》:"天有九野……中央曰钧天。"

[2] "昔人"句:典出《史记》,大意是说,赵简子梦见与百神游于天帝之所,醒后对人说他观舞听乐,感动人心,难以详言。

[3] 伶伦:传说中取嶰溪之怪竹,为黄帝制作音律的音乐家。其音可为凤凰之鸣。

【背景】

宣宗大中二年(848年),令狐绹自湖州刺史内召,拜考功员外郎,旋知制诰,充翰林学士。此所谓"因梦到青冥"也。

【赏析】

首二句说,当年赵简子做梦到了天庭,见到天帝召集众多神灵聚会,而且演奏了美妙的音乐。三四句是说,人间的音乐家伶伦虽然是音律的创始人,可是他纵然把唯一的那枝竹笛"吹裂"了,也不会有人理解他,欣赏他。令人悲痛欲绝之事,还有甚于此乎?

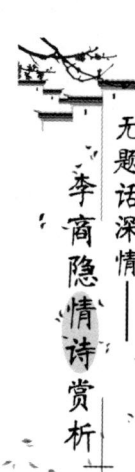

　　这首诗的寓意非常明显,"昔人"是指令狐绹,"伶伦"是指自己。作者用第一个典故比喻像令狐绹这样的庸才,平步青云,一年数迁,骤然直达九天中央;而才智特异有如伶伦的自己,因遭庸愚之辈的妒忌,不得参与朝政,沉沦下僚。世道之不公,造化之弄人,有愈此乎?诗人的悲愤力透纸背,大有欲哭无泪之感。

　　查商隐诗集,直接题名写给令狐绹的诗共有7首,以令狐之字"子直"题名的有2首,而像此诗这样虽然没有明言,其实寄寓令狐的诗作就更多了。可以说,这位令狐公仿佛幽灵一样跟随商隐一生,像阴影一样笼罩了他的一生,使他纠结、痛苦了一生。这真是一场让人欲说还休的灾难。

【名家点评】

　　愤语却无痕迹,由于笔妙故也。此种诗境,义山独创。

——张采田《李义山诗辨正》

汉宫词

青雀西飞竟未回[1],

君王长在集灵台[2]。

侍臣最有相如渴,

不赐金茎露一杯[3]。

---

[1]"青雀"句:典出《汉武故事》,略言汉武帝斋祀承华殿,有青鸟从西来。有顷王母至。及去,答应武帝三年后复至,后竟不来。青雀即青鸟,王母使者。

[2]集灵台:汉祈仙祭祀之台。唐武宗亦于华清宫长生殿侧之集灵台祈仙。

[3]金茎:汉武帝曾于建章宫立铜人承露盘。传说服云中露和玉屑,可成仙。

【背景】

唐武宗朝,商隐丁忧闲居。会昌五年(845年),武宗敕造望仙台于南郊。商隐闻而作此诗,借汉武帝的故事讽喻之。

【赏析】

此诗表面上讲的是汉武帝的故事,实际上寄寓着对时弊的强烈针砭。

诗巧妙地将神话与史实编织在一起,尖锐讽刺汉武帝的迷信与昏庸,暗含对唐武宗服丹求仙的讽喻。

首二句以嘲弄的口吻说,西王母那样的仙人,答应了的事没有做到,作为九五至尊的汉武帝却还守在集灵台苦心期盼。

末二句诗人进一步讽刺汉武帝一心求仙,无意求贤的荒唐行为。侍臣司马相如有消渴病(即糖尿病),汉武帝居然舍不得"恩赐"一杯止渴救命的露水。商隐常以相如自况。全诗讽刺了人君的"不问苍生问鬼神"。前后鲜明的对照,暴露了人君好神仙甚于爱人才的偏激愚妄。这首诗的讽刺是多么辛辣而尖锐呀!

如果说诗人对汉武帝的讽刺直接而尖锐,那么对唐武宗则比较隐晦含蓄。这首诗也寄寓了对唐武宗好仙轻才的不满。

【名家点评】

笔笔转折,警动非常,而出之深婉。后二句言果医得消渴病愈,犹有可以长生之望,何不赐一杯以试之也。折中有折,笔意绝佳。

——[清]纪晓岚《玉溪生诗说》

北齐二首

一

一笑相倾国便亡[1],
何劳荆棘始堪伤[2]。
小怜玉体横陈夜,
已报周师入晋阳。

二

巧笑知堪敌万机,
倾城最在著戎衣。
晋阳已陷休回顾,
更请君王猎一围。

---

[1]"一笑"句:见《华清宫》赏析。
[2]"何劳"句:西晋时索靖有先见之明,他预见天下将乱,指着洛阳宫门的铜驼叹道:"会见汝在荆棘中耳!"见《晋书·索靖传》。

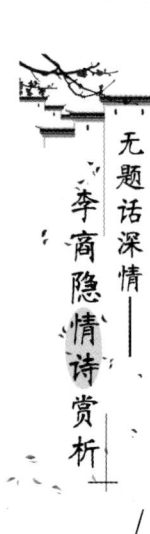

【赏析】

赏识义山诗歌的人,都感觉到他有着很强的艺术创新意识。他不仅拓展了无题抒情诗的空间,而且在咏史诗方面另辟蹊径,别有洞天。

一

两晋南北朝到了北齐后期,齐后主高纬极其荒淫暴戾,他宠幸皇后的侍婢冯小怜,封她为淑妃,与她行坐不离,恣乐无度;又大起宫殿,昼夜作业,一夕燃油万盆。后主好自弹琵琶,可是他弹的琵琶是用被杀的宫妃的肢骨和人皮制作的。他弹奏的曲目名为《无愁之曲》,因而民间称他为"无愁天子"。《北齐书》载:周建德五年(齐隆化元年,公元576年),周师大军直逼晋阳(今太原市),高纬这时正和淑妃围猎取乐。晋州(今临汾市)告急,帝将返,冯小怜请再"猎一围"。高纬在自身即将成为猎物的情势下,仍不忘追欢逐乐。北周武帝攻破晋阳,军民纷纷投降。高纬携小怜仓皇出逃,被俘,北齐遂灭。

两首咏史诗写的就是这段史实,在艺术表现手法上的特点是:议论与意象紧密结合,观点由意象自然引出。

第一首由两个典故引发议论,用典不见痕迹,议论极具震撼力。褒姒嫣然一笑,西周近八百年江山便轰然倒塌,何必要等到田园荒芜、荆棘载途才去悲伤呢?后两句把宫闱中妖美淫荡、云雨情浓和前方战场上金戈铁马、刀剑齐鸣的画面放在一起,使幽王因博一笑亡国和齐后主因荒淫失政亡国产生一种本质性的内在联系。这种以个别见一般的思维方式,使形象思维达到了哲理思维的高度。

二

如果说第一首诗写得辛辣,第二首诗则几近"黑色幽默"。在昏君眼里,美人的嫣然巧笑抵得上国君的日理万机;倾国倾城的绝代佳丽还没有达到美的极致,美的极致是"著戎衣"。高纬这种"不爱红装爱武装"的心理和他用人皮做琵琶等乖戾行为,说明他是一个典型的心理变态狂。高纬与淑妃死到临头仍在颠倒迷乱的梦中不愿醒来,还想"著戎衣"而再"猎一围"。诗人真是把这一对荒唐到无法无天的昏君和淫妃嘲讽到家了。

【名家点评】

  名都已失,戎马生郊,而犹羽猎戎装,掷金瓯而不顾。后二句神采飞扬,千载下诵之,声口宛然,词人妙笔也。

——俞陛云《诗境浅说续编》

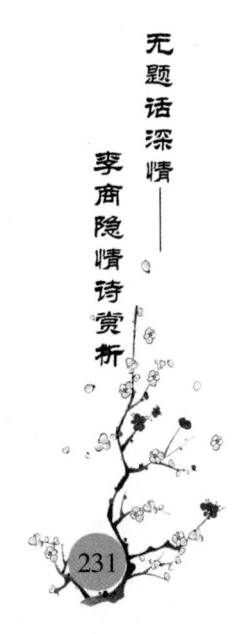

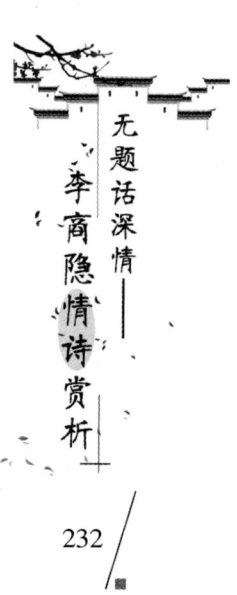

华山题王母祠[1]

莲华峰下锁雕梁[2],

此去瑶池地共长[3]。

好为麻姑到东海[4],

劝栽黄竹莫栽桑[5]。

---

[1]华山:据《华山记》云:"山巅有池,生千叶莲花,服之羽化,因名华山。"

[2]莲华峰:华山峰名,下有西王母祠。

[3]共:这里是极其的意思。

[4]好为:叮嘱之辞。《神仙传》:"麻姑自说云:接侍以来,已见东海三为桑田。向到蓬莱,水又浅于往者会时略半也,岂将复还为陵陆乎?"

[5]黄竹:《穆天子传》:"天子西征至于玄池……乃树之竹,是曰竹林。"又谓穆天子曾作《黄竹之歌》。此取其字面,以与"桑"对举。

【背景】

由诗意可知,作者以西王母为题材的两首七绝皆作于唐武宗服"仙丹"暴死后,即会昌六年(846年)。是年,商隐回洛阳定居。

【赏析】

首二句谓瑶池万里,祠庙寂寞,雕梁画栋空锁于华山峰下;末二句说神仙也未必能长久,终归一死。王母若至东海见到麻姑,最好是劝她多种黄竹而不要栽桑。竹四时长青,桑田则一瞬变为沧海。或曰,《黄竹之歌》本为穆王哀生民寒冻之作,栽黄竹可引起哀悯苍生之念。总之,诗的主题是神仙不可求,长生不死纯属妄想,作为帝王,应多关注民生温饱。

这首诗并非无由而作,与商隐同时写的另一首《华岳下题西王母庙》合观,就知道这是讽刺唐武宗李炎既恋美色又求长生而作。诗曰:

神仙有分岂关情?八马虚随落日行。
莫恨名姬中夜没,君王犹自不长生。

史载:"武宗……每畋苑中,才人必从,袍而骑,佼服光侈,观者莫知孰为帝也。帝惑方士说,欲饵药长生,后寝不豫……才人审帝已崩,即自经幄下。"

所以这首七绝说,情缘仙缘,均归虚无。然帝王之好神仙,其实是妄图永远享受美色。诗人兼二者,警讽之。

【名家点评】

唐人咏神仙诗,每含警讽,义山此诗亦然。以王母之神奇,何虑沧桑变易,诗乃言莫栽桑树,瞬成沧海,贻笑麻姑,不若歌成黄竹,万年之乐未央,殆有讽意也。其"瑶池阿母"一首,意亦相似。

——俞陛云《诗境浅说》

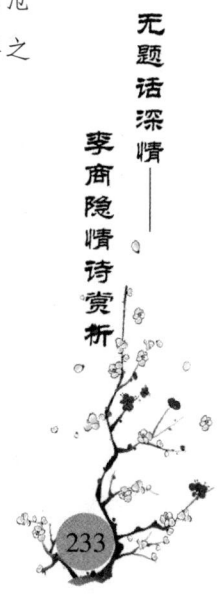

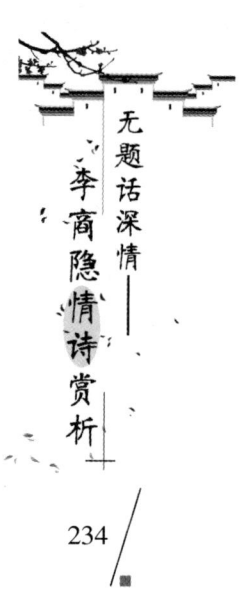

瑶池

瑶池阿母绮窗开[1],
黄竹歌声动地哀[2]。
八骏日行三万里[3],
穆王何事不重来?

---

[1]瑶池阿母:据《穆天子传》云:周穆王西游至昆仑山,遇西王母。西王母于瑶池设宴招待周穆王。临别,西王母作歌:"白云在天,山陵自出。道里悠远,山川间之。将子毋死,尚能复来。"穆王答曰:"比及三年,将复而野。"

[2]黄竹歌声:《穆天子传》云,穆王见"日中大寒,北风雨雪,有冻人。天子作诗三章以哀民",其一为"我徂黄竹"云云,后人以"黄竹"喻对死者的哀悼。

[3]八骏:传说穆王有八匹骏马,可日行三万里。

【赏析】

《瑶池》是一首构想奇异、脍炙人口的游仙诗。此诗与上述题咏王母祠之作约写于同一时期,且意旨亦相近。

周穆王并不是神话人物,而是真实的历史人物。他是周昭王之子,姓姬名满。周穆王经常外出巡游,足迹遍及大江南北。关于他的生平事迹,西晋年间出土的"汲冢本"《穆天子传》记载最为详备。文本皆为甲骨文,后世作伪的可能性不大。

全诗围绕穆王承诺"重来"这一情节展开。千百年过去了,穆王一去不返。于是,诗人想象:西王母大概会不时推开彩饰的绮窗,眺望东方,等待着穆王吧?可是她听到的是穆王所做的悼亡之歌,哀声遍野,明白穆王已死,她想:穆王,你不是有"日行三万里"的八匹骏马吗?是什么事把你绊住了,为什么不驰马前来一聚呢?

诗人不作任何议论,全以西王母眼中之所见、心中之所想构思,立意奇巧,韵味无穷。

【名家点评】

语圆意足,信手拈来,无非妙趣。

——[清]方南堂《辍锻录》

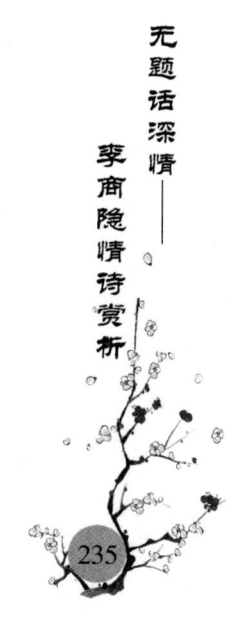

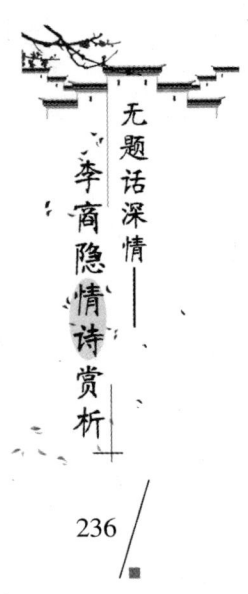

梦泽[1]

梦泽悲风动白茅[2],

楚王葬尽满城娇。

未知歌舞能多少?

虚减宫厨为细腰。

---

[1]梦泽:楚地有云梦二泽,云泽在江北,梦泽在江南,即今洞庭湖一带。

[2]白茅:古时供祭祀用。又,白茅亦象征女性。典出《诗·召南·野有死麕》:"白茅纯束,有女如玉。"

【背景】

唐宣宗大中二年(848年)秋,商隐由桂林北返长安,途经梦泽,作此诗。

【赏析】

诗人一改诗风,落笔即写梦泽秋景:湖水苍茫,白茅连天,一派悲凉肃杀的气氛,于是在脑海里浮现出楚宫多细腰的故事来。

楚灵王好细腰,先秦两汉典籍中多有记载,如《韩非子·二柄》:"楚灵王好细腰,而国中多饿人。"《后汉书·马廖传》:"传曰楚王好细腰,宫中多饿死。"由"多饿死"变成"葬尽满城娇",突出了楚王这一癖好为祸之烈。这悲风阵阵,白茅萧萧,让人不由得想起当日为细腰而断送青春与生命的宫中佳丽们。信仰佛教的李商隐是相信灵魂不灭的,眼前的景象似乎让他感受到了那些亡灵的存在。第三句痛斥楚王为满足自己的色欲,恨不得使天下的年轻女子都成为轻歌曼舞的"细腰",为此大减宫厨,不知害死多少人。这些少女活着的时候,为博得君王青睐和宠幸,争当"细腰",但她们死后的冤魂岂能甘心?这就与前面的萧萧"悲风"相互呼应,取得了完美的艺术效果。

【名家点赞】

　　诗人用笔之重点则不在"好细腰"者,而在为"细腰"而减宫厨者。而于后者,又非仅讽其迎合邀宠,乃讽其身陷悲剧而不自知,为人戕害而不自知,自我戕害而不自知。故讽刺中有同情,然非一般地同情其处境与命运而系同情其作为悲剧人物所不应有之无知、愚蠢与麻木。

　　　　　　　　——刘学锴 余恕诚《李商隐诗歌集解》

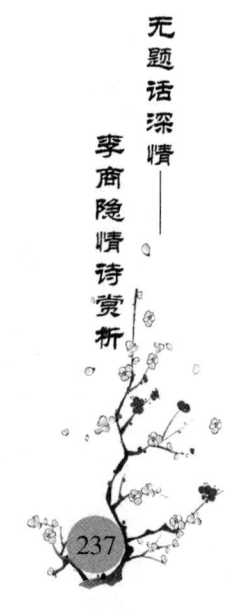

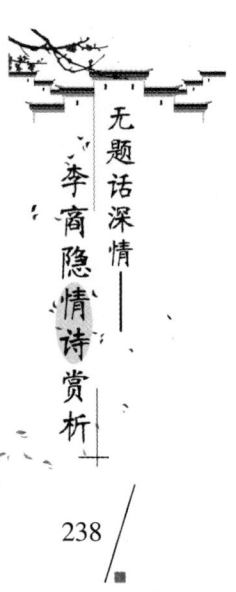

送崔珏往西川[1]

年少因何有旅愁？

欲为东下更西游。

一条雪浪吼巫峡，

千里火云烧益州[2]。

卜肆至今多寂寞[3]，

酒垆从古擅风流[4]。

浣花笺纸桃花色[5]，

好好题诗咏玉钩[6]。

---

[1]崔珏：商隐好友，字梦之，大中八年（854年）进士，官至侍御。西川：即成都，为西川节度使府所在地。

[2]火云：夏日之云。益州：泛指今成都地区。

[3]卜肆：占卜卦摊。

[4]"酒垆"句：指司马相如于临邛开酒肆，令文君当垆，自着短裤事。见《史记·司马相如列传》。

[5]"浣花"句：据《太平寰宇记》载："浣花溪在成都西郭外……薛涛家其旁，以（百花）潭水造纸为十色笺。"

[6]玉钩：《汉武故事》云：钩弋夫人手拳曲，武帝开之，得一玉钩，手得以展。后人制玉钩效之。这里指宴饮时的藏钩游戏，即"隔座送

钩春酒暖"之钩也。

【背景】

宣宗大中元年（847年），郑亚调桂管观察使，商隐随郑赴桂林。诗作于途经江陵时。

【赏析】

开篇写年少快意之游，本不应有旅愁，而崔竟有愁，故问"因何有旅愁"。

次句自问自答：谓崔此行身不由己，虽欲东下，却不得不西游。行非所愿，故有旅愁。以下六句均就其所经之地景物之奇丽，民风之淳朴宽慰之，然后深情地嘱咐他：那里既有文君当垆之遗址，又有薛涛的桃花笺，理应好好吟风弄月，诗酒潇洒。

这首诗将桃红酒香隐于似露不露之间，写来游刃有余而情谊饱满。

商隐去世不久，崔珏写诗《哭李商隐》云：

> 成纪星郎字义山，适归高壤抱长叹。
> 词林枝叶三春尽，学海波澜一夜干。
> 风雨已吹灯烛灭，姓名长在齿牙寒。
> 只应物外攀琪树，便着霓裳上绛坛。
>
> 虚负凌云万丈才，一生襟抱未曾开。
> 鸟啼花落人何在，竹死桐枯凤不来。
> 良马足因无主踠，旧交心为绝弦哀。
> 九泉莫叹三光隔，又送文星入夜台。

可见，商隐在他心目中地位之崇高。

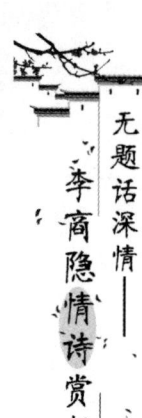

【名家点评】

　　昌黎云:"穷愁之言易工,欢愉之词难好。"惟义山写欢愉处亦能异样出色。巫峡一联,不过写景,着"吼"字"烧"字,便不平庸,然又极稳妥。

　　　　　　　　　——[清]陆昆曾《李义山诗解》

晚晴

深居俯夹城[1],春去夏犹清。
天意怜幽草,人间重晚晴。
并添高阁迥,微注小窗明。
越鸟巢干后,归飞体更轻。

---

[1]夹城:在桂林,距伏波山不远。

【背景】

诗作于大中元年(847年)。是时,商隐在桂林郑亚幕府。

【赏析】

　　商隐自从离开京城长安党争的漩涡,在桂州刺史郑亚府中当幕僚后,精神上得到解脱,因此诗中所流露的情感是欢快而又轻松的。

　　首联说自己居处幽僻,俯临夹城,初夏凭高览眺,晚晴景象令人心旷神怡。初夏雨后转晴,傍晚云开日霁,山水万物,明丽可人。诗人在这绚丽多姿的万象中,独取生长在幽静之处的小草,由小草的沐余晖、沾雨露而生"天意怜幽草"之感动,进而引出"人间重晚晴"的感慨。"重晚晴"寓含着分外珍惜美好而短暂的事物之情。此联历来为人赞赏,妙在触景生情,脱口而出,浑融无迹。

　　颈联对晚景的描绘,欣喜之情跃然纸上。"并添"楼高望远("并"

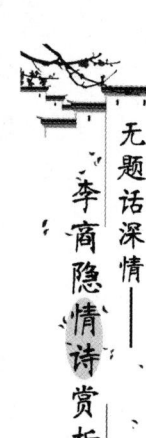

是更的意思)、"微注"小窗明丽,把"重晚晴"具体化了。

尾联写飞鸟归巢,体态轻盈,更见欢欣。"体轻"切"晴","归飞"切"晚"。如果说"幽草"是诗人借物自喻,那么"越鸟"则暗含着准备奋飞的冲动。

这首五律既富诗情,又富哲理,寄兴于有意无意之间,确为上乘之作,与"采菊东篱下,悠然见南山"同为可遇不可求之境。

【名家点评】

玉溪咏物,妙能体贴,时有佳句,在可解不可解之间。

——[清]李因培《唐诗观澜集》

过楚宫[1]

巫峡迢迢近楚宫,
至今云雨暗丹枫。
微生尽恋人间乐[2],
只有襄王忆梦中。

[1]楚宫:在巫山县北阳台古城中,系楚襄王所游之地。
[2]微生:细小的生命,卑微的人生。

【背景】

诗作于大中二年(848年)秋。商隐自夔州(重庆奉节)顺江东下,过巫峡,有感于襄王梦遇神女事而作。

【赏析】

久已湮灭的楚宫遗址,云雨笼罩丹枫的迷离景象,为襄王之梦营造了气氛。这位至情帝王的追求至今为人们津津乐道,可又有谁是他的知音,明白他的灵魂在寂寞中燃烧,在梦幻中求索呢?

诗人借襄王自况,说"微生尽恋人间乐,只有襄王忆梦中",指出芸芸众生只满足于世俗之乐,而他所向往的是超远高洁的境界,虽然世无知音,但他始终珍惜自己那份美好的理想,且一生不懈追求,幻灭了,就再追求……即便这份理想终归幻灭,也无怨无悔。"神女生涯原是梦""顾我有怀同大梦""一春梦雨常飘瓦"是商隐对人生追求与幻灭的深切体验。所以,这里人间之乐与阳台之梦,代表的是现实与理想两种不同的境界。

【名家点评】

　　唐人有咏襄王诗云:"楚峡云深宋玉愁,月明溪静隐银钩。襄王定是思前梦,又抱霞衾上翠楼。"此与诗第四句合观之,若仅言襄王之幻境留连,乐而忘返。然合此诗三、四句观之,则人生万象当前,刹那间皆成泡影,有何乐之可恋?而世人不悟,不若迷离一枕,与世相遗。作者其有出世之想,借"襄王"为喻也。

——俞陛云《诗境浅说》

杜司勋[1]

高楼风雨感斯文,

短翼差池不及群。

刻意伤春复伤别[2],

人间唯有杜司勋。

---

[1]杜司勋:指杜牧。牧之是大和二年(828年)进士,累官膳部、比部员外郎,历黄、池、睦、湖等州刺史。

[2]"刻意"句:杜有《赠别》诗:"多情却似总无情,唯觉樽前笑不成。蜡烛有心还惜别,替人垂泪到天明。"商隐指此类诗作。

【背景】

大中三年(849年)初,杜牧赴京任司勋员外郎。商隐读其诗酬唱。是时,商隐为京兆掾曹。

【赏析】

我们都知道大李杜是莫逆之交,杜甫的《梦李白》脍炙人口,耳熟能详;但对小李杜的相识相知,不甚了然。读此诗,我们自然会为他们诚挚的友情而感动。

诗写高楼风雨之时展读杜牧诗文,深感知己会心,于其伤春伤别之作中,诗人产生了仕途偃蹇、身世蹉跎之共鸣。

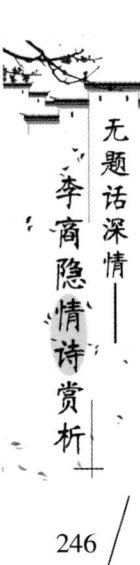

"高楼风雨"暗示时局之飘摇。杜诗之"伤春",实为忧国。商隐在《曲江》一诗中曰:"天荒地变心虽折,若比伤春意未多。"可见,他与杜心有灵犀。"短翼差池不及群"是自慨之词,他在《偶成转韵七十二句赠四同舍》长诗中云:"归来寂寞灵台下,著破蓝衫出无马。天官补吏府中趋,玉骨瘦来无一把。"将当时的境况描写得十分形象。

结尾是对杜牧诗文之赞美,也是总评。清程梦星云:

> 义山于牧之凡两为诗,其倾倒于小杜者至矣。然"杜牧司勋字牧之"律诗,专美牧之也;此则借牧之以慨己也。盖以牧之之文词,三历郡而后内迁,已可感矣,然较于己短翼雌伏者,不犹愈耶!此等伤心,唯杜经历,差池铩羽,不及群飞,良可叹也。

这里所说的写杜牧的另一首诗——《赠司勋杜十三员外》,可与此诗参阅。

> 杜牧司勋字牧之,清秋一首杜秋诗。
> 前身应是梁江总,名总还曾字总持。
> 心铁已从干镆利,鬓丝休叹雪霜垂。
> 汉江远吊西江水,羊祜韦丹尽有碑。

这一首是杜牧自伤不遇,牢骚满腹,商隐于是赠诗劝勉。他不单视牧之为诗人,还将其视为将相之才。此诗语重心长,情深意切。商隐不以一己之穷通而愤愤不平,反而以幽默亲切的口吻,劝勉朋友不必英雄气短。商隐之胸襟气度于此可见。

【名家点评】

> 天下唯有至性人,方解伤春伤别。茫茫四海,除杜郎外,真是不晓得伤春,不晓得伤别也。……前借《杜秋》一诗,而以江总比之;后因诏

撰《韦碑》,而以杜预比之。前从名字上比拟,后从姓上比拟,诗格绝奇。总见运命虽不酬,而文章必传世。义山倾倒于杜,至矣!

——[清]姚培谦《李义山诗集笺注》

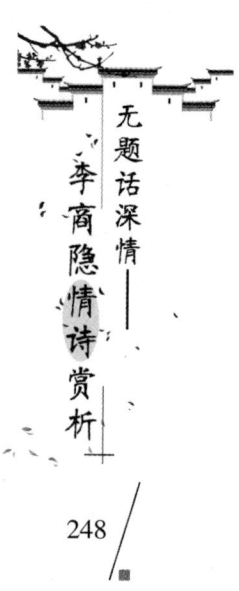

九 日

曾共山翁把酒时[1],
霜天白菊绕阶墀[2]。
十年泉下无消息[3],
九日樽前有所思。
不学汉臣栽苜蓿[4],
空教楚客咏江蓠[5]。
郎君官贵施行马[6],
东阁无因再得窥[7]。

---

[1]山翁:指晋山简,人称山公或山翁,性嗜酒,曾镇守襄阳。此借指令狐楚。

[2]"霜天"句:令狐楚最爱白菊,曾作诗咏之,杨巨源、刘禹锡均有和作传世。

[3]"十年"句:令狐楚卒于开成二年(837年),至作者写诗时首尾12年。此举成数。

[4]汉臣栽苜蓿:典出《汉书》,略言西域汗血马嗜苜蓿,引进马时,遣使采归移植离宫。此喻爱屋及乌,招揽人才。

[5]"空教"句:语本屈原《离骚》:"览椒兰其若兹兮,又况揭车与江蓠。"此以屈原自喻。江蓠:即蘼芜。

[6] 郎君：指令狐绹。《唐摭言》："义山师事令狐文公（楚），呼小赵公（绹）为郎君。"行马：官署或贵官府邸前设置的拦阻人马通行的木架。

[7] 东阁：汉公孙弘为丞相，开东阁以延贤士，《汉书》本传注云："阁者，小门也。东向开之，避当庭门而引宾客，以别于掾史官属也。"

【背景】

诗作于大中二年（848年）重阳节。是年，令狐绹入相，商隐在自桂管赴巴蜀途中，听到这一消息，于重阳节写此诗（或云作于次年重阳）忆旧。

【赏析】

诗人首先回述十年前重阳佳节这一天，曾经与令狐公把酒赏菊之往事。当时令狐楚兴高采烈，绕阶观花，"霜天白菊"，其乐融融。可叹光阴似箭，一晃十年，斯人作古，阴阳相隔。今又重阳，抚今思昔，真让人感慨万端。曰"有所思"，既是缅怀令狐楚的厚遇之恩，也是感念昔日之栽培深情。念及此，诗人自然对眼下面临的现实状况充满忧虑。

颈联毫不隐讳地表达了对令狐绹的诸般怨怼之情。这几年，令狐绹风生水起，步步高升，成了宣宗倚重的股肱之臣。但他一向以朋党为标尺待人，对商隐成见颇深，对其多次陈情，不予理会。所以，商隐觉得他"不学汉臣栽苜蓿"——不效法前人为得到宝马而引进其嗜食的苜蓿那样招贤纳才，唯善是从，反而让故人行吟泽畔，羁旅江湖。

尾联是商隐对未来的悲观想象。他知道，这是一个崇尚权贵的时代，无论何人，一旦攀龙附凤，地位显赫，就会像防贼防盗似的，在门外架设木栏，不让人马通行。像令狐绹这类狭隘妒恨的人，势必更甚。因此，他知道"东阁无因再得窥"——从今而后，再不会像令狐楚在世时那样，出现敞开门庭，广纳贤良的局面了。

就诗而言，尾联与首联相互呼应，如环相扣，浑融无间。所以，这

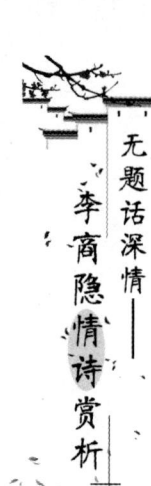

首七律无论内容还是形式,都属上乘之作。

【名家点评】

　　首联触物思人,已成隔世。颔联一开一阖,总说伤心。"不学"既未曾施恩,"空教"但责其思慕。"郎君官贵施行马",既先拒我,"东阁无因再得窥",我岂无情?通篇如诉如泣,妙不可言。

——[清]张谦宜《茧斋诗谈》

韩冬郎即席为诗相送,一座尽惊。他日余方追吟"连宵侍坐徘徊久"之句,有老成之风,因成二绝寄酬,兼呈畏之员外[1]

十岁裁诗走马成[2],
冷灰残烛动离情[3]。
桐花万里丹山路[4],
雏凤清于老凤声。

---

[1]诗题:此题甚长,共45字,诗人用此长题说明作诗的缘由,这在其七绝中极为罕见。

韩冬郎:即韩偓,晚唐诗人,著有《香奁集》。畏之系韩瞻字,亦王茂元女婿。

[2]"十岁"句:大中五年(851年),韩偓十岁。裁诗:作诗。走马成:言其文思敏捷,走马之间即可成章。

[3]冷灰残烛:形容当时宴席上的情景。

[4]桐花:传说凤凰非梧桐不宿。丹山:传说为凤凰产地。

【背景】

大中六年(852年)春,商隐入东川节度使柳仲郢幕府后,追忆上年临行前与连襟韩瞻饯别,其子韩偓(小名冬郎)年方10岁,即席赋诗,一座皆惊。后重诵韩偓诗,商隐写七绝两首寄答,这是其中的第一首。

【赏析】

开篇两句追述大中五年赴梓时冬郎即席赋诗饯别的情景,接着转入评赞。"十岁裁诗走马成"与《留赠畏之》(见后)的"郎君下笔惊鹦鹉"同为赞美冬郎。诗人将冬郎父子比作凤,以"雏凤清于老凤声"把抽象的赞赏转化为具体的形象:遥远的丹山道上,美丽的桐花满山遍野,花丛中不时传来雏凤清脆圆润的鸣声,附和着老凤苍凉的呼叫,显得格外动听。诗人妙笔生花,小诗人峥嵘峻拔的形象跃然纸上。

"雏凤清于老凤声"现在已成为人们常用的名句。究其因,在于商隐善于将实情转化为鲜明生动的虚拟情境。一首平常的应酬之作,诗人"化腐朽为神奇",使其成为传诵不衰的名篇。这是出于诗人对晚辈的真情赞赏,也与诗人高超的艺术功力密不可分。

【名家点评】

妙绝! 夫以十岁小儿,一语入,辄倾倒如此,义山于交游及故人子弟,情笃乃尔。

——[清]姜炳璋《选玉溪生诗补说》

留赠畏之

一

清时无事奏明光[1],
不遣当关报早霜[2]。
中禁词臣寻引领[3],
左川归客自回肠[4]。
郎君下笔惊鹦鹉[5],
侍女吹笙弄凤凰[6]。
空寄大罗天上事,
众仙同日咏霓裳[7]。

二

待得郎来月已低,
寒暄不道醉如泥。
五更又欲向何处?
骑马出门乌夜啼。

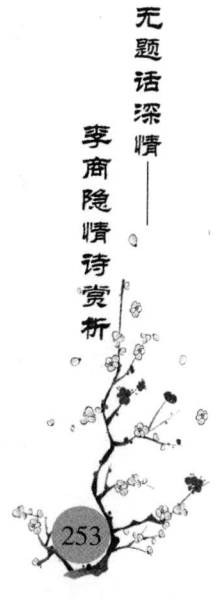

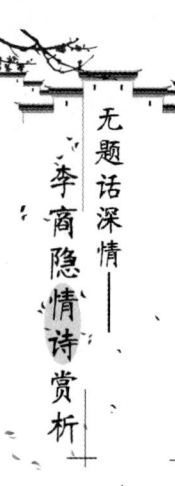

三

户外重阴黯不开，

含羞迎夜复临台。

潇湘浪上有烟景[8]，

安得好风吹汝来[9]？

---

[1]明光：汉时宫中有明光殿。此借喻韩瞻为尚书省郎中，每日值班奏事。

[2]当关：守门者。

[3]中禁：即禁中，天子所居之处。

[4]左川：即东川。归客：作者自指。

[5]"郎君"句：指韩瞻子韩偓。

[6]"侍女"句：活用《汉武帝内传》"王母命侍女董双成吹云和之笙"句意。这里是说韩瞻之侍女皆凤凰之侣。

[7]"空寄"二句：意谓回想登第时曾于大罗天上同咏《霓裳》，一荣一枯如此，岂能不叹。大罗天：道家语，指最上一层天，犹在玄都、玉京之上。

[8]"潇湘"句：意谓室内簟纹似水，犹如潇湘之波，岂奈独守空房乎。

[9]好风：见《无题（凤尾香罗薄几重）》注。

【背景】

宣宗大中八年（854年）春，商隐自京返梓前赠诗韩瞻。

【赏析】

赠诗时，韩瞻任尚书省虞部郎中。留赠七律题下原有作者自注："时将赴职梓潼，遇韩朝回。"二三首内容与七律无涉，疑原另有题，佚失,遂与此七律合并,有注家疑亦为《无题》,今姑仍其旧,赏析时分别解读。

一

大中五年(851年),妻子去世,商隐应柳仲郢征召,把儿子寄养在岳丈家,匆匆赶赴东川。两年后,因念子心切,商隐回京探望;次年返梓,行前写诗赠韩瞻。

首联以称美韩瞻起头,说他幸遇天下清平,无事可奏,职清闲,体清贵,不用派遣门人报晓早起。颔联将韩与己对比,说他被提拔任内职,统领朝中之词臣,同僚引领而望;自己却又要赴职梓潼,沉沦漂泊,能不一日九回肠!颈联再进一层,说韩有"十岁裁诗走马成"的爱子,又有吹笙弄凤之侍妾,自己却丧妻别子。这是在含着眼泪唱颂歌啊!

尾联以回顾当年同时金榜题名、共赋《霓裳》收束,昔荣今悴、人荣己悴之慨尽在言外。"空寄"二字言有尽而意无穷。

二

这首七绝明白如话,在商隐的诗作中颇为罕见。此诗从一女子角度来写,说她盼情郎直至深夜。到月落乌啼时,他才来,可是喝得烂醉如泥,也不嘘寒问暖;天刚亮,就又要策马而去,惊得树上的乌鸦乱飞。他这是要到哪里去呢?诗人虽然没有写她疑窦丛生,但她这样的心理活动,读者不难想象。

三

第三首写女子在深沉的夜色中登台迎候情人。三四句是她的心理独白。她看着湘竹编织的凉席,宛若潇湘之波在浮动,如烟似雾,不由让人浮想联翩:怎么才能有"好风"把你"吹"送来呢?

这两首七绝将女主人公写得深情款款,痴迷婉致。再者,从第二首的"郎"字来看,这个"迎夜复临台"的候人者非女性莫属。这两首诗的笔法很像江陵地区的民歌《竹枝》，因此有人认为这两首诗可能是因为失题而与第一首诗凑合在一起的。此说甚是。

【名家点评】

畏之居中禁而闲适，义山涉左川以崎岖，此通显之各异也。畏之有子十岁能诗，而义山子无闻焉，且与畏之并娶于王，而义山早赋悼亡，是骨肉之间，畏之又独际其盛也。回忆当日同登蕊榜，今彼此悬殊乃尔，又奚翅仙凡之隔耶？

——[清]陆崑曾《李义山诗解》

天涯

春日在天涯,天涯日又斜。
莺啼如有泪,为湿最高花。

【背景】

冯浩《玉溪生年谱》说此诗作于大中九年(855年),商隐在梓州柳仲郢幕府时。张采田认为此诗作于大中五年(851年),商隐在徐州卢弘正幕府时。其实无论作于何时,妙在诗之主旨没有时空之局限性。

【赏析】

一开头诗人就营造出一种环境和心境反差极大的氛围。天涯漂泊,又值春残日暮,莺啼花阑,触目无不惨淡。"春日"与"天涯"并用,将旖旎的春光与羁旅的愁思交织在一起,短短十字,描绘出一种令人无法自已的情景。第二句用"顶针"格,重复"天涯"二字,再用"日又斜"递进一层,韶光之易逝、繁花之易零与诗人的失意消沉俨然相合。

转句悲痛欲绝,"如有泪"亦有泪尽之叹;但诗陡然一转,说如果还有泪,那是"为湿最高花"。这真是令人动容。此时此境,诗人觉得黄莺似乎在啼哭。他希望黄莺将最后的眼泪洒在预示着春残的"最高花"上。这只啼泪的黄莺不正是诗人的化身吗?或者是他为之痴迷的诗魂。

"最高花"之所以会引起诗人如此关注,是因为树梢的花是开到最后的花,意味着春天将尽,美色将逝,以花为依托的黄莺到时也将孤苦

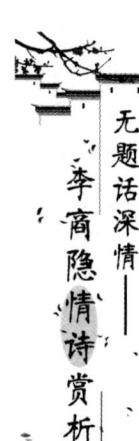

伶仃。可见，诗人的悲痛已经超越了天涯羁旅之愁，而深深浸透着伤时之感、迟暮之悲、沉沦之痛，以及对美好事物之留恋挚爱。

完全可以说，这首五绝既是春天的挽歌，也是人生的挽歌，更是时代的挽歌。

【名家点评】

不必有所指，不必无所指，言外只觉有一种深情。

——［清］屈复《玉溪生诗意》

咏 史

北湖南埭水漫漫[1],
一片降旗百尺竿[2]。
三百年间同晓梦,
钟山何处有龙盘[3]?

---

[1]北湖:即南京玄武湖。南埭:南朝操练水军的场所,也是帝王游宴之处。

[2]一片降旗:语本刘禹锡《西塞山怀古》:"一片降幡出石头。"此处指东吴孙皓降晋。

[3]龙盘:南京有钟山,亦名金山、蒋山。诸葛亮以为钟山龙盘,石头虎踞,有帝王气象。

【背景】

大中十一年(857年),商隐因柳仲郢推荐,任盐铁推官,游江东,创作系列咏史诗,如《南朝》《齐宫词》《吴宫》等,主旨大多是讽刺君王荒淫误国。

【赏析】

诗人通过对历史的回顾,表达了自己的历史观。第一句把六朝的兴废汇入茫茫湖水之中,再通过"一片降旗百尺竿"的描写,形象地表现了六朝的兴衰,三百年如同"晓梦",诗人不禁要问:"钟山何处有龙盘?"

诗融写景、议论于一体,巧妙地将典型景象与深刻意蕴相结合。"水漫漫"是以眼前之颓废景象揭示意旨,"一片降旗"则从历史兴亡角度揭示历史规律,然后引出回旋于诗人心头的结论:国之兴亡在于人和,而不在于地利。六朝如此,正在走向衰亡的晚唐政权亦如此。

【名家点评】

　　金陵虽踞江山之胜,而王业不偏安。六朝之爝火兴亡无论矣,即明祖开基,而燕师旋起。玉溪谓三百年间,降旗屡举,知虎踞龙盘,未可恃金汤之固。其后五代匆匆起灭,仅甲子一周。玉溪生有灵,当谓晓梦之有验矣。

——俞陛云《诗境浅说续编》

南朝

地险悠悠天险长[1],

金陵王气应瑶光[2]。

休夸此地分天下,

只得徐妃半面妆[3]。

---

[1]地险:指南京。天险:指长江。

[2]"金陵"句:瑶光系北斗七星之第七星。这里有暗讽梁元帝萧绎的妃子与瑶光寺智远私通的意思。

[3]"只得"句:据《南史》载,元帝妃徐昭佩无姿色,帝不喜,妃以帝眇一目,每知帝至,必为半面妆以俟,帝见之则大怒。

【赏析】

梁元帝实建都江陵而非南京。题曰《南朝》,则知诗人讽刺的并非萧绎一人,实则是借"半面妆"讽喻南朝诸帝苟安江左,不图进取。徐妃以半面待帝,只是帝妃私事,作者将其与"分天下"联系在一起,不单妙语解颐,且于讽刺中寓含深刻思想:自夸拥有半壁江山者,不过是一些只得"半面妆"的可怜虫而已。

晚唐诸帝面对朋党倾轧、藩镇跋扈之局面,但求苟安,不务进取,与南朝如出一辙,故知诗人是"项庄舞剑,意在沛公"。

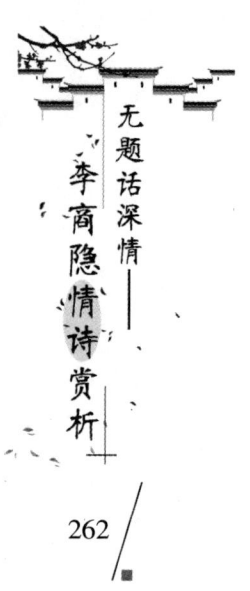

隋宫二首

一

乘兴南游不戒严[1],
九重谁省谏书函[2]。
春风举国裁宫锦,
半作障泥半作帆[3]。

二

紫泉宫殿锁烟霞[4],
欲取芜城作帝家[5]。
玉玺不缘归日角[6],
锦帆应是到天涯。
于今腐草无萤火[7],
终古垂杨有暮鸦。
地下若逢陈后主,
岂宜重问后庭花[8]。

---

[1]"乘兴"句:意谓隋炀帝杨广骄横无忌,出游从不戒备。

[2]九重:皇帝所居之深宫。谏书函:给皇帝上书。《隋书·炀帝

纪》载:隋炀帝巡游,大臣上表劝谏,被杀数人,遂无人敢谏。

[3]障泥:垫在马鞍下面挡泥土的坐垫。

[4]紫泉:隋朝宫名,本作紫渊,因避唐高祖李渊讳改名。锁烟霞:意谓空有烟云缭绕。

[5]芜城:即广陵(今扬州)。指隋炀帝在扬州大建行宫。

[6]日角:典出《旧唐书·唐俭传》,大意是说,李渊额骨隆起,是帝王之相。

[7]"于今"句:古人以为萤火虫是腐草变化出来的。这句是说炀帝为夜游,把萤火虫都捉光了。

[8]"地下"二句:南陈国君陈叔宝曾创作《玉树后庭花》。《隋遗录》载:隋炀帝在江都曾梦见与陈叔宝相遇,畅饮甚欢,席间请陈的宠妃张丽华舞《玉树后庭花》。这两句是说,杨广如果死后有知,在地下和陈叔宝重逢,大概不好意思再提《玉树后庭花》之事了吧?

【背景】

这两首诗与前《咏史》《南朝》作于同一时期(大中十一年)。

【赏析】

一

这两首咏史诗是诗人晚年游江东时的名作。诗以"乘兴南游"振起,抨击隋炀帝为寻欢作乐,倾天下之所有,填一己之私欲,终于导致国灭身亡。

据史书载,隋炀帝南游,舳舻相接200余里,彩女为牵夫,船队所到之处,皆供水陆珍奇。诗人以"举国裁宫锦"点题。"障泥"指陆行,"帆"指水行。诗评家赞曰:"借锦帆事点化,得水陆绎骚,民不堪命之状,如在目前。"

全诗虚实结合,刻画了昏君穷奢极欲的形象,讽刺颇具力度,实为政治讽刺诗之佳作。

二

　　本章是前章之具体化。江都之游，纵欲已极，此以紫泉宫领起，言其故都弃置不用，迁都芜城，足见炀帝欲壑难填。

　　起首总写隋宫之景。次言取芜城作帝家，讥其昏庸无识。三四言天心所眷，若不归唐王，则锦帆佚游，必至天涯而后已。

　　颈联涉及隋炀帝逸游的两个故实。一是杨广曾在洛阳景华宫令宫人搜集萤火虫数斛，"夜出游山放之，光遍岩谷"。他在江都也放萤取乐，修"放萤院"。另一个是栽柳夹河千余里。把"萤火"和"腐草""垂杨"和"暮鸦"联系起来，于一"有"一"无"的鲜明对比中感慨今昔，深寓荒淫亡国的历史教训。

　　尾联用杨广与陈叔宝梦中相遇之典。但诗人没有拘泥于史实，而是根据讽刺对象的性格，假设两个昏君在地下相遇，是否好意思问起"后庭花"之事？诗人问而不答，设此悬念，让读者去发挥想象力。此种手法近乎小说戏剧之艺术虚构，诗家罕用。

【名家点评】

　　萤火垂杨，即用隋宫往事，而以感叹出之，句法复摇曳多姿。末句言亡国之悲，陈隋一例，与后主九泉相见，当同伤宗稷之沦亡。《玉树》荒嬉，岂宜重问耶！

——俞陛云《诗境浅说》

贾生[1]

宣室求贤访逐臣[2]，
贾生才调更无伦[3]。
可怜夜半虚前席[4]，
不问苍生问鬼神。

---

[1]贾生：见《安定城楼》注。
[2]宣室：汉未央宫前殿正室。
[3]才调：才华气格。
[4]可怜：可惜、可叹。

【背景】

以下诸诗不编年。间或有注家根据诗的内容推测写作的大约时间，然皆无确证。

【赏析】

借贾谊的故事抒怀才不遇之感，已成诗家老套。商隐独辟蹊径，翻出新意，遂成名篇。

首句之"求""访"，以示文帝思贤之殷，待贤之诚。次句是对贾谊才华的赞叹。特别是"夜半虚前席"，把文帝当时那种凝神倾听，以至于"不自知膝之前于席"的情状描绘得惟妙惟肖。然而"可怜"二字轻轻一拨，诗人便将这出悲喜剧推向了高潮："不问苍生问鬼神。"汉文帝之前的种种动人表现，原来不是为寻求治国安民之道，而是为"问鬼神"，求长生！

此诗表面上是讽刺汉文帝，真实用意却是针对晚唐那几位"不问苍生问鬼神"的皇帝而作，同时又寓有诗人自己怀才不遇的感慨。怜贾生实是自怜。

【名家点评】

古今诗人以诗名世者，或只一句，或只一联，或只一篇。虽其余别有好诗，不专在此，然播传于后世，脍炙于人口者，终不出此矣，岂在多哉！……"宣室求贤……"此李商隐也。凡此皆以一篇名世者。

——［宋］胡仔《苕溪渔隐丛话》

王昭君

毛延寿画欲通神[1],

忍为黄金不为人。

马上琵琶行万里,

汉宫长有隔生春。

---

[1]"毛延寿"句:昭君故事,史籍多有记载,约略言之,汉元帝按画工所呈宫妃画像召幸。昭君不赂毛延寿,遂不得见。及赐呼韩邪单于,方知为后宫第一。追案其事,画工皆弃市。

【赏析】

古人咏昭君多矣,且不乏名篇,如杜甫之"画图省识春风面,环佩空归月夜魂",王安石之"意态由来画不成,当时枉杀毛延寿"……商隐此作,托昭君以自寓,与诸家之就事论事截然不同。

解读此诗,关键在于理解"汉宫长有隔生春"。周振甫在《李商隐绝句初探》中说:

> 昭君死后,坟称为青冢,"隔生春"即隔世才在坟上显出春色来。这是借明妃来自比。他的才华被压抑,到处漂泊,也像明妃的行万里。明妃死后坟上有春色,暗示自己的才华,只有隔世才会被称赞。

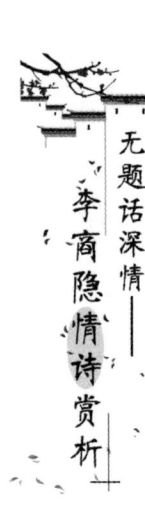

这是就诗的深层意蕴而言。商隐于暮年从昭君的遭遇中突然认识到：倘若明妃得幸于汉元帝，不过一生春风得意而已，焉能流芳百世？自己一生历经磨难，怀才不遇，焉知不会也和明妃一样，名垂青史！

是啊，那个时代抛弃了他，正如汉宫抛弃了明妃；但从另一个角度看，和亲出塞却使昭君流芳百世，晚唐的衰败让诗人终生蹉跎，却使他获得了"隔生春"的美誉。

【名家点评】

但分朋党，不奖孤寒，从此万里羁游，汉官有长隔之痛矣。岂独为昭君致慨哉！

——张采田《玉溪生年谱会笺》

霜月

初闻征雁已无蝉,

百尺楼高水接天[1]。

青女素娥俱耐冷[2],

月中霜里斗婵娟。

---

[1]水接天:"水"在这里是形容霜月交映,夜空清冷如水。

[2]青女:主管霜雪的女神。典出《淮南子·天文训》:"青女乃出,以降霜雪。"素娥:即嫦娥。

【赏析】

诗不从静态描写深秋月夜景色,而借神话传说,从虚处着墨,抒写景物所引起的感想。

首言深秋时节,已经听不到蝉鸣,万里长空时时传来雁阵惊寒之声。次言霜月澄明,清辉似水,传达出了空明朗洁的意境之美。三四句写司霜神女与月中嫦娥不畏寒冷,仍在争美斗妍,遂使无生命之自然现象充满了活力。此诗意境清幽空灵,冷艳绝俗,从中可见商隐写景诗之唯美特色。

这首诗在艺术手法上有一点值得注意:诗人的笔触完全在空际点染盘旋,将幻想和现实交织在一起,构成完整的艺术有机体。

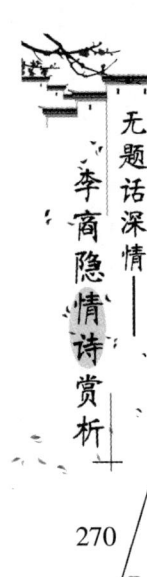

【名家点评】

　　首二句极写摇落高寒之意,则人不耐寒可知。却不说破,只以青女素娥对照之,笔意深曲。

　　　　　　　　——[清]纪晓岚《玉溪生诗说》

月

过水穿楼触处明[1],
藏人带树远含清[2]。
初生欲缺虚惆怅,
未必圆时即有情。

---

[1]触处:意即所到之处,无不如此。
[2]藏人:意谓月中隐约有人。树指月中桂树。

【赏析】

"触处明"写月光清辉无处不在;"远含清"形容圆月与人间相隔遥远,其中虽然隐约有人有树,意态清冷。这两句为下面的感慨预设伏笔。

三四句言明月初生之时,仅以月牙示人,尘世间的人们每当仰望缺月时,惋惜其不能完满,为之叹息,其实是自作多情。月亮在其圆满的时候,对人未必有情。

作者抒发如此感慨,有何深意呢?失意之人每常多有缺憾,于是寄希望于美好的未来。诗人告诫世人:"未必圆时即有情"——希望实现之日,仍不免归于失望与幻灭,可世俗之人往往执着于万事如意之幻想。殊不知到了那时,结果终归还是不满足。这对欲壑难填的痴人,无异于当头棒喝。

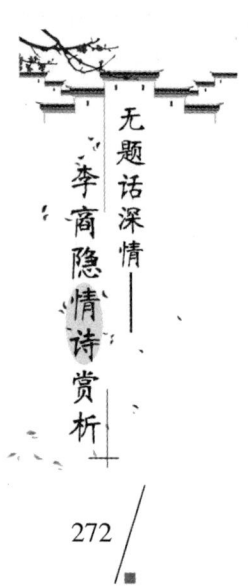

宫辞

君恩如水向东流,
得宠忧移失宠愁[1]。
莫向尊前奏花落[2],
凉风只在殿西头。

---

[1]忧移:因害怕转移而犹豫不定。
[2]花落:指乐府歌曲《梅花落》。

【赏析】

　　首句用流水比君王的恩宠,构思巧妙,引出结论"得宠忧移失宠愁",顺理成章。无论得到还是失去,王妃们都惶惶不可终日,生动地刻画出她们患得患失、矛盾痛苦的心态。

　　后两句以失宠者的口吻警告得宠者。"尊前奏花落"语意双关,既形容得宠者于君前轻歌曼舞,曲意逢迎,又暗示其得意忘形。紧接着的末句给予冷峻的警告:当你们此时繁弦急管地向君王大献殷勤的时候,"凉风"正在大殿的西头等着你们呢!"花落"正是你们明日必然的下场。"西"字与首句"东"字相呼应,妙!

　　这首诗通篇议论。由于比喻、双关运用巧妙,议论中暗含形象,所以耐人寻味。纪晓岚称此诗:"怨诽之极而不失优柔唱叹之妙,余音未寂。"道出了此诗的艺术特点。

李商隐的诗就是这样,读者知道其中的典故寓托,能披文览胜;不知道其中的典故,同样能领略其文辞意境之美。

【名家点评】

　　君恩如水,一去不留,谁保得终始?未得宠时忧不得宠,既得宠矣,又恐失宠。患得患失,盖无日不愁苦者也。

——[清]徐增《而庵说唐诗》

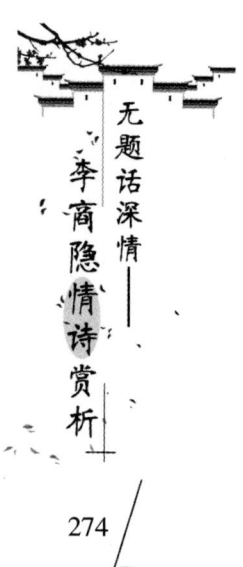

访隐者不遇成二绝

一

秋水悠悠浸墅扉，
梦中来数觉来稀。
玄蝉去尽叶黄落，
一树冬青人未归[1]。

二

城郭休过识者稀[2]，
哀猿啼处有柴扉。
沧江白石樵渔路，
日暮归来雨满衣。

---

[1]冬青：一名万年青，常绿乔木。
[2]"城郭"句：典出《后汉书·庞公传》："庞公者，南郡襄阳人也，居岘山之南，未尝入城府。"休过：不经过。

【赏析】

一

首章言隐者未归。

首句描写隐者居所景物,秋水悠悠,拍击柴扉,一派谧静安详的景象。次句说自己虽然在梦中数次来过这里,平时却无暇造访。这两句是说自己忙于俗务的时候(梦中),每每向往这样的世外桃源,可是一旦觉悟(醒后),却并不付诸行动。诗人打破常规思维,将现实视作"梦",将出世视作"醒",意味深长。

三四句具体描绘隐者之生活环境。"黄叶""冬青"于清廓中不乏盎然生机,足以想象未归主人之情致与风韵。

二

首联写隐者平生远离红尘,弃绝尘嚣,常年独自生活在这"哀猿啼处"的柴门中,自然不为人知。

尾联想象隐者归来时途中的景象。"雨满衣"给人留出充足的想象空间,使"樵渔路"蓦地生动鲜活起来,隐者的形象也立即显得栩栩如生。确是神来之笔。

"沧江白石"与"猿啼"都不是北方景象,究属何地,隐者究属何人,殊不可考。

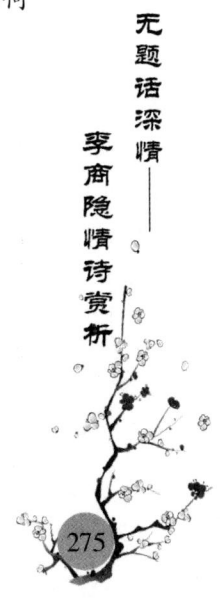

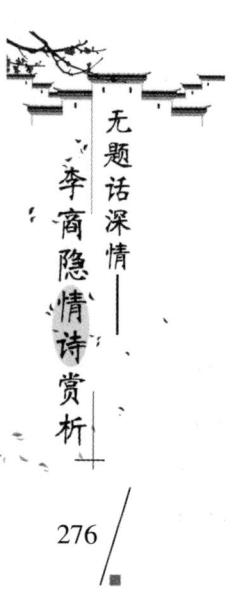

北青萝[1]

残阳西入崦[2],茅屋访孤僧。

落叶人何在,寒云路几层?

独敲初夜磬,闲倚一枝藤。

世界微尘里,吾宁爱与憎[3]?

---

[1]北青萝:在河南济源市王屋山中。

[2]崦:即崦嵫,古时指落日所入之山。

[3]"世界"二句:语本《法华经》:"譬如有经卷,书写三千大千世界事,全在微尘中。"《楞严经》说:"人在世间,直微尘耳。何必拘于憎爱而苦此心也!"宁:为什么。

【背景】

诗当作于宣宗大中十一年(857年)前后,亦即商隐罢柳仲郢幕府回故乡时。晚年,他常寻访昔日之道友,诗集中多有此类篇什。

【赏析】

首联写夕阳西下时,诗人进山去拜访一位住在茅庐中的僧人。诗人此时正逢妻离子散、病痛孤独之际,他寻访清苦而独居的僧人,显然是想从对方身上获得启示,以除自身之烦恼。清苦人寻清苦地,孤独客访孤独僧,俗与佛于是有了精神交流的契机。

颔联写诗人沿途之所见所闻。时当深秋,黄叶满山,寒云缭绕,山路盘曲,不仅写出僧人远离红尘,也写出诗人不畏辛劳艰险。言简意丰,堪称妙笔。

　　颈联写僧人居所之境况。"初夜"上承"残阳"。夜幕降临,僧人在茅屋中独自敲磬诵经。诗人此时站在外边,闲倚孤藤,耳听磬声梵音,静谧安详之感油然而生。

　　尾联写诗人所受到的启迪,领悟到三千大千世界尚为微尘,渺小的人更不待言。由此看来,再去纠缠爱憎、荣辱有什么意义呢?

　　全诗通过访僧悟道表现了诗人晚年的心态,证明其所言"克意事佛,方愿打钟扫地,为清凉山行者"真实不虚。

【名家点评】

　　想大千世界,俱在微尘之中,物我一切皆空,有何憎爱?此悟道之言也。

——[清]章燮《唐诗三百首注疏》

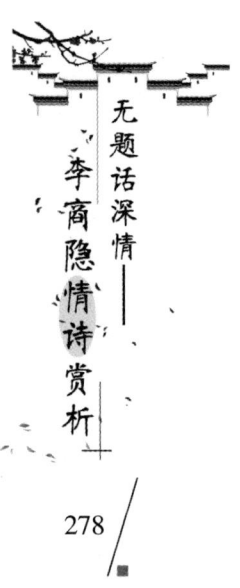

忆匡一师[1]

无事经年别远公[2],
帝城钟晓忆西峰[3]。
炉烟消尽寒灯晦,
童子开门雪满松。

---

[1]匡一:商隐方外至交,法名智玄。详见下《别智玄法师》注。

[2]无事:犹言无端。远公:庐山东林寺净土宗初祖慧远被称为"远公",这里代指匡一法师。

[3]钟晓:即晓钟之倒装,是唐代京城长安清晨的一大特色。每天拂晓,宫中和各佛寺的钟声一齐长鸣,声震全城。

【赏析】

首句以慧远大师借指匡一,既写其不凡,又表仰慕之情。次句以"帝城"遥对"西峰",听钟声而忆道友,暗喻自己羁旅京城,喧嚣熙攘,尘劳俗务缠身而不能自拔。结尾既可理解为是对往事的回忆,也可以理解为是对匡一法师现下起居环境的想象。青灯古寺,围炉夜话。以"炉烟"之"消尽","寒灯"之渐暗写二人彻夜长谈,说明二人心灵相通,志趣相投。"童子开门雪满松"不仅是对环境清幽的生动描绘,也突出了匡一法师飘然出尘之形象。全诗除首句"别远公"外,无一语直接写匡一,然而"炉烟""寒灯""童子""雪松"及山寺晓钟无不有其人在。难怪纪昀赞叹曰:"格韵俱高。"

【名家点评】

  第三四句之写景,皆从二句之"忆"字而来。香尽灯昏,松林雪满,在城居夜坐时,悬想山寺清寒之境。与韦应物《寄璨师》诗"冻雪封松竹,悬灯独自宿"等句,意境极相似,皆遥写山僧静趣也。

——俞陛云《诗境浅说续编》

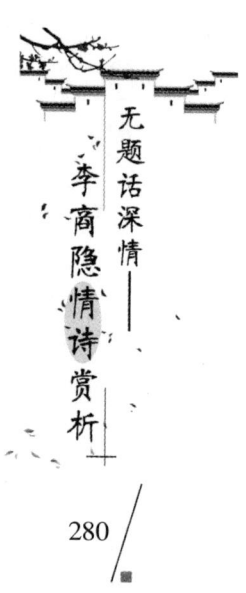

别智玄法师[1]

云鬟无端怨别离,

十年移易住山期[2]。

东西南北皆垂泪,

却是杨朱真本师[3]。

---

[1]智玄:《佛祖统纪》作知玄,俗姓陈,眉州人,居长安宝应寺。文宗时,供奉内廷,号悟达国师,为三教首座。武宗灭佛,归巴蜀旧山。商隐以弟子礼事之。事见《高僧传》卷六《知玄传》。

[2]移易:屡屡改变的意思。住山期:指预设皈依佛门的日期。

[3]"却是"句:典出刘安《淮南子》,略言"杨子见逵路而哭之,为其可以南可以北。"古诗文常用以比喻选择之难。

【赏析】

诗人概述与智玄法师交往始末,以及诗人徘徊于世俗与佛门的迷惘。此诗兼有悼亡之意。

首句指亡妻王氏。有注家以为指智玄。释门弟子岂能以"云鬟"称呼?这句的意思是说,妻子当年不明白我长期漂泊流转于幕府的苦衷,致使云鬟佳人无端怨别。自己十余年来屡屡变更皈依佛门的日期,究其实,只因求名心切,有山不住,忽忽十年,直到现在,才发愿"打钟扫地,为清凉山行者"。

据《高僧传》和其他史料可知，商隐在梓州柳仲郢幕府时，久慕智玄法师之修为，曾以弟子礼侍奉之。居长安永崇里时，商隐曾被眼疾所苦，智玄寄《天眼偈》三章，诵而疾愈。结尾二句即有鉴于此而大发感慨，说十年来东西南北到处奔波，屡屡碰壁，终至途穷垂泪，将古时临歧而泣的杨朱错当本师，焉知释尊才是"真本师"。

众所周知，商隐年轻时迷恋道教，历经沧桑后，开始崇佛参禅。商隐晚年有不少诗回忆与佛门高僧之交往和友情，如《送臻师二首》，完全是佛理的韵律化。

昔去灵山非拂席，今来沧海欲求珠。
楞伽顶上清凉地，善眼仙人忆我无？

苦海迷途去未因，东方过此几微尘？
何当百亿莲花上，一一莲华见佛身。

这两首七绝，每首一问，可谓心愿殷殷。一问臻师进山求道，不知是否还会惦记我？再问由于过去之因，致使今生苦海无边，若种善因，得成正果，能礼拜我佛，须经几许佛刹？

若想真正了解李商隐，必须正确解读他于晚年创作的这些与佛学有关的诗作。

【名家点评】

人生未有不恋室家者，今云鬓别离之怨，不得已也。僧教以传法者为本师，十年住山，原欲智公传法，乃移易而去，歧路之悲，反以杨朱为真本师矣，其不得已之情为何如哉？

——[清]屈复《玉溪生诗意》

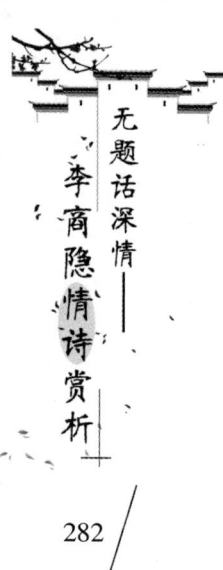

乐游原[1]

向晚意不适,驱车登古原。
夕阳无限好,只是近黄昏。

[1]乐游原:见前《柳(曾逐东风拂舞筵)》注。

【赏析】

商隐题名《乐游原》的诗共有三首,作于同一时期。后人为示区别,将此五绝题作《登乐游原》。第一首为五律。诗云:

春梦乱不记,春原登已重。
青门弄烟柳,紫阁舞云松。
拂砚轻冰散,开尊绿酎浓。
无悰托诗遣,吟罢更无悰。

"无悰(cóng)"是不快乐、怅惘的意思。

另有七绝云:

万树鸣蝉隔岸虹,乐游原上有西风。
羲和自趁虞泉宿,不放斜阳更向东。

这一首不妨视作本诗之初稿。

此五绝脍炙人口,是唐诗有数的名作之一。"夕阳无限好,只是近黄昏"二句更是家传户诵,千古流传。

这首五绝充分表现了商隐小诗深情绵邈的特点,短短四句传达出了无限的感慨。清人管世铭说:"李义山《乐游原》诗,消息甚大,为绝句中所未有。"

乐游原位处高地,四望宽敞,可以眺望长安全城,是当时著名的游览区。傍晚时分,诗人百无聊赖,驱车来到乐游原上。诗人独立苍茫,静观夕阳在广袤无垠的天地间展现出来的壮丽辉煌,情不自禁地吟唱出"夕阳无限好,只是近黄昏"这一千古名句。遗憾的是让人心旌摇曳的美景转眼间就会消逝,接踵而来的便是漫漫长夜,这让他无限叹惋。三句之极赞反衬出末句之浩叹。这种感受平时郁结于胸——所谓"意不适"——这时忽见夕阳西下,怅然有触,遂发"夕阳无限好,只是近黄昏"之千古一叹。

这首诗之所以被普遍喜欢,在于它道出了不同时代、不同阶层人们的普适性心理。即便是帝王将相、英雄豪杰,当其垂暮之年,也会借用这首诗抒发其无穷感慨。是啊,人之一生,无论怎样辉煌,到头来不也像这乐游原上的夕阳残照一样,终归都要寂灭吗?历史长河并不会因为他们的叱咤风云而稍作停留,正如夜幕不会因人们留恋夕阳的美好而不降临一样。

【名家点评】

诗言薄暮无聊,藉登眺以舒怀抱。烟树人家,在微明夕照中,如天开图画,方吟赏不置,而无情暮景,已逐步逼人而来,一入黄昏,万象都灭,玉溪生若有深感者。

——俞陛云《诗境浅说续编》

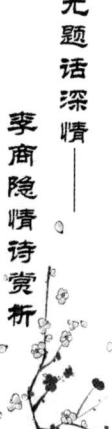

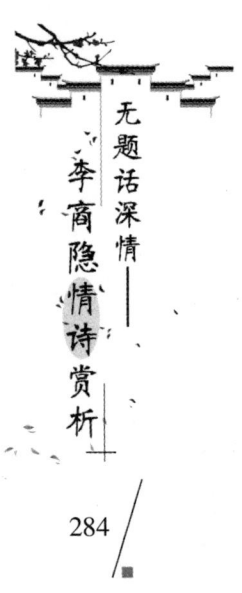

谒山

从来系日乏长绳[1],
水去云回恨不胜[2]。
欲就麻姑买沧海[3],
一杯春露冷如冰[4]。

---

[1]"从来"句:语本西晋傅玄《九曲歌》:"岁暮景迈群光绝,安得长绳系白日?"

[2]水去:含有两层意思,与"云回"一样,一指所见景象,含有"百川东到海,何日复西归"之意;二指时间流逝。孔子将时间比作流水,作者这里把流水比作时间。云回:意谓云飘然回环。恨不胜:怅恨不已。

[3]麻姑:见前《华山题王母祠》注。诗人想象沧海为麻姑所有。

[4]一杯春露:指沧海之水(也就是沧海里所汇聚的时间)已少到只剩一杯了。

【赏析】

这首诗是诗人朝拜名山(谒山),触发"时不我待"之慨,于是产生奇思异想,读之令人耳目一新。

首句以古人渴望留住时光、假我岁月之感慨领起全诗,接着写诗人登高远望,见"水去云回",感岁月流逝,永不回还而怅恨不已。这样的惆怅同时蕴含着对宇宙永无休止的轮回,而人生、社会却弹指即逝的无穷悲哀。

诗人尽管伤感至极,却由"恨不胜"而突发奇想:"欲就麻姑买沧海。"水东流入海,不舍昼夜,古人问:"安得长绳系白日?"诗人答:欲遂长绳系日之愿,唯有使流逝不息的时间没有归宿。现在沧海已属麻姑,何不去向麻姑把沧海买下来?浪漫主义的思维赋予诗人如此的奇思妙想。陈贻焮引李贺《苦昼短》之"吾将斩龙足,嚼龙肉,使之朝不得回,夜不得伏,自然老者不死,少者不哭",证明"买沧海"之目的在于"永绝时光流逝的悲哀",而"一杯春露冷如冰"系由李贺《梦天》之"一泓海水杯中泻"化出(《谈李商隐的咏史诗和咏物诗》),此论可谓中肯。

诗人虽然想出了"买沧海"的妙方,可是他突然又觉得,"一杯春露"也不过是浩瀚的沧海倏忽变化的遗迹,顷刻之间连这一杯春露也将消失殆尽。一个"冷"字透露了诗人在自然规律面前的彻底绝望。他一开始提出时间不能挽留与人渴望系日的矛盾,接着想出以"买沧海"的办法来解决矛盾,最后发现"冷如冰"的"春露"只是沧海之一粟,因此幻想破灭,生出了冰冷彻骨的悲凉。有唐以来,能发此亘古绝唱者,唯商隐一人而已!

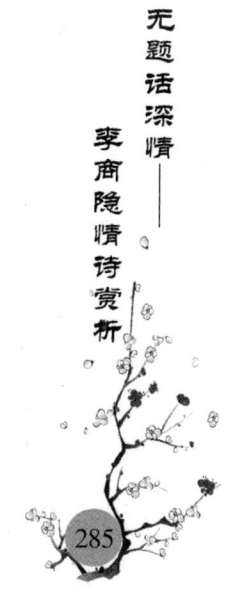

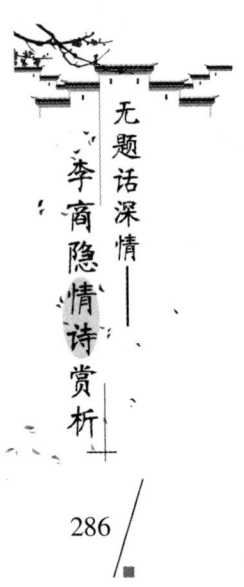

有 感

中路因循我所长[1]，
古来才命两相妨。
劝君莫强安蛇足，
一盏芳醪不得尝[2]。

---

[1]因循：这是一个多义词，有顺应自然、沿袭、闲散、轻率、流连等意。这里为顺其自然义。

[2]"劝君"二句：此联是"画蛇添足"成语的诗意化。典出汉刘向《战国策》。

【赏析】

这首诗是商隐的自供状，故而冯浩评之曰："低摧吞吐，字与泪俱。"

准确把握这首诗意旨的关键在于对"因循"这一多义词词义的选择。有注家说其是"悠游闲散"的意思，另有说是"中正不偏"之意，或曰是"穷途末路"之意……不同的理解便导致主题思想之不同。细味全诗，"中路因循我所长"的本意是：当人在中途，决定未来命运的时候，我则顺应自然，遵从初心的感召；如果说这是我的"长处"，那也是本性使然。这明显是他对自己在朋党比周的二难选择中所作所为之客观冷静的辩解。这一诗句包含的内容很多，譬如为什么要"去牛就李"？为什么离妻别子，游走于各地幕府？为什么要先学道后学佛？等等。

如果说第一句是诗人从自身分析总结他悲剧性的一生之根源，那么第二句"古来才命两相妨"则是从历史规律寻找因果关系。杜甫曾用"文章憎命达，魑魅喜人过"悲叹他和李白之命途多舛。终生师法杜甫的玉溪生当然会结合自己的命运，从杜甫的这种悲愤中体会出更深刻的意蕴。由于字数、格律的要求，商隐虽然省略了"魑魅喜人过"这层意蕴，但对那些搬弄是非、玩弄权术的"魑魅"感到愤懑的情绪依然可以体察出来。

"劝君莫强安蛇足，一盏芳醪不得尝"是承上二句对人生、社会的清醒认识而必然会发出的忠告。从字面上看，这是对画蛇添足故事的诗意化，因为有了上文，再加上"劝君"，这句成语有了更为丰富的内涵。这是诗人用自己的切身体会留给后人的金玉良言：千万别去做那些事与愿违的傻事，像我一样，一辈子为他人撰写表状，或者陈情告白，这统统是画蛇添足，到头来只能落个"一盏芳醪不得尝"的下场。

放在本书最末的这首七绝让我们不禁想起开卷的那首《锦瑟》来。不妨这样说，《锦瑟》是他对自己一生思想感情之总结，此诗则是他对自己一生政治生涯之总结。

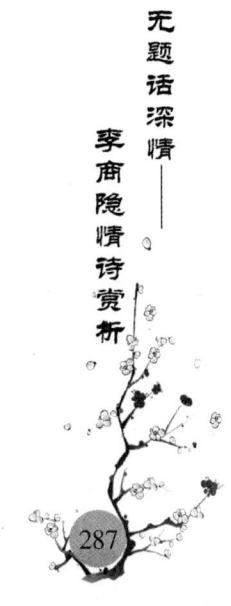

李商隐传略

李商隐(812—858年),字义山,号玉溪生,又号樊南生。祖籍怀州河内(今河南省沁阳市),后迁居郑州荥阳,至商隐已三世。

　　据商隐自称和专家考证,他的家族系唐皇族之宗室。其家世有文献可考,商隐的祖先与唐高祖李渊之祖籍皆为陇西成纪(今甘肃省秦安县),凉武昭王李暠(汉名将李广十六世孙)同为其远祖,只因年代久远,各自迁徙,同源分流,故分门立户,已无瓜葛。

　　商隐的高祖李涉,字既济,曾任美原(今陕西省富平县)县令;曾祖李叔洪(一作叔恒)才华横溢,与中唐著名诗人刘长卿、刘眘虚等人齐名,十九岁中进士,出任安阳县尉,但不幸英年早逝,遗孤李俌(字叔卿),即商隐祖父,曾任邢州录事参军,亦不永天年,所遗子女(其中包括商隐的父亲李嗣)都留给商隐曾祖母卢氏抚养。卢氏本为大家闺秀,不幸丈夫与儿子先后早亡,不得不承担起养活三代人的重任,"忍昼夜之哭,抚视孤孙,家惟屡空"。商隐父十岁,卢氏卒。

　　自祖父李俌起,李家从原籍沁阳迁居荥阳。从此以后,荥阳就成了商隐的第二故乡。李俌、卢氏殁,俱卜葬荥阳坛山。直到百年后,商隐才将他们的遗骸迁回原籍祖坟。

　　父李嗣曾为殿中侍御史。商隐生时,李嗣外任获嘉(在今河南省新乡境内)县令。商隐自谓"宗绪衰微,簪缨殆歇"(《祭处士房叔父文》)。

　　商隐三岁时,李嗣前往浙江充任地方幕僚,六年后病卒。

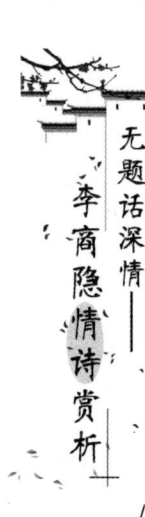

十岁那年,商隐侍母扶柩,千里迢迢回到郑州。

这样的身世,这样的经历,给诗人的个性打上了深深的烙印。

商隐一生经历,大略可分为五个阶段。

一、怜我总角称才华

——少年时期

【唐宪宗元和七年(812年)—文宗大和五年(831年),商隐1~19岁】

唐宪宗元和七年(812年),商隐出生于父亲李嗣任县令的获嘉县。商隐出生那年,韩愈、刘禹锡、白居易皆年过40,柳宗元40岁,元稹34岁,李贺23岁,杜牧、温庭筠分别为10岁、12岁。

商隐有三姊一弟。大姐在他出生前已死;二姐贤淑聪慧,惜所嫁非人,在商隐两岁时,病卒娘家,年19岁;三姐嫁徐氏,在商隐16岁时,亦不幸早逝。弟羲叟,宣宗大中元年(847年)登进士第,授秘书省校书郎,后调任河南府参军。

元和九年(814年),父罢获嘉令,赴浙江幕府,商隐三岁,随父南下。此后六年,商隐在越州、润州等地度过了童年时代。从商隐五岁开始,父亲对他进行了启蒙教育,让他诵读经书,学习撰写诗文,练习书法。他在《上崔华州书》中说:"五年读经书,七年弄笔砚。"指的就是这段时间的启蒙教育。十岁,父卒于润州任所,商隐奉丧侍母回郑州。他在《祭裴氏姊文》中回忆当时的情景说:"四海无可归之地,九族无可倚

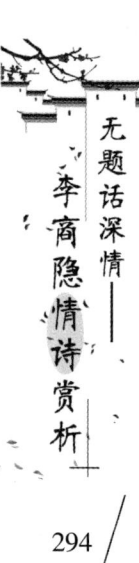

之亲。……乃占数东甸（指东都洛阳），佣书贩舂。日就月将，渐立门构。"

商隐将父亲的棺椁运回老家安葬，依照礼制，商隐需守孝三年，身穿丧服，不得外出，不许社交。可是他不得不担负起养活全家的重担。为了养家糊口，他无法守制，只好脱掉丧服，为人抄书舂谷。生活虽然艰辛，但他没有忘记发奋读书。后来，他在谈到当时刻苦读书的情形时说：

某材诚漏薄，志实辛勤。九考匪迁，三冬益苦。引锥刺股，虽谢于昔时，用瓜镇心，不惭于前辈。[1]

在由父亲完成的启蒙教育的基础上，回郑州后，堂叔李某成了商隐的授业恩师。这位堂叔品格孤傲，学识渊博，在经学、小学、古文方面均有很高的造诣。他著述甚丰，却不外传，只用以训导弟子；书法极佳，可与人书信往还却不亲自落墨，"悉皆口授"。其父丧，结庐墓旁，终生远离官场。可惜这位奇人连名字都没有留下来，只知人称其为"处士"。他的一些情况，我们只能通过商隐为他所写的几篇志状、祭文略知一二。

堂叔对商隐非常器重，"亲授经典，教为文章"。在他的教育下，商隐少而能文，16岁即以文章知名，写出了《才论》《圣论》。父亲和堂叔的教育对青少年时代的商隐产生了很大的影响。他在给朋友的信中说：

> 始闻长老言,学道必求古,为文必有师法。常悒悒不快。退自思曰:夫所谓道,岂古所谓周公、孔子者独能耶?盖愚与周、孔俱身之耳。以是有行道不系今古,直挥笔为文,不爱攘取经史,讳忌时世;百经万书,异品殊流,又岂能意分出其下哉?[2]

这在当时,显然是离经叛道之论。这种敢于打破传统思维,勇于创新进取的精神,在商隐日后的诗歌创作中体现得更加明显。

堂叔死时,商隐18岁。大和[3]三年(829年),商隐移家洛阳。其时,令狐楚为东都(洛阳)留守。商隐以所业文章拜谒令狐楚。楚奇其才,令与诸子绪、绹、纶同游。商隐亦曾谒见时任太子宾客的白居易,受其赏识和礼遇。岁末,改任天平军节度使的令狐楚聘请商隐入幕为巡官,商隐遂随楚至郓州(今山东东平县)。他在《樊南甲集·序》中说:

> 樊南生十六,能著《才论》《圣论》,以古文出诸公间。后联为郓相国、华太守所怜,居门下时,敕定奏记,始通今体。

这里"郓相国"即令狐楚,"华太守"即衮海观察使崔戎。商隐的诗文创作也是从这个时期开始的。《无题(八岁偷照镜)》《富平少侯》《陈后宫》等是其处女作。

在商隐移籍洛阳、发奋苦学的这几年里,穆宗李恒服食金石药卒,敬宗李湛立二年,即被宦官杀,文宗李昂即位。令狐楚擢兵部尚书,旋进天平军节度使、郓曹濮观察使。

在晚唐,令狐楚是位举足轻重的朝廷重臣,文韬武略,显赫一时,先后出任汴、宋、亳等州刺史,又入朝担任户部、兵部尚书等要职,后进封彭阳郡开国公。在文学方面,他的骈文与韩愈的古文、杜甫的诗歌,时称为三绝。关于商隐受知于令狐楚,新旧《唐书》皆有记载,令狐楚不但亲自传授商隐骈体文章奏之学,而且"奇其(商隐)文,使与诸子游。楚徙天平、宣武,皆表署巡官,岁具资装,令随计上都"。

所谓骈体文,其实就是当时军政部门通用的应用文。令狐楚是位忠厚的长者,他对商隐之所以青睐有加,先是因看了商隐的古文,发现这个少年才华出众;其次是看中了商隐温和忠厚的品行,甚至到了"人誉公怜,人谮公骂"——人们要是赞誉商隐就喜欢,人们要是中伤商隐则怒骂——的地步。令狐楚对他的爱护和帮助无微不至。在仕途上,令狐楚先后将其提拔为太原幕、兴元幕巡官。开成二年(837年),令狐楚卒于兴元任所,享年72岁。临终时,他函召商隐,嘱商隐代草遗表,即上奏皇帝的遗书。《全唐诗话》载:

前一日,召从事李商隐曰:"吾气魄已殚,情思俱尽,然所怀未已,强欲自写闻天,恐辞语乖舛,子当助我成之。"

后来商隐进士及第,究其因,也是由于令狐楚在政界的影响力所致。

经济上,商隐从17岁至27岁登第这10年间,上有老母,下有幼弟,生活十分艰苦。令狐楚一直援助商隐,以便使之不废学业。商隐后来在诗文中多次提到此事,表达了深切的感激之情:"百生终莫报,九死谅难追。"(《撰彭阳公志文毕有感》)

正因为出于对令狐楚的感激之情,后来商隐在娶王氏女而"去牛就李",被楚之子令狐绹怨恨诋毁,终生不予谅解的情况下,始终不改初心,以德报怨。由此不难看出商隐是个什么样的人。

---

[1]见《樊南文集补编》卷六《上汉南卢尚书状》。九考:古代官吏三年一考绩,九考为27年。用瓜镇心:为读书,天热时吃瓜以镇静心神。

[2]见《樊南文集》卷八《上崔华州书》。

[3]大和:唐文宗年号,有史籍作"太和"。据出土文物考证,应为"大和"。本书统一作"大和"。

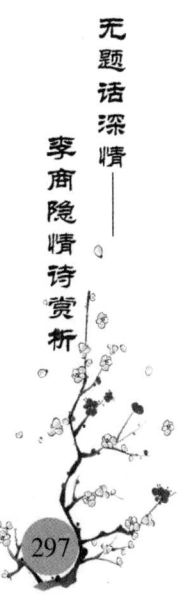

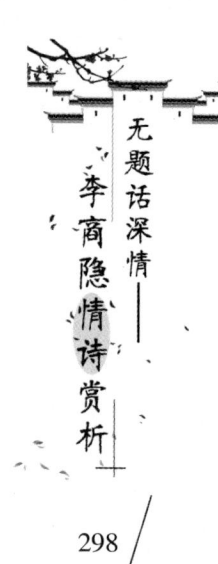

二、十年长梦采华芝

——科举之路

【文宗大和五年(831年)—文宗开成三年(838年),商隐19~26岁】

商隐从18岁到19岁,一直在郓州令狐楚幕府。大和五年(831年)正月,商隐得令狐楚资助,赴长安参加进士考试。开成二年(837年),商隐再赴科场,因令狐绹为之延誉,始中进士。但商隐参加吏部博学宏词科试落选,不得授职,到次年方释褐授秘书省校书郎,不久调弘农尉。在科举之路上,商隐经历了将近十年的拼搏。

我们知道,历朝历代,读书人通过科举得中进士,朝廷才会授予官职,才有机会施展抱负,建功立业。商隐也只能通过这样的途径实现"更谁开捷径,速拟上青云"的理想。不幸造化弄人,每到关键时刻,命运之神就要出来和他开玩笑。

第一次赴京应试是在大和五年(831年),商隐19岁,因不入主考官贾𫗧"法眼"而落选;次年再考,又碰到这位主考官,再次落选;大和七年(833年)、九年(835年),接连两次落选。直到文宗开成二年(837年),即商隐25岁那年,由于主考官高锴与令狐绹私交甚好,也由于当时令狐楚正身居要

职,经令狐绹力荐,商隐这次总算得遂心愿,考取进士。及第后,商隐第一件事就是写信给令狐楚表示感激:

> 今月二十四日,礼部放榜,某侥幸成名,不任感庆。某才非秀异,文谢清华,幸忝科名,皆由奖饰……自卵而翼,皆出于生成;碎首糜躯,莫知其报效。[1]

及第不久,令狐楚病卒于兴元(今陕西南郑)任所。商隐匆匆赶往兴元为其送终,并为其代撰遗表。恩师作古,商隐非常悲痛,在日后的诗文中多次提到此事。

考中进士,这对商隐来说,无疑是件大事。可就在他为此奋斗的这几年里,无论是国家方面还是个人方面,都发生了几件关系到他今后命运沉浮的大事。

就国事而言,是震惊朝野的"甘露之变"。

甘露之变发生在文宗大和九年(835年)末,亦即商隐23岁的时候。这是宦官与朝廷之间长期以来矛盾的总爆发,是统治阶级内部上演的流血惨剧。宪宗在位期间,宦官骄横跋扈,掌握着军政大权,威势凌驾于皇帝。皇位废立、大臣升降,有时皇帝不能左右,而是取决于阉宦。宪宗为宦官陈弘志所弑;敬宗在位二年,年方18岁,复被竖宦害死;文宗虽然也是由宦官拥立,但他痛恨受制于家奴,位同空设,所以与宦官的矛盾尖锐,暗斗激烈。他与朝臣李训、郑注密谋诛灭阉宦,不幸计谋败露,遭到宦官的血腥反击,他们杀朝臣、吏卒及市民千六百人,血染龙庭,死伤枕藉。事变后,昭义节度使刘从谏上表"誓以死清君侧",宦官慌恐,嚣张气焰稍有收敛。对于影响到唐朝国祚的这一事变,商隐当时写下《有感二首》《重有感》等一组政治诗,并撰《为郑州天水公言甘露事表》一文,表明自己的看法,表达了对国家命运的深切关注。特别是他为令狐楚送终,由兴元返回长安,取材于途中见闻所写长诗《行次西郊作一百韵》,对这一时期因甘露之变和朋党倾轧、藩镇跋扈所导致的满目疮痍、田园荒芜的残破景象予以生动描述。"农具弃道旁,饥牛死空墩。依依过村落,十室无一存"——民不聊生由此可见;"疮疽几十载,不敢抉其根。国蹙赋更重,人稀役弥繁"——贪污腐败无法根治,税役繁重,国民不堪之状不难想象;"我愿为此事,君前剖心肝。叩头出鲜血,滂沱污紫宸"——诗人忧国忧民之赤胆忠心可昭日月。

就个人而言,是进玉阳山学道。

商隐在中进士前,亦即22岁到25岁这三四年间,每于科举受挫后,便有游仙之举,借以排遣愁怀,寻求精神寄托。在道教风靡一时的中晚唐,他这样做,不难理解。更何况商隐生平经历的那几个皇帝,无一不好道学仙,炼丹服药。当时道门中人主要有以下几类:

一是皇室公主,有史可查的有唐睿宗的八女西宁公主、九女昌隆公主。

二是后宫遣出的大批宫女、教坊乐妓,多则几千,少则几百。韦应物等诗人有《送宫人入道》诗记述这一情况。

三是达官贵戚的姬妾或弃妇、妓女。

女道士们选择道观生活的目的尽管个个不同,但其中很多人"醉翁之意不在酒",是为了通过这一途径享受更自由放荡的男欢女爱。

商隐在15岁时,就曾跟随某叔祖有过一段在玉阳山学道的经历。玉阳山在河南省济源市西,有二峰对峙。早年,睿宗九女昌隆公主于此学仙,道名玉真。玉阳山毗连王屋山,商隐早年习业于王屋玉溪,"玉溪生"之号即由此而来。这次进山学道,商隐是旧地重游,盘桓日久,自然结识了许多女道士。他与宋华阳姊妹的相识相恋,就是这次学道时的艳遇。后来,他直言不讳题名为《月夜重寄宋华阳姊妹》《赠华阳宋真人兼寄清都刘先生》等诗,追忆的便是当时在玉阳山一同学道的情景。至于《碧城三首》《银河吹笙》《圣女祠》等诗所描写的男女道流约会、偷情、堕胎之类的情节,如若不是由于亲身经历而获得的对女冠生活素材的掌握,是绝对写不出来的。

顺便说一下,商隐与柳枝昙花一现的恋情也是发生在及第之前,时间当在开成元年(836年)商隐24岁时。他因急于赶考而爽约,结果"一别音容两渺茫",这成了他永久的伤痛。

----

[1]见《樊南文集补编》卷五《上令狐相公状》。

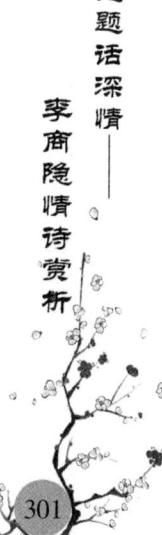

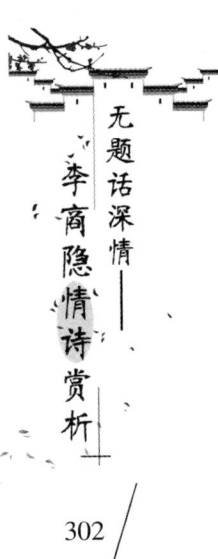

三、我为伤春心自醉

——婚前婚后

【文宗开成三年（838年）—宣宗大中元年（847年），商隐26~35岁】

（一）

对李商隐的感情生活，历来存在着诸多误解，由于那些不负责任的文人墨客的凭空想象和捕风捉影的描写，给人的印象，这个因《无题》而饮誉的诗人简直就是一个轻薄放荡的好色之徒，到处拈花惹草，多有风流艳遇。其实这完全不符合事实。实事求是地说，商隐的私生活是非常严肃的，对女性的态度也是十分尊重的。大中六年（852年），商隐在东川节度使柳仲郢幕府，那时妻子已病故，柳仲郢特地物色了一个名叫张懿仙的乐伎想给他续弦，"以备纫补"。商隐给这位幕主写信说：

> 某悼伤以来，光阴未几。梧桐半死，方有述哀；灵光独存，且兼多病。……兼之早岁，志在玄门……至于南国妖姬，丛台妙妓，虽有涉於篇什，实不接於风流。[1]

意思是说：我悼念亡妻还没有多长时间。梧桐树一半已死，方有叙述哀悼之作；我自己灵光独存，而且多病。……早年志在信道学仙，至于江南妖艳的女子，舞榭歌厅的美妓，虽然在我的诗篇里多有涉猎，实际上我跟她们并没有风流艳情。

自妻子亡故以后，商隐直到病卒，始终独身，没有再娶。

商隐确实写了不少绮丽香艳的诗，对这类诗要做具体分析，其中多数是借艳情寄寓身世之慨；有的则是对婚前之红颜知己的真诚赞美，比如对宋华阳和柳枝；更多的是写妻子的，比如部分《无题》和大量悼亡诗。至于"诡薄无行"之说，是牛党人士认为他娶李党王茂元的女儿是叛党行为，纯粹是从政治派系斗争的角度出发去看商隐，而不是对他生活作风的评价。正如他在《有感》中所言："一自高唐赋成后，楚天云雨尽堪疑。"也就是说，只因为宋玉写了《高唐赋》，他的那些情诗便都成了人们评价他私人生活的证据。

诚然，综览商隐的全部诗作，可以看出诗人对爱情的执着确实非同寻常。他渴望的是能与他灵魂相依、志趣相投的红颜知己。他寻觅这样的知己的过程几乎是和应举同时进行的。他在中进士前写的一些诗，流露出强烈的求偶意愿，譬如"嗟余久抱临邛渴，便欲因君问钓矶"；"莫将越客千丝网，网得西施别赠人"等。这类诗的寄赠对象都是他觉得有可能玉成他心愿的朋友，因为他看中的是王茂元的女儿晏媖，而这些朋友都是王茂元的姻亲。

喜欢商隐《无题》的读者,都以为他与晏媄相知是入泾原[2]幕后的事。其实在此之前,两人就已经有所接触。这得先从王茂元说起。

茂元是河南濮阳人,世代仕宦,依赖祖荫,历任蔡州、广州节度使,大和九年(835年)改任泾原节度使,会昌三年(843年)移河阳节度使,进讨刘稹之乱,军屯万善,中道而卒,享年69岁,赐司徒。

茂元40多岁时,原配张氏去世,遗七女五男;继室李氏又为他生二女,最小的女儿芳名晏媄。商隐娶的正是晏媄,而为商隐牵线搭桥的三个人,是李执方和茂元的另外两个僚婿李玚和韩瞻。李执方是左金吾卫将军,王茂元继室李氏是他的妹妹。商隐在日后写给李的信中一再提起这段婚姻:"某穷辱之地,早受深知,遂以嘉姻,托之弱植。"(《上易定李尚书状》)

李玚是西平王李晟之孙,人称千牛李十将军。他娶的是王茂元前妻的女儿,商隐与他交往已久,所以请他来当红娘理所当然。商隐在《祭小侄女寄寄文》中说:"况吾别娶已来,胤绪未立,犹子之义,倍切他人。"所谓"别娶",说明他娶王氏女已是再婚。换言之,这说明商隐早年丧偶,这位原配姓甚名谁及其他相关情况,均不得知。但从他《过招国李家南园》诗中回忆与李交游之往事中,略可窥测一二。诗曰:"潘岳无妻客为愁,新人来坐旧妆楼。"很明显,这是说李玚知道他丧偶,关心他,给他引荐了一位"新人"。这个"新人"就是晏媄。

在王茂元的诸僚婿中，商隐与韩瞻的关系最密切。婚前婚后，商隐写过不少诗，记述他们之间的友情。从这些诗中可以看出，商隐能成为王家的乘龙快婿，韩帮了不少忙。《韩同年新居饯韩西迎家室戏赠》曰："云路招邀回彩凤，天河迢递笑牵牛。"这首诗一方面对韩的美满婚姻表示祝愿、羡慕，同时对自己的终身大事流露出渴望和期待。诗人写这些诗的意图十分明显：希望韩能从中疏通，玉成自己与意中人的好事。

商隐的这一系列作为说明他对王氏女不仅十分了解，而且双方有过接触。依商隐对感情生活的挑剔，不可能为一个陌生女子如此兴师动众，用心良苦。说晏媖是他的意中人，并非凭空猜测。他为科举一事频繁往来于京城长安、东都洛阳和故里郑州的那几年，正好是王茂元为调迁经常出入京城的时候，特别是那时王已移家洛阳，他在东都与京城有许多僚属亲朋，带着宠爱的小女儿来往两地，走亲访友，自是人之常情。商隐在重过李家南园的那首诗中说："春风犹自疑联句，雪絮相和飞不休。"睹物思人，他想起了住在姐夫家的那个"新人"曾经与他琴瑟唱和的往事，因而有此感慨。特别是写于不同时期那些咏叹曲江的诗，都可以隐约看到他们与晏媖流连游赏的踪影。

　　荷叶生时春恨生，
　　荷叶枯时秋恨成。

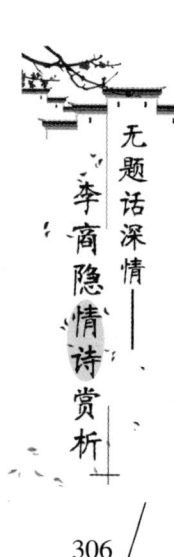

深知身在情长在,
怅望江头江水声。(《暮秋独游曲江》)

诗虽悼亡,但追忆往事之情景依稀可见。

开成二年(837年),商隐刚刚登第,便匆匆忙忙赶到泾原,去完成他的另一个更大的心愿——与意中人喜结连理。对这一梦想的实现,他信心十足。一来王茂元"爱其才",格外器重他;二来晏媄年轻貌美,秀外慧中,温柔贤惠,对他也颇为倾心——对这一切,他都心中有数。晏媄当时年方十八,商隐比她大10岁。大概是因为这一点,商隐到了泾原后,两人并未马上成亲。晏媄的父母创造了各种可以正常接触的机会,譬如节庆家宴、小型聚会等,以便让他们彼此更进一步地了解。那首争议不休的《无题》"昨夜星辰昨夜风,画楼西畔桂堂东……"其实正是写当时双方利用这种机会,目成心会,互通情愫的。

开成三年(838年),商隐终于在他26岁时得遂心愿,与晏媄比翼双飞。商隐直接写婚后生活的诗,最著名的是《夜雨寄北》《悼伤后赴东蜀辟至散关遇雪》等,以及部分《无题》和大量悼亡之作。从这些诗来看,夫妻二人灵犀相通,心心相印,互相体谅慰藉,伉俪相得之情至为感人。就在成婚那一年,商隐参加博学宏词考试落选。消息传到泾原,妻子不但没有怪怨他,反而写了一封长信安慰他:"莫近弹棋局,中心最不平"——不要接近钩心斗角的官场吧,那是一个最没有公平可言的地方。晏媄不愧是真正的解语花!

商隐与晏媄成婚,这是他一生荣枯升沉的一个转折点,诗人的爱情理想固然得以实现,然而政治生涯却从此叠遭厄运。"红颜无定所,得失在当年。"从这一年开始,直到46岁病死荥阳,整整20年漫长的岁月,诗人都是在党争的漩涡中苦苦挣扎着度过的。

---

[1]《上河东公启》。河东公即柳仲郢。河东是柳姓的郡望,故称之为河东公。

[2]泾原:唐方镇名,长期辖有泾、原二州,相当今甘肃、宁夏的六盘山以东、浦河以西地区。

(二)

朋党倾轧,阉宦嚣张,藩镇跋扈,这三样痼疾终于使泱泱大唐身患不治之症。李商隐死后不到50年,大唐帝国就寿终正寝了。

"牛李党争"开始于唐宪宗元和初年,也就是公元800年初,整整延续了50多年,正好贯穿商隐的一生。

晚唐的党争,一方以牛僧孺、李宗闵为首,史称牛党;另一方以李德裕为首,史称"李党"。双方都利用职权,培植私人势力,笼络同僚、掌控门生以为羽翼,历穆、敬、文、武、宣五朝,倾轧恶斗,从无宁日。双方势力此消彼长,乱哄哄你方唱罢我登场,唯个人政治利益是图,根本不把国计民生放在心上。对朝臣的升降任免,也不看其德才节操,只看是不是同党。两党斗了半个世纪，大体上看，穆宗、宣宗朝牛党得势，武宗朝李党得势，敬宗、文宗朝势均力敌。

那么，在这场影响国祚与个人命运的党同伐异的斗争中，商隐是哪个阵营的人呢？他对终其一生的这种党争又持什么态度呢？

从青年时期的学业、生活直到得中进士，他一直受惠于牛党派系的令狐父子，彼此情深义重，如同一家。然而刚刚及第，他就跑到泾原，娶了属于李党派系的王茂元的女儿，这在牛党看来，实属忘恩负义，无法原谅，于是"共排笮之"。

对于商隐到底是牛党还是李党这一问题，如果客观全面地看，结论其实很清楚：商隐既不是牛党，也不是李党。分析他对待朋党之争的诗文，观察他为人处世的态度，不难发现，他不但对以政治利益为出发点而选边站队的行为深为反感，而且认为朋党比周是一种祸国殃民的政治腐败。他中进士后写给妻舅李执方的信，可以清楚地证明他对趋炎附势的世风是多么蔑视。

> 某始在弱龄，志惟绝俗……然窃观古昔之事，遐听上下之交，有合自一言，奖因片善，不以齿序，不以位骄，想见其人，可与为友。近古以降，斯风顿微，处贵有隔品之严，于道绝忘形之契……愚虽甚微，颇向斯义。自顷升名贡籍，厕足人流，未尝辄慕权豪，切求绍介，用胁肩诌笑，以竞媚取容。[1]

这番感慨绝不是一个热衷于政治派系斗争的人能说出来的。

从待人接物来看,商隐中进士后的第一件事是与晏媄成婚,这是他只身赴泾原的主要目的。用现在的话说,商隐是位"爱情至上主义者"。诚然,他理想远大,有"欲回天地"的抱负,但终其一生,对待感情,他都抱着一种"我为伤春心自醉"的痴迷。对待两党的人,在30年的漫长岁月中,他始终坚持着自己的理想、志趣和交友准则,与身边士大夫阶层的人物交往酬唱,从来不问对方是哪个党派的人。他一生所写的政治讽刺诗也从来对事不对人,不考虑当时是牛党执政还是李党当道。他交游甚广,他的朋友有权势显赫的文武要员,也有默默无闻的文人;有青楼歌女,也有失意士子和处士僧道,当然更多的是情投意合的诗友……现在流传的他的诗文,有酬赠牛党人士的作品,也有酬赠李党人士的篇什。他和牛党的杜牧、杨虞卿、萧浣、杨嗣复过从甚密,李党的李回、郑亚、王茂元是他的座主、幕主、岳丈,关系亲密。正因为此,在以朋党论交的那个时代,他才被排斥打击,被边缘化。他顺遂的时候,会被妒忌者诋毁;他诗名远播的时候,会被人恶意中伤。无怪乎他刚刚完婚,"放利偷合""诡薄无行"等罪名便纷至沓来,因此诗人愤怒地呐喊:"不知腐鼠成滋味,猜意鹓雏竟未休!"

这种本来应当得到赞许的对待党争的态度和行为,却很快招来了牛党的报复。就在进士及第的第二年,亦即与晏媄成婚的那一年,无情的打击便落在了他的头上。

---

[1]《樊南文集补编》卷五《上李尚书状》。

(三)

开成三年(838年),商隐赴京参加博学宏词科考试。按唐代科举制度,进士登第后,必须经过吏部考试方可授予官职,这叫"释褐";吏部考试过关后,再由吏部拟授官衔,上报中书省复审,才可以上任履职。

商隐赴京应宏词科试,本已为吏部录取,送中书省复审时,"中书长者曰:'此人不堪。'抹去之"。[1]吏部考官是周墀、李回,都是李德裕党派中人。这位"长者"肯定是牛党无疑了。

这件事对商隐打击很大,使他对仕途的艰难有了深刻的体会,对人际关系之险恶有了更清醒的认识。消息传到泾原,妻子替丈夫打抱不平,写了一封长信安慰他。商隐感激涕零,写了"照梁初有情"那首《无题》,对新婚爱妻表达了由衷的赞美和感谢。

回到泾原后,诗人依然为此事愤愤不平。他登上节度使治所安定(今甘肃泾川)的城楼,极目远眺,激情昂扬,写下了平生最雄浑豪迈的抒情诗篇,就是那首为王安石激赏的《安定城楼》。

开成四年(839年),商隐再次应吏部复试,这次终于过关,释褐授秘书省校书郎。在唐代,秘书省掌管经籍图书。校书郎为清要美职,秩卑体尊,当时的许多庙堂重臣均为校书郎出身,如白居易、元稹等。商隐自然知道其中的利害,喜不自胜,对自己的前途满怀希望。

然而他对党争之残酷无情还是想得太简单了。校书郎的椅子还没有坐暖,他就又被外调为弘农(今河南灵宝市)县尉。县尉负责地方治安和办案。到任不久,他因将一位死刑犯改判活狱,触怒了顶头上司陕虢观察使孙简,受到责难,商隐怒而辞官。幸遇诗人姚合接替孙简职位,在姚的一再挽留下,商隐收回辞职书。

在与孙简的冲突中,商隐没有屈服于上司的威势,而是以挂冠辞职进行反抗。他写诗表示,宁愿像卞和那样被刹掉双脚,也不愿折腰趋奉权贵。

开成五年(840年),李德裕自淮南入朝拜相,王茂元调任京官。商隐趁机告假回洛阳处理家务,决定移家长安,以便与岳丈家同城而居,方便来往。秋季里,由于得到河阳节度使李执方的资助,商隐在以风景闻名的长安南郊樊川安家定居。此时,王茂元调任陈许节度使,商隐应招,年底赴许州,入幕为书记,为茂元草撰表状多篇。

移家关中后,商隐曾有过一次短暂的江湘之行,目的是离开弘农,另寻出路。不过这次南行,商隐颇为沮丧,过去赏识他的潮州刺使杨嗣复被贬;主考进士的高锴发现令狐绹如

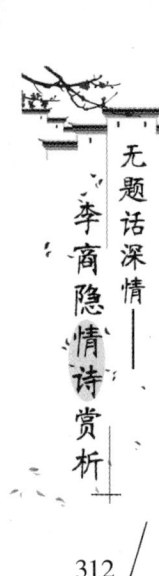

今对商隐大为不满,故而对他态度冷淡。商隐再度体味到世态炎凉,一路上创作了许多凭吊古迹、感怀伤世的诗章。

会昌元年(841年)春,商隐江湘倦游归来,入华州刺史周墀幕,旋赴陈许(在今河南淮阳)王茂元幕。

会昌二年(842年)春,商隐由淮阳赴京参加吏部考试,以书判拔萃,重入秘书省为正字。当时政治气候再变,党争风云复起,他进入秘书省虽然值得欣慰,但和三年前一样,在商隐的政治生涯中,这只不过是个"插曲"而已,随着昙花一现的希望而来的是幻灭的悲哀。这一年的冬天,相依为命的老母去世,按"为母服丧三年"的祖制,他必须去官守孝三年。

正所谓祸不单行,就在商隐为母守孝期间,岳父王茂元卒于征讨藩将叛乱的河阳途中。为处理其安葬事宜,以及家族成员的迁葬等事,这一年,商隐奔波于洛阳、河阳、郑州等地,一直忙到会昌四年(844年)初。他将散葬于各地的处士房叔、大姐、小侄女寄寄的骸骨都归葬于荥阳坛山祖坟,并为每位死者撰写了祭文。

会昌四年(844年),商隐32岁。春天,他举家移居永乐(今山西芮城)。为什么要离开京都,选择一个不及县城大的地方呢?原因有二:首先是因为岳父去世,他在京城失去了靠山,且又在为母守孝,留在长安没有意义;其次永乐位于长安和洛阳中间,且风景优美,适于居住。

商隐乔迁永乐后,生活颇为舒心。一旦远离政治斗争的漩涡,郁结于心间的烦恼顷刻间烟消云散。大自然抚慰着他的内心,他日常交往的是纯朴厚道的平民。清风明月,园树庭花——这一切,在在激发着他创作的灵感,开阔了他的襟怀,丰富了他吟咏的素材。这一时期是商隐诗歌创作的丰收期,他一扫往日隐晦婉曲的诗风,写下许多清新俊逸的富有田园风味的诗章。"晚醉题诗赠物华,罢吟还醉忘归家","客散酒醒深夜后,更持红烛赏残花"——这是诗人当时生活的真实写照。

可惜这种逍遥快活的生活没有享受多久。按照规定,服丧期满,应回京复职。会昌五年(845年)秋,商隐回到长安,复官秘书省正字。同时,他把家眷也接回了京城。没想到一回长安,政治风云突变,党同伐异复起,商隐的政治前途也直接受到了影响。

会昌六年(846年),唐武宗崩,其叔在阉宦的支持下继位,是为宣宗。他一上台便推翻武宗的全部施政方略,打击李党,重用牛党。李德裕连续被贬,最后死在海南;郑亚出为桂州刺史;被武宗放逐的牛僧孺、李宗闵等人都被召回,先后提拔;令狐绹乘势荣升,不久擢拔翰林学士。在李德裕执政的时候,商隐为母守孝三年,坐失良机。如今他刚刚回朝,便遇上了政局翻天覆地的巨变。时也?命也?

因时局变化给他带来的冲击,这一时期商隐写了不少政治讽刺诗和咏史诗,代表作有《瑶池》《北齐二首》《汉宫》等。

他对生死予夺的居高位者已经不再抱什么希望了。如果这时候不是有"双喜临门",这位倒霉的诗人真不知道该如

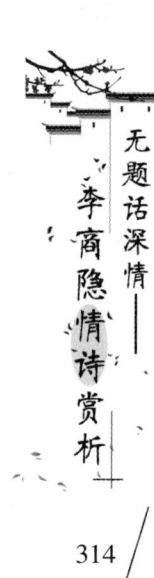

何是好了。

第一件喜事是胞弟羲叟的金榜题名。商隐比羲叟年长一岁,他对这个唯一的弟弟的前程非常关注。现在得中进士,终于了却了他的一桩心愿。

第二件喜事是会昌六年(846年),诗人34岁时喜得骄子。这时,他和宴媄成婚已九个年头。夫妻俩给孩子起名衮师。商隐自然喜不自胜,后来特地写《骄儿诗》描述衮师幼时的天真憨态。

有一则轶事很有趣。据说白居易极喜商隐诗文,当时有传闻云:

> 白乐天老退,极喜商隐文章,曰:"我死后,得为尔儿足矣。"白死数年,生子,遂以"白老"名之;既长,殊鄙钝。温飞卿戏曰:"以尔为侍郎后身,不亦忝乎?(不觉得有愧吗?)"后更生子,名衮师,聪俊。商隐诗云:"衮师我骄儿,美秀乃无匹。"此或其后身也。[2]

由此来看,衮师是商隐的第二个儿子。他还有一子名叫白老。可是在商隐的诗集中,对这个儿子从未提及。是因其平庸鄙钝还是早夭?不得而知。也不知《唐才子传》这样说有何依据。

不管怎么说,到了商隐重入秘书省的第二年,即宣宗大中元年(847年),他复官虽已一年有余,可毫无升迁希望,而且"山雨欲来风满楼",朋党之争似乎酝酿着更大的风暴。长安是不能再待下去了,于是商隐将家眷送回洛阳,寄养在岳母家。岳父虽然已故,但洛阳有其旧宅,岳母和一些兄弟姐妹还在那里。宴媄母子住在那里,解除了他的后顾之忧。他决定尽快离开京城,离开这个是非之地,去寻找新的天地,新的机会。正好桂管观察使郑亚向他发出邀请。权衡利弊之后,他决定随郑亚到遥远的岭南去。

---

[1]《樊南文集》卷八。

[2]见辛文房《唐才子传·李商隐》。与《蔡宽夫诗话》所载略有差异。

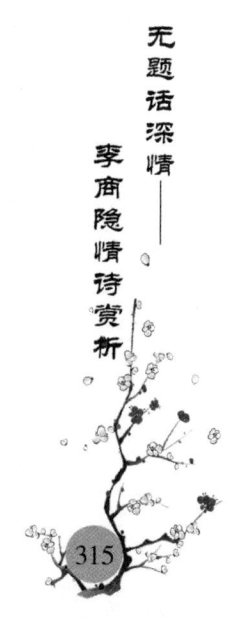

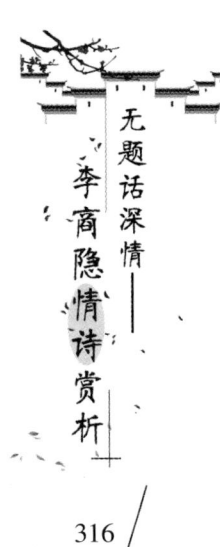

四、度陌临流不自持
——幕府生涯

【宣宗大中元年(847年)—大中十一年(857年)，商隐35~45岁】

大中元年(847年)二月，给事中郑亚外调为桂州刺史、桂管防御观察使。

郑亚是荥阳人，与商隐是同乡。会昌年间，郑亚与商隐同朝为官，两人经常见面，颇有交情。郑亦富于文学才华，于元和十五年(820年)擢进士第。《旧唐书》本传说他"数岁之内，连中三科。聪悟绝伦，文章秀发"。他对商隐的才学非常赏识，这次外调，特邀商隐入幕。游览岭南的古迹名胜也是商隐多年来的心愿，于是他欣然接受了郑亚的邀请，告别了妻子和尚在襁褓中的儿子衮师与胞弟羲叟，随郑亚于三月起程，从长安出发，途经江陵、长沙等地，五月初抵达桂林。他的长诗《偶成转韵七十二句赠四同舍》详细记述了这次远行沿途的山水风光，以及名胜古迹、历史传闻。

桂管防御观察使的治所设在桂州，即今桂林，下辖灵川、阳朔、兴安、荔浦等十县。观察使是朝廷临时派往地方的巡视员，实质上是朝廷处置失势官员的权宜之计。商隐在郑府任掌书记。

　　到桂林后不满半年,郑亚派商隐为专使北上江陵会见荆南节度使郑肃。郑肃是郑亚的侄子,郑亚派商隐专程拜见,是为互通讯息。商隐十月由桂林北上,在江陵盘桓到大中二年(848年)正月才返回桂林。这次出使江陵走的是水路,他利用舟中闲暇时间整理旧日文稿,主要是那些为人代撰的表、状、启等。他的第一本文集《樊南甲集》就是在这次途中编定的。可惜由于当时湖南淫雨连绵,江水暴涨,诗人舟覆,性命虽然幸得保全,文稿却散佚毁损惨重。他在《樊南甲集·序》中说:"舟中忽覆,括其所藏,火燹墨污,半有坠落。"

　　江陵是春秋战国时楚国的都城,有着丰富的历史文化遗产。楚国和宋玉的传闻典故为商隐的诗歌创作提供了丰富的素材。无奈好景不长,不满一年,郑亚受牛党排挤,被贬循州(包括今重庆市等地)刺史,不久病逝。因此之故,商隐只好离开桂林,北回京洛,五月至潭州。在湖南观察使李回幕逗留期间,商隐曾到潭州药山访融禅师,亦曾溯江至夔州一带。

　　这次南行,首尾两年,诗人在仕途方面一无所获,但在诗歌创作上却收获颇丰。西南边区的风土民情,桂林奇幻美妙的山光水色,瑰丽浪漫的楚文化,极大地开拓了诗人的视野,激活了其潜在的才情,丰富了艺术表现手法。同时,远离家园的乡愁,特别是思念妻子的悲伤诉诸笔墨,一批情思深沉、风格迥异的佳作喷涌而出,那些脍炙人口、久传不衰的名篇,如《贾生》《夜雨寄北》和多首咏史诗都是在这一时期完成的。其中,可编年的诗就有76首,占编年诗总量的五分之一。用他自己的话说,直到这时,才结束了"十年京师寒且饿"(《樊南甲集·序》)的艰难窘迫的生活。

商隐这次北上回乡,因为没有事务缠身,难得"无官一身轻",逍遥自在。他一路游山玩水,取道纡缓,访友叙旧,赋诗酬唱,倒也得其所哉。与刘蕡和崔珏的邂逅,也是发生在这段时间内的事情,《赠刘司户蕡》和《送崔珏往西川》就是在这种背景下创作的。

北返途中,商隐一度打算去成都拜访外兄杜悰。大概是因为想到此人是个六亲不认的薄凉之辈,他在白帝城一带流连徘徊了一段时间,毅然取消了这一计划,匆匆买舟东下,于大中二年(848年)冬回到长安,旋即调任周至尉,没多久,即于大中三年(849年)春迁调京兆尹留假(代理的意思)参军。

是时,令狐绹步步高升,不久正式拜相。始终不以党派偏见待人的商隐本来对令狐绹抱有幻想,他希望这位世交能顾念旧情,施以援手。他忽略了一个重要的事实:现在令狐绹作为牛党的核心人物,绝对要把党派利益放在首位,更何况他对商隐"去牛就李"、追随李党人士一直耿耿于怀,因此尽管商隐"屡启陈情",结果仍旧是"绹不之省"(《唐书》李商隐传)——对他的陈情不理不睬。一次,商隐到令狐绹家请求谒见,吃了闭门羹。诗人因此在其客厅题写《九日》一诗,希望通过回忆昔日的亲密关系打动故人,可是令狐绹居然下令关闭客厅,终身不再去那里待客。

有趣的是,卒于大中二年(848年)的牛僧孺安葬的时候,商隐的顶头上司京兆尹却出面请求杜牧和商隐为牛写祭文,因为只有他们二人的文章才可以使"事为不朽"。通过以上两件事,我们可以得出两个结论:一是小李杜的文名获得当时士林的认可,二是商隐和令狐绹人品之高下昭然若揭。

商隐在京兆尹处任职半年,干谒令狐绹毫无结果,因而迫切希望再度离开长安这个伤心之地。恰巧武宁节度使(治所在今徐州)卢弘正[1]缺判官,奏请商隐入幕。卢与商隐是远房亲戚,商隐的曾祖母卢氏是兵部侍郎卢宏慎的女儿,与卢弘正同宗。所以,商隐欣然接受邀请,启程赴徐州。商隐离京时间约为大中三年(849年)九月,抵达徐州已是岁暮。他于九月携眷东下,先在洛阳停留了一段时日安顿家眷。在洛阳适逢大雪,他与妻子依依泪别,作《对雪二首》,诗中写道:"关河冻合东西路,肠断斑骓送陆郎。"当时惜别情景,不难想象。

同年,商隐弟羲叟释褐授秘书省校书郎,改授河南府参军。杜牧亦在长安,商隐写《杜司勋》诗赠杜牧。

到徐州后,卢弘正热情接待了诗人。商隐名为判官,实为书记。商隐在徐州待了两年,这段时间生活较为安定,同事关系也较融洽。不久,由卢推荐,商隐得侍御史头衔,从六品,地位比九品县尉高多了。

大中四年(850年)夏,商隐随卢至汴,旋即奉使入关,时诗人李郢将离汴赴苏州,二人互有诗赠答。

是年底,令狐绹晋升同平章事(即宰相)。次年(851年)春,卢弘正病逝,商隐不得不离开徐州回长安。他到家时,卧病在床的妻子已不幸去世,他都没能见上一面。这位出身豪门的传统女性多年来一直悉心料理家庭,支持夫君。丈夫多年在外游历,夫妻聚少离多,但她始终无怨无悔。爱妻病逝无疑是对商隐的致命一击,差不多有三四个月的时间,他什么也不想干,什么人也不想见,独自住在洛阳崇让宅的旧院里,一篇接一篇地写悼亡诗寄托哀思,抒发对贤妻的愧疚之情。《房中曲》《相思》《辛未七夕》《七月二十九日崇让宅宴作》……以及后来所写的悼亡之作,无不反映出诗人对妻子的一往情深,以及痛不欲生的绝望。这些血泪之作,读之令人鼻酸。

"嵇氏幼男犹可悯,左家娇女岂能忘!"商隐从悲痛中走出来以后,看着年幼无知的儿女,知道还得担负起抚育子女的责任和义务,否则更对不起亡妻。想到这些,他料理完妻子的丧事,安顿好子女的生活,饯别了亲朋好友,毅然起身入蜀,去投奔梓州刺史、东川[2]节度使柳仲郢。是年,商隐39岁。

柳仲郢本为牛党中人,但商隐听说他不惮冒犯牛党,为李德裕孤儿寡母的赡养费奔走,令狐绹为此大为恼火。柳写信给令狐说:"李太尉受责既久,其家已空;遂绝蒸尝,诚增痛恻。"令狐亦为之感动。即此一端,可知柳仲郢为人之正直厚道。另外,商隐与其子柳璧亦有交情。出于上述原因,商隐抱着碰运气的侥幸心理,起身上路了。

到了梓州,商隐发现事情远比他想象的好得多。柳仲郢对他不但格外器重,而且两人有许多共同语言。首先是对朋党倾轧都大不以为然,柳在党争中和商隐一样,对两党人士一视同仁,没有厚此薄彼。其次两人都尊崇佛教,精通佛学,与僧侣居士过从甚密。商隐自云:

> 三年以来,丧失家道,平居忽忽不乐,始克意事佛,方愿打钟扫地,为清凉山行者。[3]

他还自愿出资,于梓潼长平山经藏院开凿石壁,鎏金刻《法华经》,并请柳仲郢撰文纪念。

由于关系融洽,商隐入幕不久,即由记室改为节度判官,旋又被荐为工部郎中。当时,与东川毗邻的西川节度使辖区发生了一起刑事案件,御史台责令东川派特使赴成都会审此案。柳仲郢把这一任务交给了商隐。西川节度使便是上次商隐准备拜访,后来中途作罢的杜悰。但这次是公干,虽然案件会审过程及结果如何均不得而知,商隐却借机游览了成都,了却了他的一桩夙愿。成都之行,他创作了不少诗篇,特别是凭吊诸葛武侯的那些诗,反映了诗人对这位千古名相诚挚的景仰和赞叹。

大中六年(852年)春,商隐返回梓州。这次在四川逗留的时间较长,直到大中九年(855年)朝廷诏柳仲郢任兵部侍郎,商隐随行回京,前后近五年。

由于生活比较平静安逸,宾主志趣相投,以及巴蜀地区独特的历史文化,商隐在这几年写下大量以七言律绝为主的咏史诗和抒情诗;同时由于沉浸在追悼爱妻的心境中,诗人又写下部分无题诗。大中七年(853年)的某一天,朋友杨本胜从长安来,向商隐谈起在京城见到他儿子衮师的情形。诗人听后,情绪激动,再度想起妻子和失去母爱的孩子,同时悲叹自己游宦他乡,没有尽到父亲的责任,感慨之余,写下了那首著名的五律《杨本胜说于长安见小男阿衮》。在此期间,商隐还编辑整理了第二本文集《樊南乙集》。

总而言之,可以说,在梓州期间是商隐诗歌创作的又一个高潮。

商隐于大中七年(853年)岁末离开梓州,于次年(854年)仲春回到长安。是年,商隐42岁。

---

[1]卢弘正:有的史书作卢弘止。本书从《旧唐书》和《资治通鉴》,作弘正。

[2]东川:唐分剑南为东西二川,东川指成都以东地区,西川指成都地区。梓州:指四川东与重庆一带,节度使治所在今绵阳市三台。

[3]《樊南乙集·序》。

五、一弦一柱思华年

——垂暮之年

【宣宗大中十年（856年）—大中十二年（858年），商隐44~46岁】

柳仲郢回京第二年，即大中十一年（857年），以兵部侍郎充任诸道盐铁使。其间，商隐行止不易考索。体味这一时期所写的《过招国李家南园》《乐游原》和《正月崇让宅》诸诗，可以看出他经常往来于东西二京。直到柳赴任前往扬州，授予他待遇丰厚的闲职盐铁推官，方知他出巡江东，曾有扬州、金陵之游。这从他写的咏史名篇《江东》《隋宫》《北齐二首》等可以看出来。

大中十二年（858年），柳仲郢因病罢诸道盐铁使，商隐亦罢盐铁推官，由扬州回到郑州。这时他病体支离，身心交瘁。只要精神尚佳，他就支撑着整理自己多年来于幕府供职期间撰写的公函文书，编辑为《樊南文集》。他似乎预感到自己不久于人世，开始为谢世做准备。"一弦一柱思华年"——他写下那首千古绝唱《锦瑟》，对自己的一生，用凄美无比的诗章做了总结。在晚唐诗苑，他的艺术才华有目共睹，他的诗章传遍全国；他开创了独树一帜的诗歌流派，并得到了公

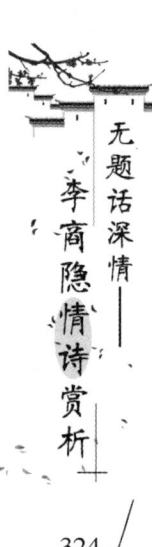

认……这一切,他都知道。但他不理解的是,自己从小立志报效国家的理想为什么化为"庄生晓梦"?他没有得罪任何人,为人处事从来宽厚温良,为什么成了"放利偷合"的人?他对妻子始终一往情深,矢志不移,为什么要说他"诡薄无行"?这位才华冠世的诗人就是带着这样的困惑和悲伤,在孤苦寂寥中黯然辞世,享年 46 岁。

向晚意不适,驱车登古原。
夕阳无限好,只是近黄昏。

这不正是这位晚唐诗苑第一人的自我写照吗?"文章憎命达,魑魅喜人过",用杜甫的这两句诗来形容商隐的一生,不是十分恰当吗?

李商隐为我们留下一笔珍贵的文化遗产,他从 16 岁开始创作诗文,到 46 岁去世,整整 30 年,他用生命三分之二的时间呕心沥血,锐意创新,著述丰硕。可惜他的著述佚失严重,约略估计,现在传世之作不及其全部著作之半。商隐在世时亲自编选的《樊南甲集》和《樊南乙集》,共收文赋 800 多篇,现在保存下来的不到 400 篇。最能体现诗人成就的诗歌创作,遗失得更为严重。根据历代学人的广泛搜罗,现初步统计,各种体例的诗近 600 首。"好诗文网"搜索李商隐诗词有 766 首,不知何所据,待考。

从宋代开始,就有人为李商隐诗作注,但早期注本均已遗失。现存的笺解评点本以冯浩《玉溪生诗集笺注》(上海古籍出版社1979年出版)和今人刘学锴、余恕诚《李商隐诗歌集解》(中华书局1988年出版)最为详尽赅博。《李商隐诗歌集解》辑诗共594首,其中381首系编年诗。

【附录】相关史料

《旧唐书·列传·李商隐》

[后晋]刘昫等

李商隐,字义山,怀州河内人。曾祖叔恒,年十九登进士第,位终安阳令。祖俌,位终邢州录事参军。父嗣。商隐幼能为文。令狐楚镇河阳,以所业文干之,年才及弱冠。楚以其少俊,深礼之,令与诸子游。楚镇天平、汴州,从为巡官,岁给资装,令随计上都。开成二年,方登进士第,释褐秘书省校书郎,调补弘农尉。会昌二年,又以书判拔萃。王茂元镇河阳,辟为掌书记,得侍御史。茂元爱其才,以子妻之。茂元虽读书为儒,然本将家子,李德裕素厚遇之。时德裕秉政,用为河阳帅。德裕与李宗闵、杨嗣复、令狐楚大相仇怨。商隐既为茂元从事,宗闵党大薄之。时令狐楚已卒,子绹为员外郎,以商隐背恩,尤恶其无行。俄而茂元卒,来游京师,久之不调。会给事中郑亚廉察桂州,请为观察判官、检校水部员外郎。大中初,白敏中执政,令狐绹在内署,共排李德裕,逐之。亚坐德裕党,亦贬循州刺史。商隐随亚在岭表累载。三年入朝,京兆尹卢弘正奏署掾曹,令典笺奏。明年,令狐绹作相,商隐屡启陈情,绹不之省。弘正镇徐州,又从为掌书记。府罢入朝,复以文章干绹,乃补太学博士。会河南尹柳仲郢镇东蜀，辟为节度判官、检校工部郎中。大中末，仲郢坐专杀左迁，商隐废罢，还郑州，未几病卒。

商隐能为古文，不喜偶对。从事令狐楚幕，楚能章奏，遂以其道授商隐，自是始为今体章奏。博学强记，下笔不能自休，尤善为诔奠之辞。与太原温庭筠、南郡段成式齐名，时号三十六体。文思清丽，庭筠过之，而俱无持操，恃才诡激，为当涂者所薄。名宦不进，坎壈终身。弟羲叟，亦以进士擢第，累为宾佐。商隐有表状集四十卷。

《旧唐书》卷一百九十下《列传·文苑下·李商隐》

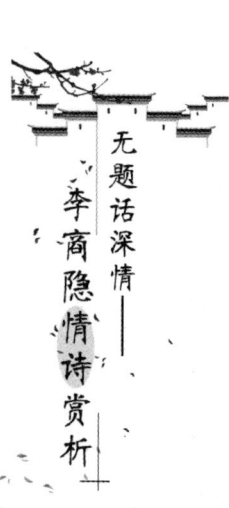

《新唐书·列传·李商隐》

[宋]欧阳修等

　　李商隐字义山,怀州河内人。或言英国公世勣之裔孙。令狐楚帅河阳,奇其文,使与诸子游。楚徙天平、宣武,皆表署巡官,岁具资装使随计。开成二年,高锴知贡举,令狐绹雅善锴,奖誉甚力,故擢进士第。调弘农尉,以活狱忤观察使孙简,将罢去,会姚合代简,谕使还官。又试拔萃,中选。

　　王茂元镇河阳,爱其才,表掌书记,以子妻之,得侍御史。茂元善李德裕,而牛、李党人蚩谪商隐,以为诡薄无行,共排笮之。茂元死,来游京师,久不调,更依桂管观察使郑亚府为判官。亚谪循州,商隐从之,凡三年乃归。亚亦德裕所善,绹以为忘家恩,放利偷合,谢不通。京兆尹卢弘止表为府参军,典笺奏。绹当国,商隐归穷自解,绹憾不置。弘止镇徐州,表为掌书记。久之,还朝,复干绹,乃补太学博士。柳仲郢节度剑南东川,辟判官,检校工部员外郎。府罢,客荥阳,卒。

　　商隐初为文瑰迈奇古,及在令狐楚府,楚本工章奏,因授其学。商隐俪偶长短,而繁缛过之。时温庭筠、段成式俱用是相夸,号"三十六体"。

　　《新唐书》列传第一百二十八《文艺下·李商隐》

　　【按】新旧《唐书》互有出入,兹不一一勘校。

《苕溪渔隐丛话后集·玉溪生》

（节选）

[宋] 胡仔

苕溪渔隐曰："《九日》云：'曾共山公把酒卮，霜天白菊满阶墀，十年泉下无消息，九日樽前有所思。不学汉臣栽苜蓿，空教楚客咏江蓠。郎君官贵施行马，东阁无人得再窥。'《古今诗话》云：'李商隐依令狐楚以笺奏受知，后其子绹有韦平之拜，寖疏商隐；（'寖'原作'浸'，今据宋本校改）其后重阳日，商隐造其厅事，题此诗，绹观之，惭恨，扃锁此厅，终身不处。'又《唐史》本传云：'令狐楚奇其文，使与诸子游，楚徙天平宣武，皆表署巡官，后从王茂元之辟，其子绹以为忘家之恩，放利偷合，谢不通。绹当国，商隐归穷，绹憾不置。'则商隐此诗，必此时作也。若《古今诗话》以谓'绹有韦平之拜，寖疏商隐'，其言殊无所据，余故以本传证之。但绹父名楚，商隐又受知于楚，诗中有楚客之语，题于厅事，更不避其家讳，何邪？东坡《九日》云：'闻道郎君闭东阁，且容老子上南楼。'又云：'南屏老宿闲相过，东阁郎君懒重寻。'皆用商隐语也。

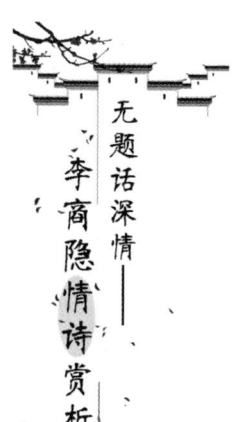

《唐才子传》

[元] 辛文房

商隐,字义山,怀州人也。令狐楚奇其才,使游门下,授以文法,遇之甚厚。开成二年,高锴知贡举,楚善于锴,奖誉甚力,遂擢进士。又中拔萃,楚又奏为集贤校理。楚出,王茂元镇兴元,素爱其才,表掌书记,以子妻之。除侍御史。茂元为李德裕党,士流嗤谪商隐,以为诡薄无行,共排摈之。来京都,久不调。更依桂林总管郑亚府为判官,后随亚谪循州,三年始回。归,穷于宰相绹,绹恶其忘家恩,放利偷合,从小人之辟,谢绝殊不展分。重阳日,因诣厅事,留题云:"十年泉下无消息,九日樽前有所思。"又云:"郎君官重施行马,东阁无因许再窥。"绹见之恻然,乃补太学博士。柳仲郢节度东川,辟为判官。商隐廉介可畏,出为广州都督,人或袖金以赠,商隐曰:"吾自性分不可易,非畏人知也。"未几,入拜检校吏部员外郎。罢,客荥阳,卒。

商隐工诗,为文瑰迈奇古,辞难事隐。及从楚学,俪偶长短,而繁缛过之。每属缀,多检阅书册,左右鳞次,号"獭祭鱼"。而旨能感人,人谓其横绝前后。时温庭筠、段成式各以秾致相夸,号"三十六体"。后评者谓其诗如百宝流苏,千丝铁网,绮密瑰妍,要非适用之具。斯言信哉。

　　初得大名,薄游长安,尚希识面,因投宿逆旅,有众客方酣饮,赋《木兰花》诗就,呼与坐,不知为商隐也。后成一篇云:"洞庭波冷晓侵云,日日征帆送远人。几度木兰船上望,不知元是此花身。"客问姓名,大惊称罪。时白乐天老退,极喜商隐文章,曰:"我死后,得为尔儿足矣。"白死数年,生子,遂以"白老"名之。既长,殊鄙钝,温飞卿戏曰:"以尔为侍郎后身,不亦忝也?"后更生子,名衮师,聪俊。商隐诗云:"衮师我骄儿,美秀乃无匹。"此或其后身也?

　　商隐文自成一格,后学者重之,谓"西昆体"也。有《樊南甲集》二十卷,《乙集》二十卷,《玉溪生诗》三卷。初自号"玉溪子"。又赋一卷,文一卷,并传于世。

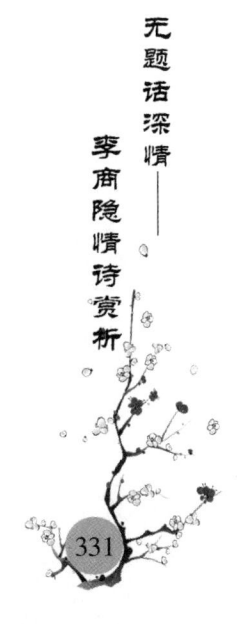

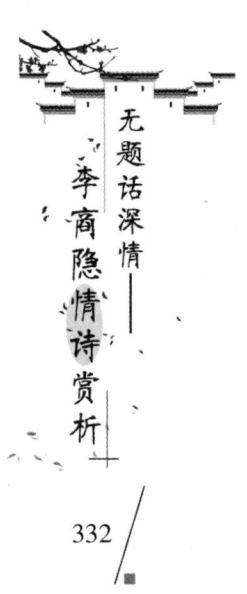

同时代人挽诗

赠李商隐　喻凫

羽翼恣抟扶,山河使笔驱。

月疏吟夜桂,龙失咏春珠。

草细盘金勒,花繁倒玉壶。

徒嗟好章句,无力致前途。

（《全唐诗》卷五百四十三）

重送徐州李从事商隐　薛逢

晓乘征骑带犀渠,醉别都门惨袂初。

莲府望高秦御史,柳营官重汉尚书。

斩蛇泽畔人烟晓,戏马台前树影疏。

尺组挂身何用处,古来名利尽丘墟。

（《全唐诗》卷五百四十八）

送李商隐侍御奉使入关　李郢

梁园相遇管弦中,君踏仙梯我转蓬。

白雪咏歌人似玉,青云头角马生风。

相逢几日虚怀待,宾幕连期醉蝶同。
如有扁舟棹歌思,题诗时寄五湖东。

板桥重送　李郢

梁苑城西蘸水头,玉鞭公子醉风流。
几多红粉低鬟恨,一部清商驻拍留。
王事有程须仃仃,客身如梦正悠悠。
洛阳浸畔逢神女,莫坠金楼醉石榴。

赠李商隐赠佳人　李郢

金珠约臂近笄年,秋月嫦娥汉浦仙。
云发腻垂香揉妥,黛眉愁入翠连娟。
花庭避客鸣环佩,凤阁持杯泥管弦。
闻道彩鸾三十六,一双双映碧池莲。

(《全唐诗续补遗》卷十二)

秋日旅舍寄义山李侍御　温庭筠

一水悠悠隔渭城,渭城风物近柴荆。
寒蛩乍响催机杼,旅雁初来忆弟兄。
自为林泉牵晓梦,不关砧杵报秋声。
子虚何处堪消渴,试向文园问长卿。

(《全唐诗》卷五百八十三)

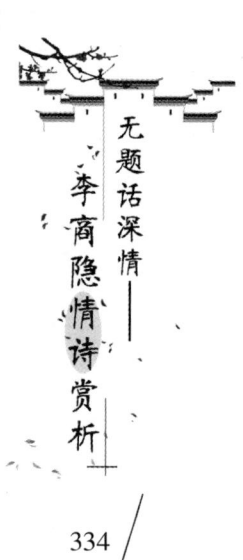

哭李商隐二首　崔珏

成纪星郎字义山,适归高壤抱长叹。
词林枝叶三春尽,学海波澜一夜干。
风雨已吹灯烛灭,姓名长在齿牙寒。
只应物外攀琪树,便著霓裳上绛坛。

虚负凌云万丈才,一生襟抱未曾开。
鸟啼花落人何在,竹死桐枯凤不来。
良马足因无主踠,旧交心为绝弦哀。
九泉莫叹三光隔,又送文星入夜台。

(《全唐诗》卷五百九十一)